U0901917

幽影皇冠 1

幽影皇冠

THREE DARK CROWNS

［美］凯德尔·布莱克／著
Kendare Blake
枣泥／译

天地出版社 | TIANDI PRESS

图书在版编目（CIP）数据

幽影皇冠. 1, 幽影皇冠 /（美）凯德尔·布莱克著；枣泥译. —成都：天地出版社，2019.1
ISBN 978-7-5455-4249-3

Ⅰ. ①幽… Ⅱ. ①凯… ②枣… Ⅲ. ①长篇小说—美国—现代 Ⅳ. ①I712.45

中国版本图书馆CIP数据核字（2018）第223360号

著作权登记号 图字：21-2017-123

幽影皇冠1：幽影皇冠

YOU YING HUANGGUAN 1 : YOU YING HUANGGUAN

出 品 人　杨　政
著　　者　［美］凯德尔·布莱克
译　　者　枣　泥
责任编辑　杨永龙　聂俊珍
装帧设计　思想工社
责任印制　葛红梅

出版发行　天地出版社
（成都市槐树街2号　邮政编码：610014）
网　　址　http://www.tiandiph.com
http://www.天地出版社.com
电子邮箱　tiandicbs@vip.163.com
经　　销　新华文轩出版传媒股份有限公司

印　　刷　天津文林印务有限公司
版　　次　2019年1月第1版
印　　次　2019年1月第1次印刷
成品尺寸　145mm×210mm　1/32
印　　张　12
字　　数　279千
定　　价　38.00元
书　　号　ISBN 978-7-5455-4249-3

咨询电话：（028）87734639（总编室）
购书热线：（010）67693207（市场部）

本版图书凡印刷、装订错误，可及时向我社发行部调换

暗黑三女储，
诞于幽谷地。
生就伶俐兼可人，
永难成知己。

暗黑三姊妹，
众目睽睽无恩义。
落败二人命遭噬，
余者称王矣。

目录

CONTENTS

三位女王储十六周岁诞辰日

目录

CONTENTS

目录

CONTENTS

目 录

CONTENTS

三位女王储十六周岁诞辰日

12 月 21 日

距五朔节还有四个月

格瑞福斯德雷克庄园

年轻的女王储凯瑟琳张开手臂，赤脚站在一块木台上。她身上只着一件布料少得可怜的内衣，一头乌黑长发铺满后背隔绝了凉气。她必须耗尽纤瘦身体里每一盎司气力，才能保证下巴高昂，双肩后展。

两个高挑的女人绕着木台转圈。她们抱着胳膊，轻敲手指，空中回荡着她们双脚踩踏冰冷硬木地板的声音。

"太瘦了，都能看见肋骨。"说着，吉纳维芙轻轻拍了拍那些肋骨，好像这样就能让骨头吓得缩回皮肤深处，"而且还是太矮了。娇小的女王储没法儿赢得太多信任的。议会里那些人，定会就这点偷偷议论个没完。"

她挑剔地打量着女王储，目光划过每一处不完美：脸颊不饱满、皮肤太苍白、右手上被毒橡树刮破的擦伤还能看出痕迹。不过没有留疤，她们对此总是很小心。

"手放下吧。"说完，吉纳维芙原地转过身。

女王储凯瑟琳在放下手之前瞥了娜塔莉亚·爱伦一眼，就是这两朵爱伦姐妹花里个子更高、年岁更长的那位。娜塔莉亚点点头，血液一下子重回凯瑟琳的指尖。

“今天晚上她还是要戴上手套。”吉纳维芙说。她的语气毫无疑问是批评和不满的。可批准女王储练习的人是娜塔莉亚，如果娜塔莉亚原本就希望凯瑟琳在她生日的前一星期被毒橡树刮伤，那么她如愿了。

吉纳维芙捻起凯瑟琳的一缕发丝，用力一拽。

凯瑟琳眨眨眼。自打站上这块木台，她就不停地被吉纳维芙拽来拽去。有时候吉纳维芙拽得十分用力、粗鲁，似乎很希望她跌倒，这样吉纳维芙就能借着身上的瘀青痛斥她一番。

吉纳维芙又拽了一下她的头发。

“头发的牢固度勉强可以。但这头乌发怎么一丝光泽都没有？而且她的个子真的太太太娇小了。”

“她在三胞胎姐妹里，个子最小，年纪也最小。”娜塔莉亚的嗓音低沉、冷静，“小妹，有些东西你是无法改变的。”

娜塔莉亚向前迈了一步，凯瑟琳很难克制住不让自己的目光随她而动。娜塔莉亚·爱伦对她来说是很亲近的人，在凯瑟琳的认知里可能就是妈妈一般的存在。凯瑟琳六岁从黑暗乡舍搬来格瑞福斯德雷克庄园这个新家时，一路上穿的真丝衬衣就是借的娜塔莉亚的。她与两个姐姐分别之后，一直哭哭啼啼。那天，凯瑟琳身上没有一丝女王储的做派。可娜塔莉亚纵容了她，任由凯瑟琳趴在自己身上哭，毁了她的裙子。娜塔莉亚一下一下轻抚着她的头发，这便是凯瑟琳最初的记忆，也是娜塔莉亚唯一一次允许她表现得像个孩子。

客厅里的光是借着别处的，光斜着透进来，娜塔莉亚淡金色的发髻看上去几乎成了银色。但她并不老。娜塔莉亚永远都不会老。

工作太多，责任太重，她不能变老。身为黑暗议会最强家族——毒师艾伦家族的族长，她还要抚育他们的新女王。

吉纳维芙握住凯瑟琳淬了毒的手，大拇指摩挲着结痂的各处地方，最后找到一处最大的痂，她狠狠一抠，抠出血来。

“吉纳维芙，”娜塔莉亚警告她，“够了。”

“这样，戴手套就合理多了。”吉纳维芙口中这样说，心里依然很生气，“长手套可以修饰她手臂的线条。”

她松开凯瑟琳的手，任由它垂落到腰部再弹起。凯瑟琳在这块木台上已经站了将近一小时，今天却依然望不到头。她必须要撑到夜幕降临，撑到自己的庆生宴会，撑到毒师一族的盛宴——暗黑饕餮。想到这里，她的胃就抽痛，整个人微微瑟缩了一下。

娜塔莉亚皱起眉头。

“你休息过了？”她问道。

“是的，娜塔莉亚。”凯瑟琳回答说。

“除了水和稀粥，没吃别的？”

“没吃别的。”

除了水和稀粥，什么都不能吃，这样的日子已经好几天，但或许还要继续下去。她必须把所有的毒都吸收进体内，一滴不浪费，才能勉强通过娜塔莉亚的特训考核。当然了，如果凯瑟琳的毒师天赋极高，通过考核根本就是小事一桩。

凯瑟琳站在木台上，客厅四周阴暗的墙壁令人觉得逼仄，它压下来，沉甸甸的，携着住在墙里的爱伦家族先人的灵魂。这些灵魂专程从岛上四面八方赶过来，就是为了女王储十六周岁的生日。格瑞福斯德雷克平日里给人的感觉是一栋宏伟、沉静的空殿，静候着主人们离开城里的豪宅时，过来小住。它的主人包括娜塔莉亚和她的一众仆从，以及她的弟弟妹妹——安东尼和吉纳维芙，还有娜塔莉亚的堂兄妹卢西恩和爱兰歌娜。今天，这里装饰华丽，一派繁忙景象，准备迎接花样繁多的毒药和各位毒师。如果房子会笑，格瑞福斯德雷克一定还会露出微笑。

“她必须做好准备。”吉纳维芙说，“这岛上的每一处角落，都等着今天晚上。”

娜塔莉亚歪着头看向自己的妹妹。这个动作能让别人马上明白，对吉纳维芙的担忧她有多怜悯，而这种老生常谈又多令她腻烦。

娜塔莉亚又转头望向窗外，看着因德里得山坐落在山脚下的都城——沃洛伊堡。她看着两座“孪生”高大黑塔的塔尖，看着女王执政期间的住所，看着永恒不变的黑暗议会的会址，它们矗立在袅袅炊烟中。

“吉纳维芙，你紧张过头了。”

“紧张过头？”吉纳维芙反问道，“马上就是竞选年，我们的女王储却这么弱。如果我们输了……我才不要回普林！”

娜塔莉亚觉得妹妹的声音尖锐得过分了，不禁嗤笑一声。普林。曾经的毒师之都，可如今只有最弱的毒师才住在那里。现在，因德里得山的首府完全掌握在毒师手中，约莫已经有一百多年了吧。

“吉纳维芙，你从来没去过普林。”

“不要嘲笑我。”

“那就别表现得这么可笑。有时候，我真不知道你脑子里都是什么。”

娜塔莉亚再一次望向窗外，看着沃洛伊堡黑漆漆的塔尖。黑暗议会里，艾伦家族的成员占了五个席位。三代以来，艾伦家族在议会中的席位从来没有少于五个，这些人都是最后登上女王王位的毒物系女王储亲自安置的。

“我只是在告诉你一些或许被你忽略的事，你平时只埋头辅佐、宠溺我们的女王储，根本不关注议会的事。”

“没有我忽略的东西。”娜塔莉亚说。吉纳维芙眼睛低垂。

“自然如此。是我失言了，长姐。只不过议会现在行事越发谨慎，神殿已经公开支持元素系了。”

“神殿的职责是掌管节庆日，以及为生病的孩子祈祷。”娜塔莉亚转身，敲着凯瑟琳的下巴往上托，“至于其他事，那些平民还不是要指望议会。”

“吉纳维芙，你为什么不去马厩找匹马出去跑跑呢？”她提议道，“平复一下你的情绪。或者干脆直接回沃洛伊堡去。有一点是肯定的，这里需要心思专注的人。”

吉纳维芙闭上了嘴。有那么一阵，她似乎并不服气，甚至想走到木台前，狠狠扇凯瑟琳一个耳光，这样才能缓解自己的紧张。

“这个主意不错。”吉纳维芙说，“那么，长姐，我们晚上见了。”

吉纳维芙离开之后，娜塔莉亚朝凯瑟琳点点头：“你可以下来了。”

小女孩爬下木台，瘦弱的膝盖瑟瑟发抖，她小心地不让自己跌倒。

“先回房间吧。”说着，娜塔莉亚转身去研究书桌上的一摞卷宗，“我叫吉赛尔送碗粥过去。除此之外，你只能再喝几口水。”

凯瑟琳低下头，向娜塔莉亚行了一个屈膝礼。她用余光悄悄看着娜塔莉亚，迟疑着没动。

“情况……？”凯瑟琳问，“情况真的有吉纳维芙说的那么糟糕吗？”

娜塔莉亚打量了她一会儿，好像在考虑她的问题值不值得花心思回答。

“吉纳维芙就是想得多。”娜塔莉亚终于开口，“我们俩小时候她就这样。凯特[1]，没有，情况根本没有那么糟糕。”她伸出手，替女孩将散落下来的几绺头发掖到耳后。每当娜塔莉亚心情好时，就喜欢这样做。“早在我出生之前，毒物系的历代女王储就在女王宝座上坐得稳稳的。而等你我去世之后，她们依然会稳稳地坐在上面。”她双手扶住凯瑟琳的肩头。高挑、冷静又美丽的娜塔莉亚。这些话从她嘴里说出来，不给人留一丝可辩驳的余地，不容人置喙。如果凯瑟琳能更像她一些，爱伦家族就没什么可担心的了。

“今晚就是一场宴会。”娜塔莉亚说，“专门为你举办，庆祝你的生日。好好享受，凯瑟琳小殿下。其他事，我来操心就好了。”

小殿下凯瑟琳坐在梳妆镜前，细细端详自己的外表，吉赛尔正替她梳理那头乌黑的秀发，一下一下，一梳到底，不轻不重。凯瑟琳身上是内衣长袍，身子仍旧冰冷。格瑞福斯德雷克里四面透风，全年无光。有时候，她觉得自己大部分光阴好像都是在黑暗以及刺骨的寒冷中度过的。

---

[1] 凯瑟琳的简称。

梳妆镜的右侧，是一个四面都是玻璃的笼子。笼子里，她那条被蟋蟀喂得肥腻的珊瑚蛇正在小憩。这条蛇刚孵出来就被送到了凯瑟琳手里，她是唯一一个凯瑟琳不觉得害怕的毒物。她认得凯瑟琳声带的颤动以及她身上的气味，从来没有咬过她，一次都没有。

今天晚上，凯瑟琳要戴着她出席宴会，把她作为一只有温度、能蠕动的手镯，套在自己的手腕上。娜塔莉亚则会戴着她自己的黑色树眼镜蛇。这种当手镯的小蛇看起来不如那些披在肩上的大蛇来得炫酷，但是凯瑟琳喜欢自己的这个小饰品。她更漂亮；红黄黑相间。他们说，这种配色很有异域风情，是毒物系女王储最完美的饰品。

凯瑟琳碰了碰玻璃，小蛇抬起圆圆的头。凯瑟琳被勒令严禁给她起名字，他们反复在她耳边说她不是宠物。但是，在心里，凯瑟琳还是叫这条蛇“小甜心”。

“香槟不要多喝。”说着，吉赛尔将凯瑟琳的头发分成几股，“那些东西里肯定都被下了毒，或者是混了些毒果汁进去。我听厨房的人提起过粉色的槲寄生果。”

“我肯定还是要喝一点的。”凯瑟琳说，“毕竟，他们是来给我庆生的。”

她的生日，以及她两个姐姐的生日。整座岛的人都在庆祝这新一代三胞胎女王储的十六岁生日。

“那么，沾沾唇就好。”吉赛尔说，“不能再多了。要留心的不仅仅是那些毒，还有酒精本身。你还太小，喝太多很容易烂醉如泥。”

吉赛尔将凯瑟琳的头发编成一条一条辫子，然后绾起来高高的拢在头顶，再一圈一圈绕成一个圆髻。她动作轻柔，没有用力拉扯。吉赛尔知道，经过年复一年的浸毒，凯瑟琳的头皮非常脆弱。

凯瑟琳伸手想要再扑一层粉，吉赛尔咂了咂舌头表示不赞同。小殿下扑了厚厚的白粉，试图掩饰她肩头突出的锁骨，粉饰凹陷下去的脸颊。毒药侵蚀，令她过于消瘦。每个在大汗淋漓和不停呕吐中度过的深夜，让她的皮肤像沾湿的纸片一般呈现出一种极易破碎的晶莹剔透。

“您已经够美了。”吉赛尔看着镜子里的凯瑟琳，微笑着说，“瞧这双眼睛，又大又黑，像个洋娃娃。”

吉赛尔心地很善良。她是整个格瑞福斯德雷克庄园最得宠的侍女。然而，就连她这个侍女，从许多地方来看，都比这位女王储要漂亮许多，比如那丰盈的双唇、脸上的肤色、耀眼的金发，不过这头金发她不得不染成淡金色，因为娜塔莉亚更喜欢这样。

“像个洋娃娃。”凯瑟琳重复道。

或许吧。但是这双眼睛可没那么可爱。这两个黑而大的魔法球里面蕴含着一种病恹恹的状态。她看着镜子，想象自己的身体被一一拆分。骨头。皮肤。血量不足。别人不费吹灰之力，就能把她打得爬不起来，把她为数不多的肌肉一块块剥开，掏出内脏放在太阳下晒成肉干。凯瑟琳常常在想，不知道自己的两个姐姐是否也如此容易被击倒；不知道她们的皮肤下面是否也是和自己同样的结构。应该不会吧，毕竟一个是毒物系，一个是自然系，一个是元素系。

“吉纳维芙觉得我会输。”凯瑟琳说，“她说我太小、太弱了。”

“您是毒物系的女王储。”吉赛尔说，“还有什么比这个更要紧呢？再说，您没那么小，也没那么弱。我见过更娇小、更弱的人。”

娜塔莉亚穿着一身黑色的紧身衣风风火火走进房间。她们本应能够听见她过来；鞋跟踩在地板上的咔嗒声，还有刚刚天花板上传来的风铃声。但是她们两个都太分心了。

“她好了吗？”娜塔莉亚问。凯瑟琳站起身。能由爱伦家族的族长服侍打扮是莫大的荣耀，只有在各种节日的时候才会如此。以及，这个最重要的生日。

吉赛尔拿过凯瑟琳的礼服。这是一身黑色的伞裙礼服，很沉。虽然没有袖子，但是用来遮掩毒橡树刮伤处的黑色缎子长手套已经准备好了。

凯瑟琳站进礼裙中间，娜塔莉亚开始帮她系紧。凯瑟琳的胃有些抽痛。楼下宾客云集的派对声音顺着楼梯一点一点爬上来。娜塔莉亚和吉赛尔一人一边，给她套上手套。吉赛尔打开小蛇的笼子。凯瑟琳勾出小甜心，小蛇乖乖地盘住她的手腕。

“它服药了吗？”娜塔莉亚问，“或许应该给它服一点。”

“不用了。”说着，凯瑟琳一下一下轻抚小甜心的头顶，“她会很乖的。”

“但愿吧。”娜塔莉亚转过凯瑟琳的身子，让她面对镜子，双手放在她的肩头。

历史上，从未出现过同一法系的女王储三代连任的情况。往上数三位女王分别是西尔维娅、妮可拉和卡米拉。她们三人全都是毒师，由爱伦家族抚养长大。如果再出一任的话，或许就会开创一个王朝；或许此后只会允许毒物系的女王储长大成人，而她的姐妹在出生时就要被溺死。

“暗黑饕餮并不是什么值得大惊小怪的事。”娜塔莉亚说，“没有什么是你之前没见过的。不过还是老规矩，不许吃太多。用点小技巧，和我们训练时一样就可以。”

“这可是个好兆头，”凯瑟琳柔柔地说，“前提是我的天赋今晚能显露的话。在我生日当天，就像哈德莉女王生日当天那样。”

“你又沉迷在图书馆的那些历史里无法自拔了。”娜塔莉亚朝凯瑟琳的脖子喷了点茉莉花香水，又摸了摸她头后盘起来的小辫子发髻。娜塔莉亚淡金色的头发也梳成类似的发型，或许这是为了表示一种团结：“哈德莉女王并不是毒物系的，她的天赋是战斗。这可不一样。”

凯瑟琳点点头，左右拧了拧身子，与其说她是人，不如说更像是一个模特，粗陶土塑的坯子，娜塔莉亚可以在上面任意施加她的毒物系技巧。

“你是有一点瘦。”娜塔莉亚说，“卡米拉可没这么瘦过，她几乎可以用丰满来形容。她盼着暗黑饕餮，就像是小孩子盼过节一样。”

凯瑟琳听见卡米拉女王的名字，竖起了耳朵。娜塔莉亚除了提起过自己以卡米拉义姊的身份跟她一起长大，几乎从来不提这位前任女王的事。她也是凯瑟琳的妈妈，但是凯瑟琳自己并不这么认为。神殿颁布的神旨认为，女王无母亦无父。她们都是女神之女。再加上，卡米拉女王生产完毕、身子刚刚恢复，便立刻同自己的王夫一起赴了黄泉。历代女王都是如此。女神送来了新女王，旧女王的统治便结束了。

不过，凯瑟琳还是很乐意听这些故人的故事。而娜塔莉亚讲过的唯一一个卡米拉的故事，就是卡米拉是如何夺取了自己的王冠。她是怎样狡诈、悄无声息地给自己的两个姐妹下毒，让她们过了一阵才死去，而就算在她们死了以后，如果不看挂在唇边的白沫，单看那安详的神情，你会以为她们是在睡梦中死去的。

娜塔莉亚是亲眼见过那两张中了毒却仍旧很安详的面孔的。如果凯瑟琳成功的话，她还会再见到两张。

“不过，在其他方面，你还是很像卡米拉的。”说完，娜塔莉亚叹了口气，“她也很喜欢图书馆那些落满土的书。而且她给人的感觉一直都很小的样子，特别小。夺取王冠之后，她在位的时间只有十六年，女神把新一代三胞胎送来的太早了。”

卡米拉女王的三胞胎之所以来得这么早，是因为她身体很弱。坊间流传的八卦是这么说的。凯瑟琳有时候也会不自觉地暗自思忖，自己究竟能够活多久。在女神找到替代自己的合适人选之前，她能够带领自己的子民多少年。她想，爱伦家族应该是不会在意的吧。黑暗议会一直把持着岛上的政务，只要她完成加冕，他们就能继续自己的统治。

“我想，卡米拉对我而言，就像是我的小妹妹。”娜塔莉亚说。

“所以我就变成你的外甥女了？”

娜塔莉亚捏着她的下巴。

“别这么敏感。”说着，她松开凯瑟琳的下巴，“卡米拉虽然外表看着很小，却能冷静地干掉自己的两个姐妹。她一直都是一位很出色的毒师。她的天赋很早就显现了。”

凯瑟琳皱眉。她们三姐妹中，也有一个早早显露出了天赋，就是最厉害的元素系的那一位——米拉贝拉。

“娜塔莉亚，我也能轻轻松松就干掉自己的姐姐们。”凯瑟琳说，“我保证。不过可能我干掉她们以后，她们的样子不会像是睡着了。”

北侧的宴会厅挤满了毒师。似乎每一个声称拥有爱伦血统的人，和除此之外所有普林的毒师，都从千里之外赶到了因德里得山。凯瑟琳站在主楼梯的上方，细细打量来参加派对的人。凡所用的东西无外乎水晶、白银和宝石，围绕着紫色颠茄果塔的塔基闪闪发光，这几座用紫色颠茄果堆起来的塔，最外面还裹了一层棉花糖。

赴宴的宾客简直文雅得做作；女士们戴着黑色珍珠和黑色钻石的项链，男士们都系着黑色的丝绸领结。他们骨架上的肥肉肆意横流，手臂蕴含的力气也不可小觑。他们会评判她，找出她的不足，然后大肆嘲笑。

凯瑟琳看着一个深红色头发的女士向后仰起头。有那么一瞬，你甚至能看见她的后槽牙——以及她的喉咙，好像她的下巴脱臼了一样。传到凯瑟琳耳中的那些彬彬有礼的闲谈变成了悲号，而宴会厅里好像挤满了闪闪发光的怪物。

“我做不到，吉赛尔。”她喃喃地说。侍女停下了正在替她抻平礼服多褶的裙摆的手，从后面扶住她肩头。

“您可以的。”她说。

“这些楼梯好像变多了。”

“并没有。”吉赛尔笑了两声，“凯瑟琳小殿下，您会表现得尽善尽美。”

下面的宴会厅，音乐停下来。娜塔莉亚伸出双手。

“您要登场了。”说着，吉赛尔又检查了一下垂地的裙摆。

娜塔莉亚看着来宾，低沉、铿锵的声音响起：“在今天这样一个重要的日子里，谢谢诸位今晚与我们共聚一堂。每年的今天都很重要，但是今年的今天，则是重中之重，今年我们的凯瑟琳十六岁了。随着春天的到来，五朔节也就来了，而它不仅仅是一个节日。

它还标志着竞选年的开始。在五朔节期间，在复苏大会上，全岛的人都将见识到毒师的力量！待到五朔节结束，我们将荣幸地见到我们的女王储可口怡人地毒死她的两位姐姐。”

娜塔莉亚手一挥，指向楼梯。

“今年的五朔节只是开始，明年的五朔节就可以荣登大宝。”掌声更热烈，赞同的笑声、叫声更响。在一年内毒死两位女王储，他们都觉得这轻而易举。一位实力强悍的女王储在一个月之内就可以实现，可是凯瑟琳并不强悍。

“但是，今晚，”娜塔莉亚说，“你们只需要享受她的陪伴。”

娜塔莉亚转身，面向铺着深红色地毯、高高耸立的主楼梯。此外，主楼梯还临时辟出一条亮晶晶的黑色分流道。但或许只是为了让凯瑟琳滑倒。

“这条裙子比挂在衣柜里时感觉要沉。”凯瑟琳小声说。吉赛尔咯咯笑起来。

迈出阴影、踏上楼梯的那一刻，凯瑟琳就感觉到了所有人的眼睛都盯着自己。严厉、苛刻是毒师的本性。他们的目光好似匕首，轻轻松松就可以杀人。芬伯恩岛上不同法系的强大，依上位女王的法系而定。自然系女王登基，自然系便强。元素系女王登基，元素系便强。经历了三任毒物系女王连任，现在最强的法系便是毒物系，而爱伦家族则是毒物系中最强的。

凯瑟琳不知道自己应不应该微笑。她只知道自己不能颤抖或是跌倒。她差一点就忘记了呼吸。她一眼瞥见站在娜塔莉亚右后方的吉纳维芙。吉纳维芙淡紫色的眼睛就像石头，看起来既愤怒又担心，她好像在鼓励凯瑟琳犯错误，又好像很希望能够感受自己的手对着凯瑟琳的脸左右开弓的感觉。

凯瑟琳的脚跟稳稳地落在宴会厅的地上时，水晶酒杯纷纷举起，白闪闪的牙齿露出一片。凯瑟琳提到嗓子眼儿的心落了回去。一切顺利，至少暂时如此。

一名侍从送来一杯香槟。她接过高脚杯，闻了闻：这杯酒闻起来有一点橡树味，还带着淡淡的苹果香。如果这杯酒被下了毒，那肯定不是吉赛尔怀疑的粉色槲寄生果。不过，凯瑟琳只抿了一口，仅够湿润她的嘴唇。

出场仪式完毕，音乐再次奏响，交谈声继续。身着精致黑衣的毒师们像乌鸦一样蜂拥而上，然后又飞快地一哄而散。凑上来的人那么多，他们彬彬有礼地行着躬身礼、屈膝礼，丢下许多名字，但只有爱伦这个姓氏才重要。没过几分钟，凯瑟琳心中便被焦虑充斥。她突然觉得礼服很紧，宴会厅变得很热。她到处找娜塔莉亚，却没有看见。

“凯瑟琳小殿下，您还好吗？”

凯瑟琳眨眨眼，看着面前这位女士。她记不起之前她都说了些什么了。

“是的。”她说，“当然。”

“哦，那么您是怎么想的呢？您觉得您两个姐姐的庆生会，会比这个盛大吗？”

“为什么不？！”凯瑟琳说，“自然使可以把鱼串在棍子上烤。”毒师们哈哈大笑。“至于米拉贝拉……米拉贝拉……”

“她可以光着脚在水坑里踩来踩去。”

凯瑟琳转过身。一位英俊的青年毒师正看着她微笑，他有着和娜塔莉亚一样的蓝眼睛、一样的淡金色头发。青年毒师伸出手。

“毕竟，元素系的人还能干些什么呢？”他问道，“不知小殿下可否赏脸跳支舞？”

凯瑟琳任由自己被他领着走进舞池，被他搂紧。他右边的礼服翻领上别着一只漂亮的蓝绿色的噬魂金蝎。作为饰品的这只蝎子还残存了一口气，几条腿慢吞吞地蠕动着，美丽又诡异。噬魂金蝎的毒是非常厉害的。她曾经被这毒物蜇过七次，又好了七次，但一想起被它蜇的后果，凯瑟琳还是有一点点抗拒。

“你救了我。”她说，“他们再多跟我说一会儿，我一定掉头就跑。”

他的笑容很迷人，足以令她脸红。他们在舞池里旋转，她仔细看着他棱角分明的脸庞。

“你叫什么名字？”凯瑟琳问，“你一定是爱伦家的人，你继承了他们的轮廓，还有发色。除非你的头发是临时染的。”

他朗声大笑：“怎么？你是说，像侍从那样？哦，娜塔莉亚姑母的容貌。”

“娜塔莉亚姑母？所以，你是爱伦家的人喽？”

“是的。”他说，“我叫皮埃尔·雷纳德。我母亲是宝琳娜·雷纳德。我父亲是娜塔莉亚的兄长，叫克里斯托弗。”他手一转将她抛出去，“您跳得非常不错。”

他的手在她后背游走，每当他想要上移搂住她的肩膀时，凯瑟琳便紧张起来，或许他会觉得自己裸露的肩头摸起来有些疙疙瘩瘩，因为那里的皮肤受了毒药浸泡之后变得很粗糙。

“我就是好奇，”她说，“这件礼服到底有多沉。感觉我这条腰带都要勒出血来了。”

“哦，那您可千万不能允许这种情况发生。他们说，最强的毒物系女王储，血里是带毒的。我一定会恨死那些将您偷走就只为了尝鲜的秃鹫。”

带毒的血液。那么，如果它们真的尝到了，该有多失望。

“秃鹫？” 凯瑟琳说，“难道这里大部分不都是你家族的人吗？”

“是的，完全正确。”

凯瑟琳哈哈笑起来，当她的脸凑过去快要贴上噬魂金蝎时，才停下来。皮埃尔很高，几乎快比她高出一个头。她可以轻轻松松地一边跳舞，一边盯着那只蝎子的眼睛。

“您的笑声真动听。”皮埃尔说，“不过这也太奇怪了，不是吗？我本以为您应该非常紧张才是。”

“我是很紧张。”她说，“这次暗黑饕餮——”

“与暗黑饕餮无关。而是紧张这一年。紧张五朔节期间的复苏大会，那是一切的开始。”

“一切的开始。”她轻柔地说。

娜塔莉亚无数次告诫过她，当事情来临时，只要按部就班就好。要处变不惊。到目前为止，一切都很简单。可是，娜塔莉亚让一切听起来太过轻描淡写。

“我必须面对。”凯瑟琳说。皮埃尔听了呵呵笑起来。

“您的语气里满满的全是担心啊。希望等您遇到来求婚的人，话里可以再多添一点点热情。”

“那倒无所谓。无论我选谁来当王夫，只要我还是女王，他就要爱我。”

“您就没想过他们在那之前就已经爱上您了吗？” 皮埃尔道，“我认为人们希望的应该是这样——希望他们爱上的是自己这个人，而不是自己的地位。”

凯瑟琳差一点就要吐出自己的真实想法了：女王和地位可不一样。不是每个人都有资格当女王。只有她，或是她那两个姐姐，这三个和女神有关系的人才有资格。只有她们才能孕育出下一代的三胞胎。但是她明白皮埃尔是什么意思。就算她犯了错也会有人关心，不看重她与生俱来的权势而只看重她这个人，那种感觉非常甜蜜。

“您也没想过他们所有人都爱上了您，而不仅仅是其中一个吗？”他问道。

“皮埃尔·雷纳德。”她说，“你一定是来自非常遥远的地方，才会没有听过那些传闻。这个岛上的每一个人都知道那些求婚者最喜欢的是谁。他们说我姐姐米拉贝拉像星光一样美丽。从来没有人对我说过半句这种恭维话。”

“但或许就是如此呢？”他说，“就只是恭维而已。他们还说米拉贝拉是半个疯婆子呢，痴迷于健身和激情。说她是神殿的奴隶和狂热信徒。”

“以及她力气大得可以拔起一所房子。”

他看着他们头顶上的天花板，凯瑟琳笑而不语。她说得可不是格瑞福斯德雷克。这个世界上没有人力气大到可以将格瑞福斯德雷克从地基上连根拔起。娜塔莉亚也绝不会允许。

“你那个自然系的姐姐阿尔西诺伊呢？”皮埃尔问得很随意。他们两个全都笑起来。坊间从来没有传过与阿尔西诺伊有关的只言片语。

皮埃尔再次带着凯瑟琳在舞池里转了一个圈。他们两个已经跳了很久，人们纷纷投来目光。

一曲终了。这是他们跳的第三支舞，或许是第四支。皮埃尔停下舞步，吻了吻女王储戴着手套的指尖。

“希望能够再次见到您，凯瑟琳小殿下。”他说。

凯瑟琳点点头。她没有注意到在他离去之前整个宴会大厅有多沉静，直到他离去，交谈声才再次响起。声音从大厅南边的镜子墙弹回来，在大厅里回荡，一路向上，直达天花板上的雕花瓷砖。

娜塔莉亚在一簇黑裙包围的正中，收到了凯瑟琳看过来的目光。她应该再跟别的人跳一支舞。但是那张铺着黑桌布、长长的宴会桌四周，已经围满正在摆放银餐盘的仆人，就像被蚂蚁包围一样，晚宴即将开始。

暗黑饕餮，有时候也被人叫作“黑色饕餮”，是一种吃掉所有含毒食物的仪式，由毒物系的女王储来进行，几乎每一个重要节日都举办一次。所以，无论天赋有没有显现，凯瑟琳都必须出色完成任务。她要撑着把所有的毒物菜肴从头到尾吃完，一直到自己被送回房间、关上房门才算安全。那之后的事情，来参加宴会的宾客全都不允许观看。那些汗、那些痉挛、那些血。

大提琴奏响，凯瑟琳差一点就要逃了。一切来得这么快。她本来以为还要再过一会儿。

今晚，在这个宴会大厅里的每一个毒师都很重要。每一个来自黑暗议会的爱伦家族的成员都很重要：卢西恩和吉纳维芙、爱兰歌娜和安东尼。还有娜塔莉亚。她无法忍受令娜塔莉亚失望。

宾客们全都朝布置好的餐桌走去。那群人，第一次，成了助力，黑压压一群人像海浪一样压过来，推着她向前。

娜塔莉亚指示仆人将餐盘的银盖揭开，露出盘里的食物。餐盘里盛放着一小堆闪闪发光的浆果、肚里塞满毒芹的母鸡，还有抹了蜜糖的毒蝎子以及泡着夹竹桃的甜果汁。开胃菜是鹿汤，黑红色的汤汁里夹杂着玫瑰豆。看到这一幕，凯瑟琳的嘴巴开始发干。而她手腕上那既是手镯又是蛇的小毒物，似乎也把身子盘紧了些。

“您饿了吗，凯瑟琳小殿下？”娜塔莉亚问道。

凯瑟琳伸出一根手指在小甜心温暖的环形身子上来回滑动。她知道自己应该说什么。这番对答早就安排好，练习过。

“我的确胃口大开。”

“女神早已规定，他者的死必能滋养您。”娜塔莉亚继续说，“您开心吗？”

凯瑟琳重重吞了一口口水。

“这些祭品非常合我心意。”

娜塔莉亚遵循传统，不得不鞠躬行礼。她这样做的时候，看起来非常不自然，就好像她是一只开裂的黏土锅。

凯瑟琳双手放在桌子上。宴席的菜肴一道一道摆到她面前：按照顺序，源源不断，速度飞快。她可以随心意，坐着也行，站着也行。凯瑟琳不用把这些食物全部吃光，但她吃得越多，越令人惊艳。娜塔莉亚曾经建议她不要理会那些餐具，直接用手，甚至可以让汁水顺着她的下巴往下滴。如果凯瑟琳毒物系技巧的能力有元素系的米拉贝拉那么强大，她能把整个席面全都吃光。

菜肴闻起来很香。但凯瑟琳的胃不会再被愚弄，它试图扭曲自己把胃袋关闭，痛苦地痉挛起来。

“母鸡。”凯瑟琳说。一名仆人将母鸡端到她面前。整个宴会厅沉甸甸的，好像布满了眼睛，等待着。如果有必要，他们可能会把她的脸直接按进去。

凯瑟琳舒展肩膀。毒物系在黑暗议会一共有九位长老，今晚来了七位，站在宾客最前排。当然了，其中有五位和卢西恩·马洛、保拉·文德一样，都是爱伦家族的成员。剩下两位，曾经作为使者，被派去前往她两个姐姐的庆典。

来观礼的女祭司只有三名，不过娜塔莉亚说不用在意这些人。大祭司卢卡早就被米拉贝拉永远收进口袋里，她放弃了神殿的中立立场，相信米拉贝拉会是将权力从黑暗议会手里夺回的铁拳。但此时全岛掌握在黑暗议会手里，女祭司除了是老古董和保姆之外，什么都不是。

凯瑟琳撕下母鸡鼓起来的白鸡胸，这里的肉是离里面塞得毒物最远的。她将肉塞进嘴巴，嚼了起来。有一阵，她很怕自己咽不下去。但是这一口还是咽了下去，围观的众人都松了一口气。

下一道，她点了涂了蜜糖的蝎子。这些蝎子很容易接受。外表金色的糖衣色泽明丽泛着光。所有的毒都在尾巴上。凯瑟琳吃掉了四对钳子，然后点了那道带玫瑰豆的鹿汤。

她应该最后喝这道汤。她控制不了汤里的毒，玫瑰豆似乎加快了毒性发作的速度。每一道银闪闪的菜肴都变得灰蒙蒙的。

凯瑟琳的心脏开始怦怦跳。在宴会厅的某处，吉纳维芙低声咒骂她的愚蠢。但为时已晚。她必须喝一口，甚至还舔了舔手指。她吸吮干净手指上沾的汤汁，然后用冰冷的清水漱口，洗清味蕾。她的头开始痛起来，瞳孔放大，视线变得模糊。

用不了多久，她吃下去的东西就会毒性发作。她会失败。凯瑟琳感受到那许多双眼睛的分量，感受到他们期待的分量。他们要求她完成。他们的心声如此强烈，她甚至差一点就能听见。

下一道菜是野蘑菇派，她狼吞虎咽地吃下去。她的脉搏已经不平稳，但是她不确定是因为毒物还是仅仅因为紧张。她吃东西的速度，那种热情，给人留下了一种好印象，爱伦家族的人鼓起掌。他们鼓励她继续。他们的掌声让凯瑟琳豁出去了，她比预计中的又多吞了几个蘑菇。最后一个蘑菇吃起来有点像是红菇，但不应该。红菇的毒性太大了。她的胃收紧，这毒性来得快而凶猛。

“浆果。”

她往嘴里丢了两颗，一边含着一边伸手去拿那杯毒酒。大部分她都洒在了脖子里、礼服的前襟上，不过这不重要。暗黑饕餮结束了。她双手重重地砸在桌子上。

毒师们沸腾了。

“这只是一碟小菜。”娜塔莉亚宣布道，“本次为迎接复苏大会而举办的暗黑饕餮，将成为传说的一部分。”

“娜塔莉亚，我要回去。”说着，她抓住了娜塔莉亚的袖子。

人群安静下来。娜塔莉亚不着痕迹地抽出衣袖。

“什么？”她问。

“我要回去！”凯瑟琳叫起来，但是已经太迟了。

她的胃收缩。一切发生的那样快，甚至连转身都来不及。她弯下腰，将刚刚吃下去的所有黑色祭品全吐在了桌子上。

“我没事。”凯瑟琳努力与反胃搏斗，“我一定是生病了。”

她的胃再一次发出作呕的声音。但是比这声音还大的，是厌恶的惊呼。窸窣的衣角摩擦声，是毒师们后退避开这一摊污秽的声音。

凯瑟琳充血、噙泪的眼睛看着他们阴沉的怒容。她的不雅反应在每个人的表情上。

“能不能请你们带我回房间？”凯瑟琳在痛苦喘气的间隙问道，“谁都行。”

没有人上前。她双膝重重地跪倒在大理石地板上。这并不是普通的呕吐。她全身大汗淋漓，脸颊上的血管全都暴起。

“娜塔莉亚，”她说，“对不起。”

娜塔莉亚一言不发。凯瑟琳眼中见到的只有娜塔莉亚握紧的双拳，以及她默默地挥动手臂，愤怒地下令叫客人们离开宴会厅。周围全是匆忙离开、步伐凌乱的脚，他们要尽可能离凯瑟琳远远的。她又吐起来，只好抓住桌布盖住自己。

宴会厅暗下来。仆人们开始收拾桌子的时候，又一阵痉挛撕裂了她瘦弱的娇躯。

凯瑟琳这个样子简直有失体统，甚至没人愿意走过来扶她。

贪狼泉

雪地里，卡姆登正在追老鼠。一只棕色的小老鼠发现自己置身于一片空地中间，无论它跑过地面的速度有多快，卡姆登的大爪子总能跨出更大的步子，哪怕她的腿有半截是陷在雪里的。

朱尔斯饶有兴味地看着这场追逐游戏。小老鼠很害怕，但又很果断。卡姆登在后面紧追不舍，那种兴奋就像自己在追的是一头鹿或一只胖嘟嘟的小肥羊，而不是只够吃一口的东西。卡姆登是一只山猫，三岁大，已经完全长到了一只成年山猫的个头儿。和跟着朱尔斯一起从家走到森林的那只奶白色眼睛的幼崽完全不同，她依然很年轻，身上的斑点清晰可见，皮毛中也是绒毛更多一些。长到现在，她全身都是光滑的蜜糖棕色，只在各种尖端的部分才带一点黑色，比如耳尖、脚尖，还有尾巴尖。她跳起来时，两只前爪同时扬起两道飞溅出去的雪花，老鼠跑得更快，朝前面光秃秃的灌木丛跑去。

虽然朱尔斯和卡姆登能心灵相通，但她还是不知道这只老鼠究竟是会被放走，还是被吃掉。无论哪一种，她认为很快就能见分晓。这只可怜的小老鼠还要跑很远才能跑到灌木丛，而这场追逐已经变成了一种折磨。

“朱尔斯，还是不行。”

阿尔西诺伊小殿下站在空地的中间，和其他女王储一样身着一袭黑裙，看起来像是雪地中的一个墨点。她一直想要将一朵玫瑰花苞变成绽放的玫瑰花，可是在她掌心里的，依然是一个紧闭的绿色花苞。

“祈祷呀。”朱尔斯说。

这同样的一唱一和，她们这几年重复了不下一千遍。朱尔斯知道接下来会发生什么。

阿尔西诺伊伸出手。

“你帮我一下好不好？”

在朱尔斯看来，这个玫瑰花苞活力十足，充满各种可能。她甚至能闻到包在里面的每一丝香气。她知道这朵玫瑰开出的花，能红到什么程度。

这样的事情，对任意一名自然使法师来说都轻而易举。对女王储来说，尤其容易。阿尔西诺伊应该有能力令整片灌木丛的花朵盛开，令整片原野返青。可她的天赋还没显现。正因为她实力这么弱，没人期望阿尔西诺伊能活过竞选年。可朱尔斯并没有放弃。就算是已经到了女王储的十六岁生日，还有四个月，像阴影一样的五朔节就要来临，她都没有放弃。

阿尔西诺伊晃晃手指，玫瑰花苞在她的掌心滚来滚去。

“只要你推我一下下，”她说，“让我开始就行。”

朱尔斯叹了口气。她想要说“不”，她应该说“不”。但是这未开的花苞就像是需要挠的痒痒。反正，这个可怜的小东西已经死了，被人从温室的母本上剪了下来。她不能让它就这样还绿着枯萎。

“集中注意力，”她说，“跟我一起。”

“嗯嗯。”阿尔西诺伊点点头。

这很容易办到。几乎就是一闪念，一声低语。花苞“砰”的绽开，就像豆子在滚烫的油锅里炸开了皮，美丽的红色玫瑰花瓣在阿尔西诺伊的手中舒展开来。它艳得像血，闻起来像夏天。

“成了。”说着，阿尔西诺伊将玫瑰放在雪地上，“而且效果还不错。我认为基本上所有的花瓣从最中间打开了。”

“我们再试一个。”朱尔斯说，当然了，她也做到了。或许她们应该再试试别的。从家往这边过来的路上，她听见了椋鸟的叫声。她们可以呼唤椋鸟，直到空地四周光秃秃的树干上全都栖满椋鸟。成千上万的，一直到贪狼泉范围内一只椋鸟也不剩，而这些树则会因为那些黑色带斑点的小东西热闹沸腾起来。

阿尔西诺伊的雪球砸中了卡姆登的脸，可朱尔斯也体会到了她的感受：惊讶，以及山猫将雪从脸上甩掉时那一瞬的愤怒。第二个雪球砸中了朱尔斯的肩膀，高度正好可以让爆开的雪落下时循着路钻进她外套温暖的领口里。阿尔西诺伊哈哈笑起来。

“你可真是个孩子！”朱尔斯生气地叫道，卡姆登咆哮着扑过来。

阿尔西诺伊勉强才躲过这一扑。她用胳膊捂住脸蹲下身子，山猫的爪子从她后背划过。

“阿尔西诺伊！”

卡姆登退后，悄悄溜走，羞愧不已。但这也不是她的错。她的感受就是朱尔斯的感受，她的反应就是朱尔斯的反应。

朱尔斯冲到女王储身边，飞快地查看她的情况。没有出血。阿尔西诺伊的外套上也没有抓痕和撕开的口子。

“真对不起！”

“没关系的，朱尔斯。”阿尔西诺伊一只手稳稳地抓住朱尔斯的小臂，但她的手指微颤。“这没什么。小时候，我们把对方从树上推下去的次数还数得清吗？”

“不一样。那时候是闹着玩。”朱尔斯看着自己的山猫，懊悔极了，“卡姆[1]已经不再是小幼崽了。她的爪子和牙齿都很锋利，速度还快。从今以后，我一定会更当心一些。”她睁大了眼睛。“你耳朵上那是血吗？”

阿尔西诺伊摘掉黑帽子，将乱糟糟的黑色短发撩起来：“没有。你瞧，她没有挨得很近。我知道你永远都不会伤害我，朱尔斯。你们两个都不会。”

朱尔斯伸出手，卡姆溜过来站在底下。她低沉而响亮的呼噜声，表明了这只山猫的歉意。

“我真的不是故意的。”朱尔斯说。

“我知道。刚才只是意外，不要再想了。”阿尔西诺伊重新戴上黑帽子，“不要跟凯特外婆讲。她要担心的事已经够多了。”

朱尔斯点点头。她不必告诉凯特外婆，就知道她会说什么，也能想象出她一脸的失望和担忧。

朱尔斯和阿尔西诺伊离开了空地，一直往下走过码头，穿过广场，朝冬季市集走去。她们走过小山坳时，朱尔斯举起胳膊朝站在船尾的沙德·米尔纳挥了挥。沙德·米尔纳刚刚才出海回来。他点头算是打了招呼，举起手中肥美的褐色鳎目鱼炫耀着。而他的灵宠海鸥则骄傲地拍着翅膀，朱尔斯怀疑抓住那条鳎目鱼的，其实是这

[1] 卡姆登的简称。

只海鸥。

“我希望自己不会分到这个东西当灵宠。”说着，阿尔西诺伊朝海鸥仰起下巴。今天一早，她就召唤了自己的灵宠。正如从很小的时候离开黑暗乡舍之后，她每天早上做的那样。但是什么动物都没召唤来。

她们继续在广场穿行，阿尔西诺伊踢着地上散乱的石子儿，卡姆登懒洋洋地跟在后面，很不开心自己离开充满力量的野外，回到这冷冰冰的石镇。丑陋的冬天将贪狼泉牢牢攥在手心里。连月来的冰冻和小部分融雪覆盖住鹅卵石，粗糙得很。玻璃上都是雾气，雪被无数双沾满泥的脚踩成烂污泥水。头顶上云彩阴沉沉地挂着，整个镇子看起来像是隔着一面脏玻璃往里瞧。

“小心。”她们经过马丁松姐妹食品杂货店时，朱尔斯提醒道。她朝空空的水果板条箱点点头，三个讨厌的小鬼正蹲在那些箱子后面。其中一个叫菠莉·尼克尔斯，她戴着自己爸爸的旧花呢帽。不过朱尔斯很清楚他们要干什么。

他们每个人手里都拿着一块石头。

卡姆登走到朱尔斯身边，大声吼叫。那几个孩子听见了。他们看着朱尔斯，蹲得更低了些。两个男孩没了胆子，菠莉·尼克尔斯却眯起眼睛。她做过的淘气事，有她脸上的雀斑那么多，甚至连她妈妈都知道这点。

“菠莉，不许扔！”阿尔西诺伊命令道，但是这似乎只能令情况恶化。菠莉的小嘴巴紧紧抿成一条线，嘴唇几乎消失不见。她从板条箱后面跳出来，狠狠地扔出石头。阿尔西诺伊伸出手掌去挡，但那块石头还是设法避开，直接击中她的头。

“嗷！”

阿尔西诺伊用手捂住被石头砸中的地方。朱尔斯攥起双拳，派出卡姆登去追那几个孩子，她下决心要把菠莉·尼克尔斯栽种到那些鹅卵石里。

“我没事，把卡姆登叫回来吧。”阿尔西诺伊说。她擦掉顺着脸颊流到下巴上的血。“几个小流氓而已。”

“小流氓？一群乳臭未干的臭小鬼！”朱尔斯嗞嗞地叫着，“抽一顿就老实了！最起码，也要让卡姆把菠莉那顶可笑的帽子撕个稀巴烂！”

但朱尔斯还是叫回了卡姆登，大猫停在街角，嗞嗞地吐着气。

“朱莉·米兰[1]！”

朱尔斯和阿尔西诺伊转过身。喊人的是卢克，吉莱斯皮书店的店主，他穿着一件棕色外套看起来很精神，一头金发向后梳，露出英俊的脸庞。

“个子不大，发起脾气来倒像头雄狮。”说完，他哈哈大笑，“进来喝杯茶吧。”

她们走进书店的时候，朱尔斯踮着脚，生怕碰响门上挂着的铜铃。她跟着卢克和阿尔西诺伊从高高的蓝绿色书架中间穿过，顺着楼梯来到上面的平台，平台上放了一张桌子，桌子上摆着三明治和一盘切成一块块的金黄色的黄油蛋糕。

“请坐。”说着，卢克走进厨房去拿茶壶。

“你怎么知道我们会来？”阿尔西诺伊问道。

“我能看清楚山上的一切。小心那些羽毛，汉克正在换毛。”

汉克是卢克的灵宠，一只漂亮的黑绿相间的大公鸡。阿尔西诺

[1] 朱尔斯·米兰的另一个名字。

伊吹掉桌子上的那根羽毛，伸手去够一盘小玛芬蛋糕。她拿起一块仔细看着。

“这些发光的黑色小东西长了腿吗？”朱尔斯问她。

“还有壳。”阿尔西诺伊说。甲虫玛芬蛋糕，能帮助汉克长出新羽毛。“飞禽。”说完，她放下蛋糕。

“你曾经还想要一只乌鸦呢，就像伊娃那样。”朱尔斯提醒她。

伊娃是朱尔斯的外婆凯特的灵宠，一只美丽的大乌鸦。朱尔斯的妈妈马德里加尔，她的灵宠也是乌鸦，这只乌鸦的名字叫阿里亚。她的身量比伊娃小巧，但是脾气更坏，简直和马德里加尔一个样。有很长一段时间，朱尔斯都觉得自己也会有一只乌鸦。她曾经盯着鸟巢，等着一团毛茸茸的小黑鸟跌进自己捧起的双手中。不过，私下里，她希望能有一条狗，就像她外公埃利斯的那条白色西班牙猎犬杰克一样，或者是她小姨卡拉那条漂亮的巧克力色猎犬也行。当然了，现在她绝对不会把卡姆登换出去。

“我觉得我还是喜欢速度快一点的长耳大野兔。”阿尔西诺伊说，“或者要一只蒙面的聪明小浣熊也行，可以帮我从玛奇那儿偷点炸蛤蚌。”

“你的灵宠肯定比兔子或是浣熊大得多。”卢克说，“你可是小殿下呢。”

他和阿尔西诺伊都瞥了一眼卡姆登，卡姆登那么高大，头和肩已经超过了桌子。无论她是不是女王储的灵宠，肯定没有比山猫更大的动物了。

“可能会和伯娜丁女王一样，是一匹狼。”卢克说。他替朱尔斯倒了一杯茶，又加了奶油和四块方糖。这种是小孩子喝的茶，也是朱尔斯的最爱，可是在家里，大人们不许她这么喝。

“贪狼泉出现的第二匹狼。”阿尔西诺伊含着满口的蛋糕思索，“要是这个概率的话，我更喜欢要……汉克蛋糕里的某一只甲虫。”

“不要这么悲观。我亲爸二十岁才召唤到他自己的灵宠。”

“卢克，”阿尔西诺伊哈哈大笑，“没有天赋的女王储，根本活不到二十岁。”

她伸手去够三明治。

“或许这就是为什么我的灵宠根本不打算来的原因。”她说，“它知道，反正我下一年就会死。哦！”

她的盘子上落了一滴血。菠莉刚才扔的石头划出了一个口子，藏在她的头发里。又一滴血滴在卢克精美的桌布上。汉克跳起来，啄着血。

“我最好拿去洗一下。”阿尔西诺伊说，“很抱歉，卢克，一会儿我再给你铺上。”

“别放在心上。”她走去洗手间时，卢克安慰她。他忧伤地用双手托着下巴：“明年春天五朔节，她一定会赢得王冠的，朱尔斯。你等着瞧吧。”

朱尔斯瞪着自己的茶，里面全是奶油，几乎变成了白色。

“首先我们需要能撑过今年春天的五朔节。”她说。

卢克只是笑。他非常确定。但是往上数三个朝代，比阿尔西诺伊强得多的自然系女王储全都被杀死了。爱伦家族实在太强，他们的毒药无孔不入。就算没有他们，米拉贝拉也是需要小心应对的。每条开去东北那座岛的船，回来时总带着各种传说，讲述围绕着罗兰斯城的香浓暴风如何如何猛烈，而那里正是元素系安家的地方。

“你知道，这只是你的希望。”朱尔斯说，“和我一样。因为你不想阿尔西诺伊死，因为你爱她。”

“我当然爱她，”卢克说，“但我依然相信。我相信阿尔西诺伊会是那个被选中的女王储。”

“你怎么知道？”

“我就是知道。不然女神为什么会派你这么强大的自然使法师来保护她呢？”

阿尔西诺伊的庆生宴在镇广场举行，在搭起来的黑白纹的巨大帐篷里。每年，食物和熙熙攘攘的宾客都将帐篷弄得热气腾腾，人们必须打开帐篷顶，让冬天的冷风吹进来才行。每一年，大部分宾客在日落之前，就喝得醉醺醺。

阿尔西诺伊从人群中走过的时候，朱尔斯和卡姆登紧紧跟在两旁。宴会气氛欢快，但是被威士忌改变只需要一秒。

“今年的冬天可真长。”朱尔斯听见有人说，“但是没那么疯狂了。真奇怪，居然有那么多渔夫不在意自己的船，直接拿着鱼叉站在船头。”

朱尔斯拥着阿尔西诺伊走过嘈杂的人群。她们还要见很多人，才能走到自己的食物前坐下来。

“这里布置得很不错。”说着，阿尔西诺伊弯腰凑到一瓶插着高高一束野花的花瓶前，闻了闻。帐篷里面被用层层叠叠的粉色、紫色荨麻树篱和兰花架子装饰起来。这些花漂亮得像婚礼蛋糕一样，因为自然系的天赋而提早盛开。每个家族的人都带了自己的贺礼，还有的多带了一份，用来分给桌上那些天赋还没有显露的人。

“今年这个是我们的小贝蒂做的。”离阿尔西诺伊最近的男子说。他朝桌子对面一个羞红了脸的八岁小女孩眨眨眼，微笑，小女孩穿着崭新的黑色毛衣，脖子上系着编成麻花的皮项链。

“是吗，贝蒂？哦，这些是今年所有装饰物里最好看的。”阿尔西诺伊微笑着说，贝蒂谢过了她。如果说有人留意到就连一个小女孩都能做出如此优雅的花束，女王储却连一朵玫瑰花都打不开，他们也没有表现出来。

贝蒂看见卡姆登，眼睛亮起来，这只大猫走到她跟前，让她拍拍自己，轻抚后背。小女孩的爸爸在旁边看着。他们经过朱尔斯身边时，他朝她微微颔首，以表敬意。

米兰一家是贪狼泉最繁荣的自然系家族。他们田地富饶，果园硕果累累，森林里全都是猎物。而且现在他们还有了朱尔斯，据说她是六十年来最强的自然使法师。出于某种原因，以及其他更深层的原因，他们被选中来抚育自然系的女王储，并且要担负起与其相关的所有职责，包括以主人身份去拜访黑暗议会的各个长老。有的事，并不是自然发生的。

在主帐之中，朱尔斯的外婆和外公分坐在贵宾勒娜特·哈格罗夫的两侧，她是黑暗议会的长老，从因德里得山的首府赶来。马德里加尔理应也在，但是她的座位是空的。一如既往，她消失了。可怜的凯特，可怜的埃利斯。他们被困在自己的椅子里。埃利斯外公过一会儿就会觉得脸酸，因为他一直在维持着假笑。他的西班牙猎犬杰克，正趴在他的腿上，咧出一个笑容，看起来并不是很友好，更像是龇着牙。

“他们今年只派了一个代表。”阿尔西诺伊压低声音说，“九选一，而且还是没有天赋的一个。你觉得议会这是想表达什么意思？”

她咯咯笑起来，然后往嘴巴里丢了一个香草黄油焗蟹爪。阿尔西诺伊将一切都藏在那一成不变好相处的傻笑后面。她同勒娜特对视了一眼，勒娜特侧着头。这可不是一种认可。很自然，朱尔斯脖子后面的汗毛竖起来了。

“所有人都知道她在议会的席位，是她那个没有天赋的家族花钱买来的。” 朱尔斯低吼，“如果娜塔莉亚·爱伦开口，她甚至会舔光她鞋上的毒药。”

朱尔斯瞥了贪狼泉神殿来的几名女祭司，她们到最后才决定出席。派一个议会长老来是侮辱，但是阿尔西诺伊能收到来自神殿的祝福，是更好的待遇。大祭司卢卡从来没有参加过她的庆生活动。在早些年，她偶尔会去参加凯瑟琳的生日宴会。而现在，她眼中只有米拉贝拉、米拉贝拉、米拉贝拉。

“那些女祭司不应该露面。”朱尔斯暗自嘀咕，“神殿不应该选边站。”

“放轻松，朱尔斯。”阿尔西诺伊拍拍朱尔斯的胳膊，换了话题，“捞上来的海鲜还真令人印象深刻。”

朱尔斯转头看着满满当当摆了一桌子的鱼和螃蟹。她的食物被摆成了餐桌的中心装饰：两条同样大小的银鲈鱼中间夹着一条巨大的黑鳕鱼。这些是她今天一早从海底深渊召唤出来的，那时候阿尔西诺伊甚至还没起床。此刻，它们躺在一堆土豆、洋葱和苍白的冬季白菜上面。这几条鱼中最肥美多汁的部位差不多已经被挑走了。

“你不应该这么轻描淡写就放过，”朱尔斯提醒道，“这很重要。”

“你是指那些无礼吗？”问完，阿尔西诺伊哼了一声，“不，一点都不重要。”她又吃了一个蟹爪。“你知道，要是我能撑过这个竞选年，我要摆一条鲨鱼当作餐桌的中心装饰。”

“鲨鱼？”

“大白鲨。等我加冕的时候，你不要太小气哦，朱尔斯。”

朱尔斯哈哈大笑：“你要是撑过了竞选年，就能召唤出大白鲨来。”

她们两个都笑了。除了冷峻的神色，阿尔西诺伊看起来一点都不像是女王储。她发丝凌乱，但是从来不肯让别人替她修剪。她身上的裤子，就是她平日里每天都穿的那条，上半身那件浅黑色的外套也是；专门为今天准备的新围巾，是她身上唯一讲究的东西，这是马德里加尔在皮尔森家的店里找到的，用梦幻的折耳兔的兔毛织成。不过她这个样子或许再合适不过。贪狼泉并不是一座讲究的城市。这里住着的除了渔夫就是农夫，再不然就是船坞里的伙计，除了五朔节当天，没人会穿着最好的黑衣服出门。

阿尔西诺伊仔细打量挂在头桌后面的挂毯，皱起了眉。一般来说，这条挂毯是挂在镇上的市政厅里，不过每逢阿尔西诺伊过生日，它便会被人扯下来。挂毯上描绘的是岛上最后一任伟大的自然系女王加冕时的场景。伯娜丁女王，她走过果园，可以令整个果园的果树结满果实，而且她的灵宠是一匹巨大的灰狼。挂毯上，伯娜丁女王站在一棵被果实压弯了枝的苹果树下，那匹狼站在她身边。狼爪下面按着女王另外两个姐妹被撕开的喉咙，她们的尸体就躺在伯娜丁脚下。

“我讨厌这个东西。”阿尔西诺伊说。

“为什么？”

“因为她提醒我，我不会成为那个人。”

朱尔斯用肩膀撞了女王储一下。“甜点帐篷里有香饼，”她说，“还有南瓜饼和放了冻草莓的白蛋糕。我们去找卢克，进去吃点。”

“好呀。”

一路上，阿尔西诺伊都要停下来和人们闲聊，拍拍他们的灵宠。大部分都是狗和禽类这种最常见的自然系守护兽。岛上最好的渔夫托马斯·明茨让自己的海狮用鼻子顶着一颗苹果，给阿尔西诺伊送了过去。

“您要走了吗？”勒娜特·哈格罗夫问。

朱尔斯和阿尔西诺伊转过头，很吃惊勒娜特居然肯屈尊从主桌走过来。

“只是去甜点帐篷而已。”阿尔西诺伊说，“要不要我们……给你带点回来？”

她尴尬地瞥了一眼朱尔斯。黑暗议会除了每年都派人来参加阿尔西诺伊的生日宴会，再没人表示过对她感兴趣。这些出席生日宴会的人，一边吃，一边和米兰家族的人开开玩笑，然后告辞，抱怨食物难吃、贪狼泉镇客栈的房间太小。但是勒娜特似乎很开心看见她们。

“如果你们走了，就会错过我宣布的事。”勒娜特笑着说。

“宣布什么事？”朱尔斯问。

“我正要宣布，约瑟夫·桑德兰的流放正式结束。他已经出发回岛，用不了两天就该到了。”

席尔黑德湾的海浪拍打着长长的木栈道。饱经风霜、泛灰的木板被凛冽的风吹得嘎吱响，而洒满月光的涟漪海面，倒映出朱尔斯颤颤巍巍呼出的气。

约瑟夫·桑德兰要回来了。

“朱尔斯，等一下。”阿尔西诺伊脚步慌乱地踩在栈道上，她跟着朱尔斯跑到尽头，卡姆登不情不愿地跟在旁边慢跑。这只大猫从来不爱水，而这弯弯的薄木板，在她看来似乎并不是值得信赖的壁垒。

“你没事吧？”朱尔斯习惯性地问道。

“你是问我吗？”阿尔西诺伊问。她缩着脖子抵抗寒风，深深地埋进自己的围巾里。

“我不会离开你。”

“不，你应该离开。”阿尔西诺伊说，“他要回来了，在过了这么久以后。”

“你觉得这是真的吗？”

“在我的庆生宴上，撒这种谎，对爱伦家族来说，只会让他们多一事，而不是少一事。”

她们看着黑漆漆的海水，看向海湾之外，看向越过水下保护栈道不被海浪冲走、卷进更深旋涡里的沙堤。

自从他们试图逃离这座岛，已经五年有余。距约瑟夫偷了自己父亲的一条小船，帮她们逃跑，已经五年有余。

朱尔斯靠着阿尔西诺伊的肩头。她们还是孩子时，彼此安慰也是用的同一个姿势。无论她们为尝试逃跑付出了多大代价，朱尔斯从来没有后悔过。但凡有一线希望，她都还会再试一次。

然而半分希望都没有。在这栈道下面，大海呢喃，就像那天大雾缭绕整座岛，她们被抓回来时，海水紧贴着她们小船的四周，发出呢喃之声一样。无论她们的船驶出多远，无论她们多么用力地摇着船桨，都逃不出去。她们还是被人找到带了回来，心底寒凉且害怕，就这样回到港口。渔夫们说，他们早就应该想到。想到单只是朱尔斯和约瑟夫或许能够逃出去，要么迷失在海上，要么也有可能找到大陆。可阿尔西诺伊是女王储，这座岛不会让她离开。“你觉得他现在变成什么样了？”阿尔西诺伊问道。

或许不再是小小的、下巴和指甲里永远有块地儿是脏的的那个人。他已经不再是孩子，应该长大了许多。

“我很怕看见他。”朱尔斯说。

“你可从来没有害怕过什么。”

“要是他变了怎么办？”

“要是他没变呢？”阿尔西诺伊伸手在口袋里掏了掏，抛出一块扁平的小石头，想要在海面上打个水漂，可是海浪太大了。

“现在这样才对。”她说，“他要回来了。为了我们，为了我们这最后一年。感觉就像是命中注定要这样。”

“就像是女神的神旨？”朱尔斯问。

“我可没有这么说。”

阿尔西诺伊低头笑了。她挠了挠卡姆登的头顶。

“我们走吧。”朱尔斯说，“被冻出支气管炎，也改善不了目前的情况。”

“如果你眼睛红红，鼻子堵塞，肯定不能。”

朱尔斯推着阿尔西诺伊往前走，她们朝码头走去，一路逆着呼啸的风，往米兰家走去。

卡姆登朝前一溜小跑，撞上了阿尔西诺伊的腿窝。无论朱尔斯还是这只大猫，今晚注定无眠。真是多亏了勒娜特 · 哈格罗夫，对约瑟夫一点一滴的回忆，全部跑出来，萦绕在她们的脑海里。

她们走过最后一个码头时，卡姆登放慢了速度，耳朵向后转动，朝向镇子的方向。阿尔西诺伊在朱尔斯前面几步，正后悔刚才没多吃两口草莓蛋糕。她没有听见，朱尔斯也没有听见。但是卡姆登的黄眼睛告诉朱尔斯，有什么不太对劲。

“怎么了？”阿尔西诺伊也反应过来。

“不知道。我想可能是有人打架。”

“不用说，肯定是几个醉鬼从生日宴上出来了。”

她们转身，朝广场小跑过去。离得越近，那只大猫跑得越快。她们跑过吉莱斯皮书店，朱尔斯告诉阿尔西诺伊去敲门，到书店里面等她。

“等一下，朱尔斯！”阿尔西诺伊刚开口，朱尔斯和卡姆已经顺着街道跑走了，她们跑过现在人已经走光、摇摇晃晃的帐篷，朝石楠树与石餐厅后厨外的巷子跑去。

朱尔斯虽然认不出这些声音，但是她听得出人们打架时挥舞拳头的声音。

“住手！”她喊着冲进一团人中间，“都住手！”

那些人看见她身边的卡姆登，纷纷住了手。两男一女。她不关心他们为什么打架。等到天亮以后酒精作用消退，这些全都变得不重要。

“米兰，”其中一个男人冷笑一声，“你带着那只山猫到处耍威风。但你可不是法。”

“对，我不是。”朱尔斯说，“黑暗议会才是法，如果你再接着打，我就让人把你送过去。让他们用毒药毒傻你，或者可能直接毒死，就在因德里得山的广场上。”

“朱尔斯，”阿尔西诺伊从暗处走出来，“一切都好吗？”

“都很好，”朱尔斯说，“几句口角而已。”

是口角，但这口角一直在升级。那个喝醉的女人手里攥着一根小木棍。

“为什么你不去看好小殿下，离开这儿呢？”那女人说。

说完，她举起木棍挥了过来。朱尔斯跳起来往后退，但木棍还是打中了她的肩膀，很痛。卡姆登咆哮起来，朱尔斯握紧双拳。

“笨蛋！”阿尔西诺伊叫着冲到朱尔斯和那个女人中间，“不要逼她。不要逼我。”

“你？”一个男醉鬼反问着，哈哈大笑，“等真正的女王来到这里，我们会把你的头穿在长矛上献给她。”

朱尔斯龇牙咧嘴冲过去。她一拳打在那人的方下巴上，阿尔西诺伊这才拉住她的胳膊。

“把他送去因德里得山！”朱尔斯嚷道，“他敢威胁你！”

“让他威胁好了。”阿尔西诺伊说。她转头推了那个男人一把，他正捂着自己流血的下巴。卡姆登嗞嗞地怒吼，另外两个人往后退了一步。“赶紧滚！”阿尔西诺伊喊道，“如果你们想找机会干掉我，总会有的！等到五朔节结束，这种机会人人都有！”

罗兰斯城

朝圣者全都聚集在罗兰斯城神殿北边的穹顶之下，因为吃了饴糖饼或是甜柠檬烤鸡肉串，他们的嘴唇黏糊糊的。他们肩头裹着滚滚的黑披风。

米拉贝拉小殿下站在女神的祭坛前。她浑身是汗，但不是热的。元素使法师不会受气温困扰，就算有，也不会有人从内心里真正抱怨能暖和一点。罗兰斯城神殿是为掌管天气的女王而设立的，坐东朝西，横梁和粗重的大理石柱撑起神殿的殿顶。这里寒风穿堂，不分四季，除了那些女祭司，没有一个人打寒战。

米拉贝拉刚刚让空中布满闪电。华丽的、耀眼的闪电，咔嚓咔嚓划过天空，粗粗的分叉朝四面散开，当头劈下来。反复不停歇的闪电将神殿内映照得如同白昼。她很得意。闪电是米拉贝拉的最爱。看见闪电和暴风，她的血管中就涌过一阵颤动的电流——直抵骨髓。

但是从她子民的表情来看，他们觉得她根本还什么都没做。映着橙红色的烛光，他们睁大的眼中，赤裸裸的全是期待。他们听过那些流言，听过传闻中她都能够做些什么。他们将一一亲见。火、风、水。他们会让她撼动大地，直到神殿的柱子开裂。或许他们甚至希望她能够扯掉整块黑色石崖，将它扔进海里，这样神殿便可以漂浮在下面的海湾里。

对此，米拉贝拉嗤之以鼻。或许有那么一天吧。但是现在，这些要求有些僭越了。

她呼唤风。风吹灭了一半火把，火盆里的火花和余烬被吹起，漫天飞舞。她耳中充斥着愉悦的尖叫，人群欢快地推搡着躲开。

米拉贝拉甚至没等风停，便又将最后两支火把的火苗扬得高高的，高到足够燎焦埃罗女王的壁画。画中的女王站在镀金驳船之上，喷出火焰，焚烧大陆派来进攻巴登港的舰队。

然而人们还没有餍足。他们聚在一起，像孩子似的浮躁起来。前来这里的人数超过米拉贝拉以往所见，他们挤进神殿，挤进外面的庭院。大祭司卢卡在祭典开始前曾告诫过她，通往神殿的路，由支持她的人高举的蜡烛照亮。

前来的这些朝圣者并不都是元素系的。米拉贝拉的天赋吸引了许多其他追随者，有些是自然系的，有些是带有罕见战斗天赋的人，更多的是一些根本没有天赋的人。他们来这里，想要看一看传闻是不是真的，看一看米拉贝拉会不会是芬伯恩岛的下一任女王，看一看毒物系漫长的统治期是不是就要走到尽头。

米拉贝拉的胳膊颤抖着。她从来没有这么长时间地催动自己的天赋。自从她第一次踏上罗兰斯城的土地，踏进韦斯特伍德公馆之后，就没有过。当时她才六岁，刚刚和自己的姐妹分别，一直想用风和闪电将韦斯特伍德公馆砸烂。她瞥了一眼右手边浅浅的反光池，池水被漂浮的蜡烛映得更加美丽。

不，不要水。水是她用得最差的一种元素，是最难掌握的。她本应该第一个就先演示控水的能力才对。她应该这样做，如果不是太过紧张，脑子一团乱的话。

米拉贝拉看向人群最后方，大祭司卢卡靠着南边弧形的墙，裹在几层厚厚的长袍里。米拉贝拉的汗珠从眉毛上滚落下来，她微微颔首，大祭司立刻明白了她的意思。

卢卡清晰、权威的声音划破喧嚣。

“再来一个。”

人们立刻受到影响，一时间“再来一个”的嗡嗡声此起彼伏，还夹着欢呼以示鼓励。

一个。只要再来一个元素，再展示一个元素就好。

米拉贝拉深吸一口气，默默地呼唤女神，感谢她赐予的天赋，但这只是神殿教她这样做的。米拉贝拉根本不需要祈祷，她的元素天赋就盘桓在她的胸口。她深吸一口气，再吐出来。人们脚下涌过一阵波动。神殿嘎吱作响，里面的人也跟着惊呼。

不知哪里，一个花瓶掉下来摔了个粉碎。外面的人感觉到大地震动，全都倒吸了一口气。

最后，神殿里的人，沸腾了。

她的银剪上沾了妹妹的血。她本来只是想替妹妹修剪头发，没想到却剪掉了她一只耳朵。

“这是童谣吗，长姐？”她的妹妹问，“还是童话？”

“我之前听过的。”米拉贝拉仔细看着那深红色的血渍。她将那只耳朵放在她妹妹的腿上，指尖沿着剪刀的刀刃游走。

“当心不要割伤自己。我们作为王储，皮肤很娇嫩。再说，我的鸟儿们也希望你们完好无损。眼睛好好长在脸上，耳朵牢牢长在头上。不要喝酒，她会将酒变成我们的血。”

“谁？”米拉贝拉问，虽然她心里很清楚。

“又是美酒、鲜血与黑暗，在我们的血管里，在我们的杯子里。”

某处的高塔上，一个小女孩的歌声飘过来；歌声顺着楼梯爬上来，绕啊绕啊，像是一条松松的绳索。

“她不是我妹妹。”

她这个妹妹耸耸肩。血从她头侧的窟窿里缓缓流下来，像瀑布一样。

“她是，我也是。我们都是。”

剪子张开又合拢。另一只耳朵落在她妹妹的腿上。

米拉贝拉醒过来，嘴里全是血腥味。这只是个梦，但像是真的一样。她几乎以为一低头，就能看见自己手里攥着两个妹妹的尸块。

阿尔西诺伊的耳朵掉在她腿上，那样轻柔。虽然那并不完全是阿尔西诺伊。已经过去了这么久，米拉贝拉甚至不知道阿尔西诺伊现在长什么样。人们告诉她，说阿尔西诺伊很丑，个子又矮，头发像枯草，一张脸普普通通。但是米拉贝拉不相信。他们只是认为她希望听到这种话而已。

米拉贝拉踢开被子，从床边桌上拿起一杯水，一口气灌下。韦斯特伍德公馆形状不规则的庄园里，静悄悄的。她想象着整个罗兰斯城都静寂无声，虽然阳光告诉她此时已经将近正午。她的庆生宴要一直持续到深夜。

“您醒了。”

米拉贝拉转过头，看着打开的房门，冲着走进房间的那名娇小的女祭司弱弱地笑了下。她身材娇小，而且年轻，手腕上戴的黑手镯依然是真正的手镯，而不是文身。

“是的，”米拉贝拉说，“刚醒。”

女孩点点头走过来，和从暗中刚走出的第二个侍女一起，服侍她更衣。

“您睡得好吗？”

“非常好。”米拉贝拉扯了个谎。最近的噩梦一个比一个可怕。卢卡说这样就对了。这正是女王储们要经历的，等到她的两个妹妹都死了，这些噩梦就不会再来。

米拉贝拉一动不动，任由两个侍女给她梳头、帮她穿上出席晚宴的舒适礼服。梳洗打扮完毕，两个人又退回到阴影里。这些贴身服侍她的女祭司向来如此，即便是在韦斯特伍德公馆。自从大祭司见识了米拉贝拉天赋的力量，她就一直处于神殿的监管之下。有时候，米拉贝拉很希望她们可以消失。

走在通往厨房的走廊上时，米拉贝拉遇见了迈尔斯大叔，他正给自己的额头做冷敷。

“又喝多了？”她问。

“什么都多了。”说完，他笨拙地鞠了一躬，朝自己房间走去。

“莎拉在哪儿？”

“在画室。”他回过头说，“她从早上就坐在那儿，一直没动过。”

莎拉·韦斯特伍德，她的监护人。一位善良、忠诚的女士，如果不是特别爱操心的话。她很关心米拉贝拉，天赋也很强，特别擅长使用水元素。米拉贝拉走到客厅里坐好，叫人送茶上来时，萨拉的抱怨偶尔会从她钟爱的画室沙发上传出来，顺着楼梯飘上楼。

但是昨天晚上很成功。卢卡这么说，所有的女祭司都这么说。芬伯恩岛的人可以谈论好几年。他们会说，当新女王崛起时，他们全都在场。

米拉贝拉双脚跷起，搭在沙发对面的绿色天鹅绒椅上，伸了个懒腰。她消耗过度，觉得自己的天赋在身体里像橡皮筋一样，时长时短，很不稳定。但是它总会回来的。

“您昨天表现得可真漂亮，王储殿下。”

布里斜倚着门框，懒懒地扭着身子走进来。她一屁股坐在缎面长沙发上，和米拉贝拉肩挨着肩。布里身材瘦削，平日里编成辫子的金栗色头发此刻松松地披散着，她虽然看起来也很疲倦，但这已经算是很好了。

“我讨厌你这么叫我。”米拉贝拉笑了，“你去哪儿了？”

“芬恩·威克斯敦带我去看了他妈妈的马厩。”

“芬恩·威克斯敦。”米拉贝拉哼了一声，“他就是个爱闹笑话的大傻瓜。”

“但是你没看见他的胳膊吗？”布里问，“而且他昨天晚上也没有闹太多笑话。蒂尔达和安娜贝丝也和我们待了一会儿。我们喝了一罐蜂蜜酒，躺在他家谷仓的房顶上看星星，差点儿从烂草棚上掉下去！”

米拉贝拉看着天花板，很无语。

“或许我们应该偷偷把你也拉过去。”布里说。米拉贝拉咯咯笑起来。

“布里，他们在我的脚踝上拴了铃铛。又大又响的铃铛，好像我是只猫似的。好像他们觉得我会偷偷溜走一样。”

“说得像你从来没有玩过消失一样。”布里笑着说。

“但是在重要时刻从来没有！”米拉贝拉抗议，“我一直都很尽职，尤其是在重要关头。再说她们一直都知道我的行踪，知道我在干什么，知道我在想什么。”

“复苏大会马上就要到了，她们一定会把你看得更严。”布里说，“罗和她的那些女看守。”她翻个身躺在沙发上。“米拉[1]，你会有自由的那天吗？”

米拉贝拉侧着身子看她。

“别说得这么夸张。”米拉贝拉悲伤地说，“现在，你应该去洗漱一下。我们今天下午还要试衣服。”

楼梯间松松的楼梯板响了六次，没过一会儿，六名身材高挑的女祭司走进客厅。布里做出生气的样子，郁闷地伸了个懒腰。

“王储殿下，”最前面的一名女祭司说，“大祭司想要见您。”

“好极了。”米拉贝拉站起来。她想着这一趟应该不是什么讨喜的事情，但去见卢卡终归还算是件好事。

“你们要确保按时送她回来，下午还要试衣服呢。”布里摆摆手，懒懒地说再见。

米拉贝拉很怀疑今天下半天是否还能再见到布里。不管试不试衣服，只要布里下定决心想要做的事，就没什么能够拦得住她，她身为莎拉·韦斯特伍德的独生女，没人想要拦她给自己找不痛快。要不是因为米拉贝拉太爱她，嫉妒布里拥有自由身是一件很容易的事。

来到户外，米拉贝拉迈着欢快的步子，狡猾地猛戳着前面带路、跟她贴得太近的那名女祭司。她们大部分都跟莎拉一样，从她

---

[1] 米拉贝拉的简称。

的生日圣会归来之后，便宿醉未醒，而这种剧烈的行走令她们的脸微微泛绿。

不过也没有到特别痛苦的地步。韦斯特伍德公馆和神殿离得很近。米拉贝拉更小的时候，常常从护卫手底下溜出来，她有时会偷偷出去自己一个人找卢卡，或者顺着神殿的周围跑去香农黑水的黑色玄武岩悬崖。她很怀念那个地方，那里很隐秘。她可以懒洋洋地散步，也可以朝树上踢石子儿。然后，她便又可以展示出元素系女王储所必备的温和模样。

此刻，她被一群身着白袍的人包围。她必须要伸长脖子，越过最近的一个人的肩膀，才能瞥见下面的城市——元素系之都，罗兰斯城。这里地处山谷中心，四面是常青的山丘，从山上飞快留下的石头和水，堆积成这个不规则的地方。林立的建筑物之间布满动脉一样的水渠，通过一个水闸系统，将人和货物从海上运到内陆。从这个高度，下方的建筑物看起来一片白，自豪地矗立着。而水渠更接近蓝色。她可以轻松地想象这座城曾经辉煌时是什么样，那时候整座城财富傲人，军事防御牢固。再后来，毒物系霸占了王位和议会，拒绝再放手。

“真是美好的一天啊。”米拉贝拉打破了沉闷。

“是的，王储殿下。”一名女祭司说，“这是女神的恩赐。”

然后她们就不说话了。这些护送她的人，米拉贝拉一个名字都叫不上来。最近，罗兰斯城神殿新来了许多女祭司，她认识新人的速度完全跟不上。卢卡说，岛外的几处神殿也都在经历同样的扩张。米拉贝拉天赋的力量，恢复了这座岛的信誉。有时候，米拉贝拉真希望卢卡不要总把什么都归结到自己的天赋上。

卢卡在神殿见米拉贝拉，比在楼上她自己的房间更合适。这位老妪张开怀抱。她从女祭司手里拥过米拉贝拉，亲吻她的脸颊。

“你看起来也不是很累。”她说，“或许昨天晚上我还是应该让你施展一下控制水元素的能力。”

“就算您同意，我也施展不出来。”米拉贝拉回答说，“或者还可能出现意外，把人弄湿。”

“意外？”卢卡讽刺地说。米拉贝拉第一次见卢卡，就试着想要将流星湖里的水召唤出来淹死她，然后再把水灌进大祭司的喉咙里。不过那已经是很久以前的事了。

卢卡将手伸进她层层叠叠的长袍和皮草之下摸索。米拉贝拉不知道卢卡在成为祭司之前拥有什么天赋，但肯定不是元素系的天赋。她太怕冷了。

一名女祭司从旁路过时，脚底绊了一下，卢卡飞快地伸手扶住了她。

“小心，孩子。”卢卡说，那女孩点点头，“这些袍子太长了，你们可能会伤到自己。找人把边修一下。”

“遵命，卢卡。”她小声说。

这女孩只是个新人。她还有不够格侍奉神殿的可能。她还有机会改变主意回家。

女孩慢慢地走去南边的墙，那里还有四名女祭司等着，准备把香农女王的壁画挂回去。当时的画家非常准确地捕捉到了女王的特点。她的黑眸仿佛在看着墙外，聚精会神，哪怕狂风暴雨模糊了她的下半张脸。

“她永远是我的最爱。”米拉贝拉说，“香农女王和她呼唤的暴风雨。”

“她是最强的一个。你也是。有一天，你的面孔会取代她，出现在这面墙上。”

“我们还是不要这么希望吧。”米拉贝拉说，“这些壁画，没有一幅是描绘和平时期的。”

卢卡叹了口气：“首府被毒物系占据了那么多年，根本没有什么和平时期。如果不需要这样的力量，女神是不会让你变得这么强大的。”拉起米拉贝拉的手臂，卢卡领着她来到南边的弧壁前。

“总有一天，”她说，“或许是你加冕之后，我会带你去修建在巴斯蒂安城的战斗女王神殿。那里没有壁画，但是有一尊埃米琳的雕像——她头顶是染血的长矛和箭——从天花板上垂下来。”

“从天花板上垂下来？”米拉贝拉问道。

“很久以前，战斗天赋力量强大的时候，战斗系的女王储只需凭借自己的意念就可以隔空移物。”

米拉贝拉睁大眼睛，大祭司呵呵笑了起来：“反正他们是这么说的。”

“所以，您为什么要找我来此呢，大祭司？”

“有一个新的任务要你完成。”卢卡转过身背对壁画，拍了拍手。她朝北边的女神祭坛走去，米拉贝拉跟在她旁边。

“我原本是想再等等。”她继续说，“我知道经过昨天那样的大场面，你一定很累。但是尽管我很努力想要让你一直天真下去，让你一直和我在这个安静的地方待下去，可我没有办法。你已经长大了。你是女王储之一，除非你的天赋能够强大到令时间停止，复苏大会总是要来的。有一些必须要做的事，我们不能再拖延了。”

她伸出柔软的手，摸着米拉贝拉的脸：“不过假使你没有准备好，我还是可以将这件事再延后一阵。”

米拉贝拉伸手握住卢卡的手。她要趁旁边的女祭司看不见的时候，亲吻这位老妇的额头。从来没有一位大祭司，像卢卡对她这样，明确表示对某一位女王储青睐有加。甚至不惜制造丑闻，离开了因德里得山神殿的总部，搬到离她看好的女王储最近的地方，安顿下来。

“我准备好了。”米拉贝拉说，“只要是你的要求，我都很乐意照做。”

“好，很好。”说完，卢卡拍了拍她。

女祭司们护送米拉贝拉步行来到神殿地盘之外的远处，她们穿过了四季常青的森林，朝高悬于海面之上的玄武岩悬崖而去。米拉贝拉一直都很喜欢这种带着咸味的空气，也享受清风拂面的感觉，以及踢着裹在身上的裙摆迈大步的感觉。

她们来神殿接她的时候，并没有告诉米拉贝拉要做什么。这队伍是由女祭司罗带领，所以米拉贝拉认为或许是去打猎。罗经常率队去狩猎。神殿里每一个新来的都很怕她。大家风传，凡是惹罗不高兴的人，都会被她干掉。虽然成为女祭司，就意味着没有过去，米拉贝拉很清楚，罗拥有的是战斗天赋。

但是，今天的罗既严肃又冷静。女祭司们虽然带了打猎用的长矛，却没带猎犬。而且最适合狩猎的地方都被她们远远甩在身后，藏匿在林间深处。

她们走到悬崖之后，又继续往北走，走到峭壁的更远处，米拉贝拉从未来过这里。

“我们要去哪里？”米拉贝拉问。

“就在前面不远了，王储殿下。”罗说，“真的，很快就到。”她拍了拍自己左边的女祭司。“你先过去。”她说，“看看是不是都准备好了。”

女祭司点点头，顺着小路小跑着上去，消失在拐弯处。

“罗，我们要做什么？需要我做什么？”

“服从女神的命令，履行王储的职责。不然还能有什么呢？”她回头看着米拉贝拉，吝啬地一弯嘴角，她的头发从帽兜里露出一点点，是血红色。

她们脚步落下，踩在石头和沙砾上的声音很大，但又很稳。除了刚才被派去打前站的那个女孩，没人愿意走快，无论米拉贝拉多么努力想要改变她们迈步的节奏。她很快就不再尝试，觉得自己像个傻瓜，像一只被关在长袍做的鸟笼里一直扑腾着翅膀的鸟儿。

前面，小路转了个弯，她们转过去，又走了一段，来到一处黑色岩壁的峡谷。米拉贝拉第一眼就瞥见了她们带她来这里要做的事情。其实也没什么特殊。就是一群身着黑白长袍的女祭司。一个高高的火盆，里面烈焰熊熊燃烧着什么东西，几乎没有冒出黑烟。还有一个桶。当这群人听见她们过来时，全都转过身，站成一排。

这些人里没有一名是新来的。只有两名是初级的。其中一名初级祭司的穿着很奇怪，身上是全黑的袍子，肩膀上披了一条毯子。她的褐色长发松松地垂下来，除了那条毯子，她看起来浑身冰凉，皮肤苍白。她睁着圆圆的、充满感激的眼睛看着米拉贝拉，好像她来是为了拯救自己。

“你应该提前告诉我。”米拉贝拉说，“你应该一开始就告诉我，罗！”

“为什么？”罗反问道，“提前告诉您有什么区别吗？”她点头示意那个女孩向前一步，女孩掀掉肩头披着的毯子，赤脚走上前来，浑身发抖。

“她牺牲自己也是为了您。”罗低声说，“不要折辱了她。”

这名年轻的女祭司跪在米拉贝拉面前，抬起头。她的眼眸清澈。她们甚至没有对她用药，免除她的痛苦。她伸出手，米拉贝拉不情不愿地握住，麻木地站在那里听女孩祝祷。说完祝祷词，女孩站起来，走到悬崖壁前。

所有的一切都准备就绪。水在水桶里，火在火盆里。风和闪电，一如既往在她指尖。她甚至可以震下石块，将她埋葬。至少，那样做可能没有痛苦。

这个即将成为祭品的女孩对着米拉贝拉微笑，随后闭上了眼，好像这样可以让这件事变得容易一些。但那是不可能的。

罗不耐烦地朝站在火盆旁边的女祭司点了点头，她点燃一支火把。

“如果您不动手的话，王储殿下，那就由我们来。不过我们动手的话，动作肯定不如您快。”

格瑞福斯德雷克庄园

吉赛尔用温水浇过凯瑟琳小殿下身上红肿的水疱。这晶莹、充斥着脓液的红色鞭痕蔓延她整个后背，一直扩展到肩头和上臂。这些红肿是沾染了荨麻的后果。今天早上，娜塔莉亚用棉球蘸着荨麻药水涂在鞭子上，然后对凯瑟琳施了鞭刑。

“她太不小心了，”吉赛尔喃喃地说，“这样会留疤的。凯瑟琳，别动。”她轻抚凯瑟琳，一滴泪从这位年轻女王储的脸颊滚落。

娜塔莉亚从来不会给她下这么重的药量。今天下药的人不是她，而是吉纳维芙。

“等娜塔莉亚看见，看见这些红肿肿得有多高，她一定会下令让她妹妹去广场接受鞭刑。”

凯瑟琳勉强笑出声。如果真能见到这一幕，自己该有多开心啊。但是她不会见到的。娜塔莉亚看见这些红肿一定不高兴，但是任何对吉纳维芙的惩处都只会在私密的地方悄悄进行。

吉赛尔往她肩头继续浇水，凯瑟琳轻呼。侍女在泡澡水里加了甘菊，有助于消肿，但即便如此，凯瑟琳也还要等好几天之后，才能在穿常服时不再担心水疱破掉。

“身子往前倾，凯特。”

凯瑟琳身子往前，又叫出声来。隔着浴室敞开的门，她能看见自己的卧室和梳妆台，以及小甜心的空笼子。她的小蛇在黑暗献祭那晚她倒下时，受到了惊吓，自己从凯瑟琳的手腕上爬下来，不见了。可能她现在已经死了，永久消失在格瑞福斯德雷克庄园冰冷大墙内的某处。

受荨麻的毒并不是惩罚。娜塔莉亚这样说，鞭刑结束后，她走过来用冷静、平稳的语调向她保证。但事实是怎样的，凯瑟琳再清楚不过。辜负爱伦家族的期望是要付出代价的，甚至连女王储都必须如此。

本来刑罚可能会更重。她太了解吉纳维芙了，给自己注射蜘蛛毒液，让皮肤坏死，留下永久的疤痕这种事她是做得出的。

“她怎么能这么对您？”说着，吉赛尔将温热的毛巾按在凯瑟琳的后脖颈上。

“你知道原因的。”凯瑟琳说，“她说这样可以让我变强。她这样做，是为了救我的命。”

格瑞福斯德雷克庄园的房间和走廊都悄然无声。经过了前几天迎来送往、宾客如织的日子之后，这栋宅子终于安静下来，娜塔莉亚又可以在自己僻静的书房，坐在她最爱的那把舒适的真皮摇椅里，放松一下。直到有人敲门。

当她看见男管家两手空空地走进来，脸一下子沉下来。

“我本以为你是来给我送曼德拉草茶的。”

“夫人，当然可以。”他答道，“要为您的客人也准备一杯吗？”

娜塔莉亚从椅子上稍微直起一点身子，这才看见走廊的暗处有一个人影在等着。她暴躁地点了一下头，访客走了进来。

“你在这儿住了三十年，作为我的管家你应该非常清楚，我不希望已经把客人全都送走之后还有人上门。”说着，娜塔莉亚站起身。

“我正想着其他人去哪儿了呢，连一个仆人都看不见。”

“今天一早，我把所有人都送走了。”她厌倦了这些人的嘴脸，厌倦了他们的嘲讽和满是指责的注视。“你怎么样，皮埃尔？”

她的侄子走上前来，亲吻她的脸颊。直到宴会开始，娜塔莉亚已经有好多年没有见过他了，这是她兄长克里斯托弗的独子。兄长退出议会，去乡间隐居时，他还只是个孩子。但是现在的他早已褪去儿时的模样，长成了一位翩翩美少年。

“我很好，娜塔莉亚姑母。”他说道。

“你来找我是为了何事？我以为你现在应该已经到家，回到乡下和我长兄与玛格丽特在一起。”

他听见继母的名字，微微皱了下眉。娜塔莉亚倒也不能怪他。克里斯托弗的发妻实在是太优秀了。她绝对不会松手，让他成为神殿的人。

“确切地说，”皮埃尔说，“我希望您能答应我，我永远都不必再回去。”

没有等娜塔莉亚开口，他直接绕过她，拿起她掺了毒的白兰地给自己倒了一杯。看见她吃惊的模样，他说道：“不好意思，您要来一杯吗？我刚才好像听您要人送茶过来。”

娜塔莉亚抱起双臂。她现在记起来了，自己这么多侄子，连侄女也算上，皮埃尔一直都是她最喜欢的一个。他是唯一一个和她一样有着高颧骨、冰蓝色眼睛的小辈。他也有着和她一样严肃的嘴、一样的神经。

“不打算回乡下，那你打算做什么？需要我帮你在首府谋一个职位吗？”

“不不不。”皮埃尔笑着说，“我希望能留下来，和您一起。我想要辅助小殿下。”

“你是唯一一个跟她跳了那么多支舞的人。”娜塔莉亚说。

“是的。”

“然后现在你认为自己知道应该怎么帮助她。”

“我知道她需要一些东西。”他客观地说，“今天早上您给她淬毒时，我就在外面。我听见了她的尖叫。”

“她的天赋虽然一直都很弱，”娜塔莉亚说，“但还是在来的路上。”

“哦？这么说，您已经见过她增进的抗毒能力了？但这是因为她的天赋呢，还是因为您的——”皮埃尔压低声音，“训练呢？”

“这些都不重要。她现在用毒用得很好。”

“真是个好消息。”

不过，娜塔莉亚知道凯瑟琳现在这样还不够。爱伦家族辅佐了这么多女王储，从来没有一任曾经面对过像米拉贝拉天赋那样强大的对手。距离岛上上一次出现如此强大的女王储，已经是好几百年以前。甚至在因德里得山，人们都窃窃私语，说爱伦系的女王储一代比一代弱。他们说妮可拉吃了蘑菇就会生病，卡米拉甚至连蛇毒都忍不了。他们还说卡米拉下毒的能力非常差，需要娜塔莉亚出手替她毒死她的两个姐妹。

但那又怎么样呢？天赋变得越来越不重要。皇冠不再是赢来的，而是设计来的，通过政治和联盟的力量。要论掌控那些海域的能力，这座岛上没有一个家族能比得过爱伦家族。

“当然了，韦斯特伍德家族依然令我们如芒在背。”皮埃尔说，“他们认为米拉贝拉一定会被选中，认为她是不可撼动的。但是你我皆知，如果米拉贝拉登上王位，真正的统治者也不会是她，而是整个神殿。”

“是的。”娜塔莉亚说，“自从卢卡表现出对韦斯特伍德家族的无比关切，他们就已经被攥在大祭司的小手指里了。”

那群蠢货。但不能因为他们蠢，就说他们没有威胁。如果米拉贝拉真的赢得王冠，她便会利用自己女王的权力，将议会中每一个毒物系的长老都赶走，取而代之以元素系的人，也就是韦斯特伍德家族的人。等到韦斯特伍德家族的人占据了整个议会，这座岛也就岌岌可危了。

“侄儿，如果你有什么提议，最好提出来。”

“凯瑟琳还有其他本钱，”皮埃尔说，“还有其他力量。”他对着烛火高举玻璃杯，把酒倒在上面。这里的白兰地显然不如玛格丽特酒窖里的好。

“等到五朔节结束，”他继续说，“那些联姻代表就会和另外两位女王储走得非常近。他们可以轻轻松松找机会下毒，而不必沾染我们的手。”

“但是那些联姻代表也知道规则。没人甘愿冒险被人发现。”

“如果他们深爱凯瑟琳，就会心甘情愿。”

“这话倒没错。” 娜塔莉亚同意。男生们会为自己心爱的姑娘付出一切。不幸的是，凯瑟琳的外表还没有出色到能够激发出如此的忠贞。她是个甜姐儿，但远谈不上温柔。而且吉纳维芙说得没错，她的确太瘦了。

“你来得及增强她的魅力吗？”她问。

“可以。”他说，“等我改造完成，她会成为一颗明珠，会迷得他们完全忘记那些政治和联姻。他们只会顺着自己的心思考。”

娜塔莉亚对此嗤之以鼻：“其实就是用下半身思考吧？”

“这种情况也可以有。”

娜塔莉亚的男管家端着一壶曼德拉草茶进来，但是她摆摆手又让他端回去了。她要喝一杯白兰地来表示交易达成。就算这些求婚者下毒帮不上忙，能羞辱米拉贝拉一番，让她丢脸也是很值得的。

“你需要我答应什么交换条件？”她问。

“我要的并不过分。”皮埃尔说，“只要别再让我回到我那位无用的父亲以及他愚蠢的妻子身边就行。以及——”他的蓝眼睛熠熠发光。“等凯瑟琳登上王位，我要在黑暗议会有一席之地。”

凯瑟琳身穿轻盈的羽毛黑袍站在那里，等着吉赛尔和露易丝替她更换床上的被单。经过了黑暗献祭那一夜，还有今早的痛苦之后，这些床单全毁了，上面沾染了黑色的汗渍以及喷溅的血渍。或许这些东西还有救。自从露易丝成为凯瑟琳的贴身侍女以来，她学会了许多洗衣服的小窍门。她已经习惯了在女王储被下过大分量的毒之后，洗洗涮涮。

凯瑟琳紧紧揪着自己的衣角，布料摩擦水疱时，她禁不住瑟缩了一下。她手下摸着的是小甜心笼门大敞的空笼子。可怜的小蛇跑丢了。凯瑟琳摔倒时，要是多关注一下她就好了。宴会开始前，她就应该把小蛇交给仆人来照看。她当时那么难受，直到第二天早上才发现小甜心不见了。但是已经太晚了。不过真正令她痛心的，是那条小蛇受到了那样大的惊吓，都没有咬她。

露易丝的尖叫声吓了凯瑟琳一跳，吉赛尔照着露易丝的肩膀狠狠掐下去。她一直都毛毛躁躁的，不过她这副震惊的模样也可以理解。因为在女王储的卧室里，站着一名男子。

“皮埃尔。”凯瑟琳叫他，皮埃尔行了个鞠躬礼。

“您的小宠物怎么了？”他指着她手底下的笼子，问道。

“我的蛇不见了，”她说，“是从……从……”

“娜塔莉亚没有派仆人去宴会厅找过吗？”

“我不想给她添麻烦。”

“我相信这绝不是添麻烦。”说完，他朝露易丝颔首，露易丝行了个屈膝礼，退出去禀告娜塔莉亚。她离开之后，皮埃尔将吉赛尔也遣了出去。

凯瑟琳紧紧裹住袍子，虽然那些水疱很痛。她穿成这样，显然不符合待客之道。

“很抱歉没有让人通知我就进来了。”皮埃尔说，“我不太习惯循规蹈矩那种事情。毕竟我是在乡野长大，没规矩惯了。希望您能原谅。”

“当然。”凯瑟琳说，“但是……你为什么来呢？来赴宴的宾客已经全都回去了。”

“不包括我。”说着，他挑起眉毛，“我刚刚和姑母谈过了，很显然，我要留下来。”

他朝凯瑟琳走过来，到了最后一刻才转身，拿起她梳妆台上的香水瓶仔细看。他的笑容诉说着一种顽皮，好像在分享两个人之间的秘密，又或许是即将来临的秘密。

“留下？留在这儿？”

“是的。”皮埃尔说，“留在你身边。我是来当您最好的朋友的，凯瑟琳小殿下。”

凯瑟琳敲了敲头。这一定是娜塔莉亚喜欢的那种费尽心思的小玩笑，凯瑟琳从来都搞不懂她对幽默的趣味。

“哦，”她说，“那我们都需要做什么呢？”

“我认为，任何朋友之间会做的事，我们都要做一遍。”皮埃尔双臂搂过她的腰，“当您准备好可以做的时候。”

“我已经学会跳舞了。”

“除了跳舞，还有很多别的事。”

皮埃尔俯下身子去吻她，凯瑟琳猛地往后闪躲。这太突然了。她结结巴巴地说对不起，虽然她也不明白为什么说对不起的人是自己，因为突然凑过来的人是皮埃尔啊。不过无论如何，他似乎并没有生气。

“看到了吗？” 皮埃尔笑着说，“您身边只有我姑母和侍女陪伴的时间太久了。她们对如何让您俘获求婚者的真心这方面的教导，与她们对让您为毒宴做好准备的教导一样差劲。”

凯瑟琳羞得涨红了脸。“你以为自己是谁，”她说道，“竟然胆敢说出这样的话？”

“我是您的仆人，”他轻抚她的脸颊，答道，“是您的奴隶。我来这里，是为了确保让每一位来联姻的人在爱上您的两位姐姐之前，率先爱上您。”

贪狼泉

约瑟夫归来当天，气氛阴云密布、死气沉沉。朱尔斯躺在自己床上，看着她和阿尔西诺伊共住卧室上方灰蒙蒙的天花板。她几乎没怎么睡。

“他们一定几周前就知道他要回来了。”她说道。

“当然。”马德里加尔说。朱尔斯坐在梳妆台前，马德里加尔站在她身后，拿着发梳一下一下梳着朱尔斯乱七八糟深褐色的头发。

“那为什么现在送他回来，在阿尔西诺伊过完生日的两天之后？他错过了庆生宴会，回来只来得及看见满街的垃圾和盘桓在残羹剩饭上面的海鸥与乌鸦。”

“就是为了要这样啊。”马德里加尔说，“现在他们用他来对付我们，看我们像受惊的小鸡雏一样乱成一团。可怜的安妮·桑德兰一定已经六神无主了。”

的确如此。

在约瑟夫位于码头旁的家里，他妈妈基本上就是不知所措，她一边做准备，一边朝她丈夫、马修和约拿吼个不停。虽然这是开心的吼，但终归还是吼。

“如果他不回来怎么办？”朱尔斯问。

“为什么不回来？”马德里加尔第二次试着将朱尔斯的头发盘在头顶上用发卡别好，“这里是他的家。”

“你觉得他现在变成什么样了？”她问道。

“如果他长得跟他哥哥马修有丁点儿相似的地方，那贪狼泉的所有女孩就都危险了。”马德里加尔笑着说，“马修在约瑟夫这么大的时候，半个镇子的人都跟在他船后面游。”

正梳头的朱尔斯猛地回头。

“马修心里除了卡拉小姨没有别人。”

“对，对。”马德里加尔喃喃地说，“他就像我那位严肃妹妹的忠犬，就像约瑟夫对你一样。”她举起双手，任由朱尔斯的头发在空中飞扬。“你这乱七八糟的头发，我是弄不了。”

朱尔斯悲哀地看着镜子。马德里加尔的美丽来得毫不费力，她的头发是蜜糖栗色的，手脚轻盈、优雅。人们永远不会想到她和朱尔斯是母女关系。朱尔斯怀疑，有时候她妈妈也很享受这种情况。

“你应该再睡一会儿。”马德里加尔说，“你的眼睛眍瞜得厉害。”

“我睡不着，尤其卡姆登每隔几分钟就起来一趟，到处转一圈。”

“你觉得她为什么不肯睡呢？是你的紧张让她睡不着。如果她今天跑去撞桌子，把上面的东西都打破，那绝对是你的错。”马德里加尔从女儿身后转过来，仔细审视她。她轻碰了一下女儿那头柔软的古铜金色鬈发，朝她修长的脖子上喷了几下香水。

“我已经尽力了。”她说，“他看见你一定会喜欢。”

阿尔西诺伊走上楼，斜倚着门框，说："你看起来棒极了，朱尔斯。"

"你应该让他来找你。"马德里加尔说。

"为什么？他是我的朋友，又不是捉迷藏。"朱尔斯扭捏着离开梳妆台，朝楼下走去。她走出门，前面长长的土路走到一半，才发现阿尔西诺伊还站在家旁边没动。

"你不来吗？"

女王储双手插进口袋："不去吧。最好是你自己去。"

"他也会想见你。"

"是的。不过要等晚些时候。"

"好吧，那你至少陪我走一段啊！"

阿尔西诺伊哈哈笑："好好好。"

她们一起走过狭窄、野风乱吹的山路，从家向镇子走去，向港口，向广场，向冬日市集走去。她们爬上海湾前最后一个山丘顶时，阿尔西诺伊站住了脚。

"你有没有想过，"阿尔西诺伊问，"如果当时是另外一种情况，我们现在会是什么样？"

"怎么算是另外一种情况呢？"朱尔斯反问道，"是我们从来没有试图逃走？还是我们逃跑成功了？又或者他们连我们也一起流放了？"

可他们只流放了约瑟夫。他们对朱尔斯的判处，就是要她成为下一代三胞胎女王储的隐形助产士与保姆。她要一个人住在黑暗乡舍，以仆人的身份侍奉女王，在女王怀孕期间，她是女王以及王夫唯一的陪伴，等到三胞胎生下之后，她要一直陪她们长到能被接走的年纪。她本应现在就在黑暗乡舍候着，后来是她的小姨卡拉自愿顶替她过去。

“他们应该杀了我。”阿尔西诺伊悄声说，“我应该主动要求，换取他们同意让约瑟夫留下。换取他们同意，不让卡拉去乡舍。”

“他们想把我们都杀掉。”朱尔斯说，“娜塔莉亚·爱伦会给我们两个下毒，把我们扔在议会大厅的地上吐白沫，就在沃洛伊堡里。”

她还会把她们的尸首拿去因德里得山的城市广场上游街示众，前提是她觉得自己能够得逞的话。当时她们两个只有十一岁啊。

“就算侥幸逃脱，但我们的命运可能依然如此。”阿尔西诺伊说，“甚至更糟糕。他们可能会给我们下更精巧的毒，我们要煎熬好几天才死，而且血会从眼睛和嘴里流出来。”她朝沙石地上啐了一口，“毒师。”

朱尔斯叹了口气，低头看着她长大的这座小镇。木屋挨挨挤挤地遍布整个海湾，就像是一大片灰蒙蒙的藤壶。贪狼泉今天似乎死气沉沉。没有一个地方能称得上喜庆，可以迎约瑟夫，或是任何一个人回家。

“你觉得他会有天赋吗？”阿尔西诺伊问。

“可能没有吧。桑德兰家没人有过。除了马修，他能迷住鱼。”

“我觉得马修这么跟你卡拉小姨说，是为了能给她留下印象。”阿尔西诺伊说，“他真正的天赋是迷住女孩，桑德兰家所有的男孩都会这一招儿。就连约拿周围都开始有人追了。”

朱尔斯低声骂了一句脏话。马德里加尔刚刚才说过同样的话。

“你很担心吗？”阿尔西诺伊问。

“我才不担心。”朱尔斯反驳道。但她其实很担心。她非常担心约瑟夫变了，她的约瑟夫已经不见了，消失在他们分开的这五年里。

卡姆登小跑着超过去，顺着路边来回踱步，打着哈欠。

“我只是不知道该怎么跟他相处。我们已经没办法去韦尔登溪一起抓青蛙和蜗牛了。”

“今天这种天气，肯定不行。”阿尔西诺伊也同意。

“你觉得大陆的女孩是什么样的？”朱尔斯突然问。

“大陆的女孩？哦，她们很可怕，特别恐怖。”

“当然。所以，我那位美丽的妈妈才会跟她们打成一片。”

阿尔西诺伊不屑一顾。“但凡她们有一点像马德里加尔，”她说，“那你也就没什么好担心的了。”

“不过，或许她说得对。或许我不应该来。”

阿尔西诺伊往前狠狠地推了朱尔斯一把。

“快下去吧，白痴。”她说，“不然你就迟到了。”

于是朱尔斯下去了，朝码头走去，在那里约瑟夫的家人穿着他们最好的黑色外套正等着。约瑟夫的船还没有出现在海平线，但他的妈妈——安妮，已经站在一个板条箱上翘首以盼了。朱尔斯是可以和他们一起等的。桑德兰一家人从前是很欢迎她的，那时候她和约瑟夫都还小，卡拉小姨和约瑟夫的哥哥马修也还没有结婚。但朱尔斯还是选择绕路穿过广场，从远处看着。

广场上，帐篷还没有撤，有一部分已经收拾打扫过，但并不是全部。庆生宴结束后，整个贪狼泉要照料一大群醉鬼。善后工作基本上没怎么开始。隔着敞开的帐篷门，朱尔斯瞥见主桌上的大浅盘还放在原地，一群拍动黑色翅膀的鸟儿在上面走来走去。这些乌鸦找到了她召唤出来没被人吃完的鳕鱼。这些鸟儿吃饱喝足之后，会有人负责把鱼骨丢回海里。

再次回到码头，聚在那里的人更多了，不仅仅是在栈桥。整个海湾，家家户户的窗帘和百叶窗都被掀开，到处都是游荡在外面、假装擦拭自家门廊的居民。

朱尔斯觉得腰间被拱了一下，她低头，正对上卡姆登那双饥饿的黄绿色眼睛。她自己的肚子也叫起来。朱尔斯卧室的桌子上，还放着一个托盘，上面的茶和黄油面包一口未动。那时她根本想不起来吃东西。但是现在，她从来没觉得自己这么饿过。

她在冬日市集给卡姆登买了一条鱼——眼睛清澈、尾巴弯弯的海鲈鱼，它冰冻的样子像还在游泳一般。她又从玛奇家给自己买了几个早上刚捞出来的牡蛎，用刀刃宽大的匕首直接挖出肉来吸进肚。

“给。”说着，玛奇递给她一勺醋。朱尔斯转头朝海湾看去。“你不是应该在那边，和那群人一起热热闹闹？”

“我不喜欢热闹。”朱尔斯说。

“我不是在怪你。”她往朱尔斯手里又塞了一个牡蛎。“给大猫的。”玛奇加了一句，朝她挤挤眼。

“谢谢你，玛奇。”

码头上，人群沸腾，这动作一路传到山丘上，传到市集。玛奇伸长了脖子。

“啊，看见了。”她说。

约瑟夫坐的船驶进了港口。它悄悄地靠近港口；距离近得朱尔斯可以看清甲板上水手的身影。

“全都是黑帆。”玛奇说，“看来大陆是有人想要亲我们的屁股啊。”

朱尔斯站得尽可能高。船就在那里，承载着她过去五年来一直梦寐以求却又害怕的一刻。

“你最好还是过去，朱尔斯·米兰。我们都知道，他最希望见到的就是你。”

朱尔斯朝玛奇笑了一下，然后就和卡姆登一起冲出冬日市集。她的脚咚咚地跑过广场，跑过松松垮垮、呼呼啦啦的帐篷营。

港口聚集了太多人，这些人都是受好奇心驱使，想要看得更清楚。朱尔斯没办法挤过人群。就连有卡姆登在前面开路都不行，除非她让卡姆登横冲直撞、大吼大叫。这种事是凯特外婆严令禁止的，如果做了肯定会传到她耳朵里。

朱尔斯站在斜坡上看着，不安地跑来跑去。船上的人要先卸货——行李以及可能拿来交易的货品什么的，还有礼物。朱尔斯瞥着大陆来的这条船。它看起来和席尔黑德湾格格不入，船身刷的雪白，舷窗周围和绳索四周涂了大量的金色和银色。在贪狼泉惨淡的日光下，它显得格外耀眼。

这时，约瑟夫迈步踏上舷梯。

朱尔斯甚至不用听他妈妈的呜咽就知道是他。哪怕他长高了，长大了，脸上孩子气的稚嫩完全褪去了，她也认得那是他。

桑德兰一家张开双臂拥抱他。马修用力把他抱起来，他的爸爸双手搭在他们两个人的后背上。约瑟夫揉着约拿的头。安妮死死揪着约瑟夫外衣的衣角，不肯松手。

朱尔斯往后退了半步。五年是一段很长的时光，长到足以忘记某个人。如果他看见自己站在山坡上，礼貌的微笑，那她该怎么办？如果他朝她点点头，然后就跟家人一起走了呢？

她开始往后退的时候，约瑟夫刚好叫出了她的名字。他叫着，很用力，声音盖过所有人：“朱尔斯！”

“约瑟夫！”

他们朝彼此跑去，他用力挤过人群，她朝山坡底下飞奔。他黑色的外衣飞起，露出白色的衬衣，他们两个撞在一起。

这不是那种童话故事般的重逢，与他离开之后，她便一直幻想或是做白日梦中的场景完全不同。她的下巴撞上了他的胸口。她不知道自己的手臂应该放在哪里。但是，约瑟夫就在这里，真真切切、结结实实，好像全都变了，又好像什么都没变。

他们分开以后，他握着她的肩头，她扶着他的胳膊肘。她微微带着哭腔，但不是因为伤心。

“你太……”她说。

“你也是。”说着，约瑟夫用大拇指摩挲她的脸颊，“我的天哪，朱尔斯。我多怕自己认不出来你。可你几乎没怎么变！”

“没有吗？”她突然觉得很丢脸，自己个子这么小。他会觉得自己还是个小孩子。

“我不是那个意思。”约瑟夫赔罪说，“当然你已经是大姑娘了。但是天知道我多担心，自己可能会认不出这双眼睛。”

他抚了抚她的太阳穴，这边挨着她的蓝眼睛，然后又抚了抚另一边，这边挨着她的绿眼睛：“因为这么久以来我都坚信，只要我用力看，一定能够看到你。”

但这不可能。议会不允许他们两个通信。朱尔斯和他家里人只知道他在大陆，在一座森林，还活着。而且，对他的流放不可更改。

卡姆登从朱尔斯腿旁边蹿出来，呼噜呼噜叫。这个举动近乎温柔，但约瑟夫还是吓得往后跳了一步。

“怎么了？”朱尔斯问。

“这、这是——？”他结结巴巴地说，然后自己也笑了，“当然如此。我想我是离开太久了，都忘了芬伯恩能有多奇怪。”

“你说‘奇怪’是什么意思？”她问。

“如果你离开过，就会明白。”他伸出手给卡姆让她嗅，卡姆舔着他的手指，“他是灵宠。”

“是她。”朱尔斯更正道，“这是卡姆登。”

“嘿，”他说，“它难道是……”

“没错。”朱尔斯点点头，“她是我的灵宠。”

约瑟夫看了看朱尔斯，又看了看山猫，然后又看了看朱尔斯。“但她应该是阿尔西诺伊的灵宠啊。”约瑟夫说，“有了这样的灵宠，可以让你成为这五十年来最强的自然使法师。”

“按他们的说法，是六十年。”朱尔斯耸耸肩，“自然系女王储崛起，自然系的天赋也跟着崛起。你是不是连这个也忘了。”

约瑟夫咧嘴笑着，挠了挠卡姆登耳朵后面：“那么，阿尔西诺伊的灵宠是什么？还有她人呢？正好我有几个人想要引荐给她，其中有一个最特别。”

“谁？”

“我的结拜兄弟，小威廉·查特斯沃思。还有他父亲。他们今年有一个联姻团。”

他调皮地朝她笑了一下。神殿一定不会喜欢这父子俩来这里。不到五朔节当天，联姻团是不准来的，而那些求婚者在复苏大会结束之前，也不允许和女王储讲话。朱尔斯很好奇这两个有本事打破规矩的是什么人。

约瑟夫往左转头，朝身后的某个人点点头，朱尔斯转头则看见了贪狼泉神殿的女祭司——奥特姆。她正阴沉着脸朝这边走来。

“朱莉·米兰，”奥特姆轻声说，“恕我冒昧。神殿希望能欢迎约瑟夫·桑德兰回家。我们要带他及他的家人一起去祭坛，接受祝福。”

“当然。”朱尔斯说。

“不能等一会儿吗？”约瑟夫问。当女祭司回答说不可以的时候，他又嘟囔了几句。

贪狼泉神殿盘坐在贪狼泉的东丘上，就是用白砖围了一个圈，四周是女祭司居住的小屋。住在这里的女祭司全部只有十二岁，奥特姆也是其中之一。无论朱尔斯什么时候来这里做祈祷，都觉得这是一个孤独的地方。除了节庆日，神殿基本上都是空空荡荡的，奥特姆一个人照看神殿，其他人则在花园里。

“我们依循惯例，”奥特姆说，“也给阿尔西诺伊小殿下发了邀请，请她来接受祝福。”

朱尔斯点点头。阿尔西诺伊从没踏足过神殿。她说，她才不会向一个背对自己的女神祈祷。

“你听好了，”约瑟夫说，“我准备好以后，会去找你们，如果我去的话。”

奥特姆阴沉的脸直接掉下来，变成愤怒。她原地转了个身，走了。

“这实在算不上什么像样的欢迎，”朱尔斯说，“对不起。”

“这正是我所需要的欢迎。”约瑟夫伸手揽住她的肩膀，“你，贪狼泉，还有我的家。过来和他们打个招呼。我希望你一直都跟在我身边，只要我还有你。”

马德里加尔告诉阿尔西诺伊，说她们要进山去打野鸡。她可以先施法迷住那些野鸡，然后让阿尔西诺伊去射。

“你这辈子就没打过猎。”阿尔西诺伊背起自己小巧的十字弓和一袋弓箭，“我们到底要去做什么？”

“我不懂你的意思。”回答完，马德里加尔顺手将自己美丽的浅褐色长发往后一撩，但她隔着厨房窗户，瞥了一眼正在厨房里准备炖汤的凯特。她的眼神告诉阿尔西诺伊，自己猜测得没错。

她们两个一起朝房子的北面走去，顺着路经过空地和茱萸池，走进了郁郁葱葱的森林。阿尔西诺伊的脚踝没到雪地里，艰难跋涉。马德里加尔哼着小调，身姿曼妙，完全没有深陷。她的灵宠阿里亚，在前面远远地翱翔在森林上空。她从来没有像伊娃栖在凯特外婆肩头那样，栖在马德里加尔的肩头上过。那种感觉，就像是她们两个之间根本没什么心灵感应一样。又或者，仅仅是因为阿里亚和马德里加尔喜欢的衣着相称。

“马德里加尔，我们要去哪儿？”

“不远了。”

已经走很远了。她们来到的地方海拔很高，大块的灰岩突出地表。有些只是石块，有些则是大部分埋在地底的巨石，这些巨石是这座岛在远古时遗留下来的，那时它还不叫这个名字。

不过，在冬天，这些石块被藏在了积雪之下，而且非常滑。有两次，阿尔西诺伊都差点儿摔倒。

马德里加尔改变了路线，朝山背风的那一面沿途而上，积雪要浅很多。那里有一小块很古怪的地方，有一棵树干很粗的树，光秃秃的树枝弯下来，形成了类似树冠的东西。她们走到山脚，马德里加尔在这里藏了一把干柴，还有两个三条腿的小凳子。她递了一个小凳子给阿尔西诺伊，然后开始架柴生火，不时将细长条的火绒撒在上面。随后她掏出一个银酒壶，将油倒在干柴上，划了一根长火柴丢进去。

火苗“呼”的一下蹿起来。干柴噼噼啪啪烧起来。

“这对自然系的法师来说，已经算很不错了。”马德里加尔说，“不过如果我是元素系的人，可能会很轻松。有时候，我觉得除了自然系，我愿意成为任何系的法师。”

“哪怕是毒物系？”阿尔西诺伊问。

“如果我是名毒师，就会住在因德里得山的大豪宅里，而不是住我妈妈那间四面透风的海边小屋。不过，不。我认为最好是战斗系。成为一名战士，肯定比做自然系的法师刺激。又或者懂预言，知道未来会发生什么。”

阿尔西诺伊搬着自己的小凳子把它放在篝火边。她没有说米兰家的房子可不只是一栋四面透风的海边小屋。只有马德里加尔自己一个人这么想而已。

“你为什么回来，”阿尔西诺伊问，“如果这么不满意？你在大陆待了六年，本可以继续待下去。”

马德里加尔拿着一根长树枝拨弄着篝火。“当然是因为朱尔斯啊。”她说，“我不可能离开家，把她丢给我那个无趣的妹妹抚养。”她停了一下。她知道自己可能说了不合时宜的话。在这个家里没有人愿意听一句说卡拉的不好。自从她接替了朱尔斯在黑暗乡舍的职责后，就开始这样。这对马德里加尔来说真是太苦恼了，她几乎说不出什么好话。

“还有你，”马德里加尔耸耸肩，“一代新女王。上一代女王加冕的时候，我还没出生，所以不能再错过这一代。这么久以来，你是这座岛上唯一令人激动的事。”

“是的，激动。”阿尔西诺伊说，“我想我死了的话，也会令人激动。”

“别这么悲观。”马德里加尔说，“和这里半数人不同，我是站在你这边的。不然你觉得我为什么带你走这么远，来到这里？”

阿尔西诺伊将十字弓和箭囊放在脚边，将冰凉的双手揣进兜里。她不应该答应跟来。但是朱尔斯在贪狼泉和约瑟夫一起，如果不跟来，她就只能留在家里做家务。

“你觉得此刻我的朱莉在镇子上做什么呢？”马德里加尔摆弄着衣服上的什么东西，饶有兴味地问。她掏出一个小包，放在腿上。

“欢迎老朋友回家。”阿尔西诺伊说，“她最好的朋友。”

“你才是她最好的朋友。”马德里加尔嘲讽地说，“约瑟夫·桑德兰一直……都是另外一种。”

她从小包里掏出四样东西：一条自然卷的辫子，一个灰布条，一条黑色缎带，还有一把锋利的银匕首。

“低等魔法。”阿尔西诺伊看出了门道。

“不要这么说，这是神殿的讲法。但它是这座岛的命根子，是唯一能够将女神的力量阻隔在岛外的魔法。”

阿尔西诺伊看着马德里加尔仔细地把四样东西摆成一排。不可否认，她被迷住了。空气中涌起一种特殊的波动，地上升起一种特殊的感觉，就像是心跳。真奇怪她之前居然从来没有经过这里，没有看见过这棵弯下来的树。但她的确没来过。如果来过，她立刻就会认出来。

“或许是这样，”阿尔西诺伊说，“但低等魔法并非女王储的天赋。我们和其他人不一样。我们的血统……”她住了口。她差点儿就说出“很神圣”这三个字。是女神的血脉。这是事实，这些话到她嘴巴里却变得苦涩。“我做不到。”她说，“我可以直接去海边，朝螃蟹大喊大叫，直到它在我面前屈服。”

“你试了多久了？”马德里加尔问，“你召唤灵宠却没有唤来，这样的情况出现过多少次了？”

“它会来的。”

“是的。如果我们提高你的音量的话。”

马德里加尔微微笑着。阿尔西诺伊从来不觉得马德里加尔漂亮，不过，有许多许多人是这么认为的。“美丽”对她而言，是一个太过温和的词。“朱尔斯可以帮我提高音量。”阿尔西诺伊说。

“不要太固执。朱尔斯或许也没办法。对她来说，一切来得太容易。天赋就在那里，在她的指尖之上。她这个样子，让我想起了我妹妹。”

“她也是？”

“是的。卡拉睁开眼睛的那天，就拥有了天赋。全部的，和朱尔斯一样。虽然她的天赋不像朱尔斯那样强得可怕，但是也足以令我父母转过头去。她甚至没有练过，就做到了。”马德里加尔拨弄着火苗，火花溅起。“我有时候都怀疑，其实卡拉才是朱尔斯的亲生母亲，虽然我记得是我自己生下了她。自从我回到岛上，她们两个就非常亲密。朱尔斯甚至连模样都很像她。”

“呃，你是说，长得更丑。”阿尔西诺伊皱着眉说道。

“我可没这么说。”

“不然你还能是什么意思？你和卡拉长得很像。朱尔斯却跟你们俩谁都不是特别像。她跟卡拉唯一相像的地方就是两个人的轮廓一样，而且都没有你漂亮。朱尔斯跟卡拉有默契，但这不是很正常的吗？你离开了呀，是卡拉把她抚养长大的。”

“抚养长大。”马德里加尔重复道，“我回来的时候，她差不多九岁了。”

她拿起腿上的布条，把边缘的线头扯掉，直到最后布条两边都干干净净。

“或许我的确为离开而感到内疚。”马德里加尔低头盯着手里的布条，“而这正是我这样做的理由。”

阿尔西诺伊仔细看着那灰布条。她看着那条深褐色的辫子，很好奇这辫子是谁的。微风吹到这棵弯曲的树下，静止了；就连篝火都是静静地燃烧。无论马德里加尔在做什么，她们都不应该这么做。低等魔法是为出身微贱之人准备的，是为绝望之人准备的。就算她们能成功，也要付出代价。

“你有没有发现，你的天赋还没显露，却没有一个人觉得恐慌？”马德里加尔问，“凯特不觉得，埃利斯不觉得，甚至连朱尔斯也不觉得。没人认为你能活下来，阿尔西诺伊。因为自然系的女王储从来都活不下来，除非她的灵宠像伯娜丁的狼那样是一头野兽。”她将布条扯下来的丝打了个结，用它钩住辫子上绕的一个结将二者拴在一起。

“伟大的伯娜丁女王。”阿尔西诺伊嗫嚅着，“你知道我听她的事听得有多腻烦吗？她是唯一一个有人纪念的女王。”

“她是唯一一个值得纪念的女王。”马德里加尔说，“贪狼泉这里的人这样野蛮不羁，也已经接受了这个现实。他们能接受，可我不能。”

“为什么你不能？”阿尔西诺伊问。

“我不知道。”马德里加尔说，“可能是因为我亲眼看着你在朱尔斯天赋的阴影下长大，就像我在卡拉的阴影下长大一样。又或者是因为我希望自己的女儿爱我，如果我救了你，没准儿她就能学着来爱我。”

她将辫子和布条举起一点。阿尔西诺伊摇着头：“这行不通。每当我有什么事，就会变成这样。就会有人受伤害。”

“等你的两个姐妹杀了你，才叫受伤害。”马德里加尔提醒她道，同时将引子塞进阿尔西诺伊的掌心。

这引子看起来像是一团无害的垃圾，感觉起来却不是那样。这引子给人的感觉比任何辫子、任何布条都要沉。而且，比她手掌上托过的任何花苞都更有活力。

“女神就在这儿，在这里。”马德里加尔说，“女祭司向她祈祷，装得好像她是一种神圣的存在、某种遥远的神明，但你和我心里都清楚。我们能够感觉得到她就在这座岛上，无处不在。你逃走的那个夜里，她不愿意放你离开，你能在大雾中感觉到她，在船上感觉到她。她就是这座岛，这座岛就是她。”

阿尔西诺伊吞咽了一下。这番话貌似是实话。或许曾经，女神是无处不在的，她的力量可以伸到天空，一路伸向大陆。但是现在，她被困在这里，蜷缩起来，像野兽藏匿于洞中，和野兽一样强大，和野兽一样危险。

“这是朱尔斯的头发吗？”阿尔西诺伊问。

“是的。我今天早上给她梳头的时候从梳子上择下来的，团成一团。花了好像一辈子才把它们捋直，编成小辫子。”

“那这布条呢？”布条看起来很旧了，皱巴巴，脏兮兮。

“这是从约瑟夫的衣服上扯下来的，那会儿他还是个小男孩。

反正我妈是这么说的。他的衣服被谷仓外面的钉子剐破了，朱尔斯给他拿了一件新的，凯特就把这件收藏了起来。我不知道她是怎么记得这些事情的。”马德里加尔哼了一声，“当然了，也能找到别的约瑟夫的东西拿来用，不过我们可不希望他像头发情的牡鹿一样对待朱尔斯。”

“这是迷情咒。”阿尔西诺伊说，“你现在是在教我怎么用低等魔法，给朱尔斯下一个迷情咒？”

“这个世界上还有比爱更纯粹的动机吗？”马德里加尔把那条黑缎带也递给她，“把它们缠在一起，然后用这个系好。”

“你是怎么知道这些具体做法的？”阿尔西诺伊问。不过事实上，好像阿尔西诺伊自己天生就知道该怎么做。她的十指毫不费力地将辫子和布条拧成一股，就算没有马德里加尔的指导，她也早就知道要伸手去拿黑缎带。

“这座岛之外，什么都没有。”马德里加尔悄声说，“闭上眼睛，用心盯着这火苗。”

“朱尔斯肯定希望自己亲手来。”阿尔西诺伊说，“不，她可能根本不会同意这么做。她不需要迷情咒。”

火焰对面，马德里加尔悲伤地噘起嘴。贪狼泉的每一个女孩都听过桑德兰家男孩的大名。他们迷人的微笑，像倒映在海中乌云的眼睛。他们的黑发密不透风。约瑟夫现在也长成了这样，就算阿尔西诺伊爱朱尔斯，觉得她很漂亮，但是她也知道朱尔斯还没有漂亮到能够拴牢那样的男孩。

阿尔西诺伊低头看着符咒在自己的指尖舞动。不久以前，这些东西还不过是一堆只配扔进垃圾桶的废物，或者是被鸟叼去筑巢。但是现在，这些东西被马德里加尔用结系到一起之后便不再是这么简单，朱尔斯的头发和约瑟夫的衣服交缠的地方紧紧地绞住。

她缠完最后一圈缎带，将两端系牢。马德里加尔拿起银匕首，割了一下阿尔西诺伊小臂的内侧，刀锋快得刀口过了几秒钟才开始冒血。

“噢！”阿尔西诺伊大叫。

“又不痛。”

“痛啊。你动手前可以提前告诉我一声。”

马德里加尔嘘了一声，将符咒按在汩汩往外冒的血上。她紧紧攥着阿尔西诺伊的胳膊，将它按在符咒上，就像将牛奶挤进桶里。

“女王储的鲜血，”马德里加尔说，“这座岛的鲜血。多亏了你，朱尔斯和约瑟夫永远不会再分开。”

阿尔西诺伊闭上眼睛。朱尔斯和约瑟夫。他们自从出生之日就从未分开过，直到她出现。直到他们想要救她，因此惹上麻烦，才不得不分开。黑暗议会并没有就阿尔西诺伊想要逃跑而惩罚她。除了内疚。从那年起，令朱尔斯痛失约瑟夫的内疚，便常常折磨着她。

马德里加尔松开阿尔西诺伊的胳膊，阿尔西诺伊弯起手臂。血渐渐止住，伤口也开始抽痛。马德里加尔之前没想那么多，没有带任何能够擦拭伤口的东西，或是绷带什么的。所以，或许这低贱魔法的代价就是女王储失去这只胳膊。

马德里加尔将符咒滑进一个黑色的小袋子。她把袋子递给阿尔西诺伊时，手指上全是黏稠的红色血液，而袋子里的符咒感觉起来就像是一颗小小的、跳动的心。

“等到血干了，”马德里加尔说，“把它放在一个安全的地方。比如枕头底下，或者编进自己的头发里，只要你能保证永远不会剪到它。”

阿尔西诺伊攥着符咒。现在魔法已成，感觉却很糟糕。这种邪恶的东西是用良好的愿望拧成。她不知道自己为什么要这么做。除了容易，她没有这么做的借口，但是此前，她从未遇到过任何来得很容易的事情。

“我不能对朱尔斯做这种事，”她说，“我不能不问她的心意就这样做。无论有什么理由，她都不会同意。”

趁自己反悔之前，阿尔西诺伊将符咒丢进了火里。小袋子瞬间烧了个精光，好像从未存在，朱尔斯的头发和约瑟夫干枯的衣服条焦黑卷曲，就像是濒死昆虫的腿。烧焦的灰烬里升起青烟。马德里加尔大喊一声，跳了起来。

“把火灭了，我们回去。”阿尔西诺伊说。她试着让自己听起来像女王储，但是她的语气犹豫而虚弱，就像她失去的不是一品脱血，而是满满好几勺。

“你干了什么？”马德里加尔悲伤地说，“你刚刚对我们可怜的朱尔斯都干了什么？”

罗兰斯城

神殿东边一个与世隔绝的院子里，米拉贝拉终于是自己一个人了。这是少数几名女祭司肯让她处于无人看守状态的地方，也是为数不多让她们觉得安全的地方。哪怕是去祭坛祈祷，她们也会派一两名女祭司站在阴影里跟着米拉贝拉。她只有在这个院子和自己位于韦斯特伍德公馆的卧室，才可以一个人待一会儿，想干什么干什么，胡思乱想、歪着躺倒，甚至是哭泣。

自从经过了悬崖上罗的测试，她就常常哭泣。大部分时候她是躲起来哭，但并不是全部。有关她伤心的闲言碎语飞快流传，女祭司们开始用怀疑的目光偷偷看她。她们不知道她的眼泪代表着软弱还是有大慈悲。无论是哪一种，她们都宁可她一滴眼泪别流。

米拉贝拉盘腿坐在冰冷的石凳上。她抬起脚，一只小小的、黑白羽的啄木鸟落在她的脚印上，跳来跳去。

“哦。”她说。这是一个性子活泼的小东西，一双黑眼睛机灵极了。她拍拍衣服口袋，轻轻地抖了抖斗篷的褶子。“不好意思，我没有种子喂你。”

她应该带点过来的。喂咕咕叫的鸽子是一种受人欢迎的分散注意力的办法。

“他并不是在找种子。”

米拉贝拉回过头。一个年轻的新人站在庭院入口，站在覆满积雪的篱笆的开口处。她裹紧身上雪白的兜帽，抵御凛冽的寒风。

米拉贝拉清清喉咙：“那么，他在找什么呢？”

女孩微笑着走进庭院。“他是想要逗您开心。”她说道。

她松开兜帽，啄木鸟拍拍翅膀飞快地从地上飞起来，钻进她的领口。

女王储睁大了眼睛。“你是自然系的人。”她说。

女孩点点头。

“我叫伊丽莎白，在伯娜丁码头长大。希望您不要介意我贸然闯进来，因为您看起来实在太伤心，佩珀总是千方百计想要逗我笑。”

那只小鸟从她的兜帽后面伸出嘴，随后又飞快消失。米拉贝拉饶有兴味地看着。她从来没见过灵宠。神殿里，一名女祭司可以展露自己的天赋，但灵宠是被禁止的。

“你是怎么能有办法一直养着他的？”米拉贝拉问。

伊丽莎白古铜色的面庞贴着小鸟的头蹭了蹭：“求你不要告诉别人。露陷的话她们一定会杀了他。我一直想要赶他走，但他就是不肯。我想自己运气还不错，他很容易藏。对我们来说，在拿到手镯之前把灵宠送走，是一件很残忍的事。如果我改变主意，离开了神殿怎么办？到那时佩珀在哪里呢？是附近的森林，还是在高高的山岗上，可能再也听不见我的召唤？”

“让你彻底抛弃他的确很残忍。”米拉贝拉说。

伊丽莎白耸耸肩。“我妈妈也这么说过，女祭司不必有灵宠。

可是，现在这座岛分崩离析得这样厉害，自然系、毒物系和元素系互看不顺眼。就连少数几个有战斗天赋的，甚至更少几个拥有预言天赋的人，都对彼此抱有敌意。”她看着佩珀，叹了口气，“抛弃灵宠才能让我们团结在一起。而献祭将我们同信仰紧紧拴牢。不过您说得没错，依然很残忍。”

“能让我看一下吗？”米拉贝拉伸出手问。伊丽莎白微笑，小鸟飞快地飞出来，落在米拉贝拉弯曲的手指上。

“他喜欢您。”伊丽莎白说。

米拉贝拉咯咯笑着：“你真会讲话。你是自然系的，他会照你吩咐的做。”

“心电感应其实并不是这样的。总之，我敢打包票。因为他可能会犹豫，表现得不那么热情，还可能会在您手里拉屎。”

“那我真走运，他喜欢我。”米拉贝拉说。

佩珀眨了眨眼睛，随后“嗖”的一声飞回伊丽莎白安全的兜帽里。

“我们看见您自己一个人在这里伤心难过，就想看看有没有能帮忙的地方。”伊丽莎白挨着她，在石椅上坐下来，“我知道您为什么哭。”

“我想这个神殿的每一名女祭司都知道了。”

伊丽莎白点点头。“但这对我而言还有点特殊的含义。”她说，“因为我差点儿就被选中成了那个献祭的祭品。”

“你？”

“按她们的说法是这样。”她说，“这是职责，是同女神的亲密对话。我差一点就答应了。我想我应该答应才对。那个自愿的女孩，名字叫罗拉。她到死都坚信自己的做法是一种伟大的奉献。有很多更糟糕的死法，还不如这种呢。”

更糟糕的死法，比如被你的女祭司姐妹活活烧死。米拉贝拉也试着这样想过。她告诉自己，她救了那个女孩，让她免于被火烧死。但是不行。无论当时情况如何，这样做就是不对。

“人的本性就是善恶俱存的，米拉贝拉小殿下，每一种天赋都兼具光明与黑暗。我们自然使可以让万物生长，但是也可以哄骗龙虾跳进锅里，我们的灵宠还会将兔子撕成碎片。”

“是的，”米拉贝拉说，“这我知道。”

元素系的人能轻轻松松烧毁森林，也可以轻轻松松降雨滋养树木生长。战斗天赋是为了保护，也是为了杀戮。甚至就连那些可以预言未来的人，也常常疯狂、偏执地诅咒别人。正是因为如此，生来便有预言能力的女王储，会直接被淹死。

“甚至于，”伊丽莎白说，“毒师也可以是治愈者。”

“这我倒是没有听说过。”米拉贝拉说。毒师品行恶毒，众所周知。每一次处决毒师都是一场混乱，每一个被判处死刑的女毒师或男毒师都必须喝下凤凰木的毒，死时眼睛流血，浑身痉挛到后背能够直接断掉。

“是真的。”伊丽莎白坚持道，“他们知道治病救人的方法，只不过在对议会席位的渴望面前，他们忘记了。”

米拉贝拉莞尔一笑。她摇了摇头：“但是这不一样，伊丽莎白。对女王储来说，是不同的。”

“哦，我知道。”女祭司回答说，“虽然我来罗兰斯城只有很短的日子，但是已经看出来您是一个好人，米拉贝拉。我不知道您会不会成为一位好女王，但是对我而言，这是一个很有希望的开始。”

一根黑油油的大辫子从伊丽莎白的兜帽里滑出来，几乎和女王储的头发一样黑。这令米拉贝拉想起了布里，以及她梳着辫子的模样。啄木鸟佩珀爹起自己的羽毛。这似乎是一只不怎么爱说话的鸟儿。

“你是这里唯一一个能真正和我聊几句的女祭司。”米拉贝拉说，“我是说，除了卢卡。”

“真的吗？”伊丽莎白说道，“天哪！这是说明我不是一名非常优秀的女祭司的又一佐证。罗总是这么对我说，或许她说得对。”

嗜血罗，神殿的凶神。米拉贝拉不记得自己曾见过她和善的样子，也不记得听她轻声细语地说过一句话。但是等到五朔节结束，复苏大会开始，她将会是一位出色的保护者。在这方面，卢卡说的是对的。

伊丽莎白抬起头：“您现在觉得好受一点了吗？”

“是的。”米拉贝拉说。

“太好了。那场祭典，献祭的祭典——您一定知道那是罗的意思。她想要回到过去，再一次让神殿取代议会。她认为自己可以靠武力实现这一点，就像她自己是女神之手。可她不是。”伊丽莎白笑得很灿烂，“您才是。”

“你说过她做到了，”大祭司说，“这件事到此结束。”

“但我没有说她完成得很漂亮。”罗回答说。

罗拿起摆在卢卡桃花心木办公桌一角的一个小摆件——一颗闪闪发光、光滑无比的猫眼石球——做了个鬼脸。她不喜欢大祭司的房间。这里在神殿的最顶层，能够俯瞰整个香农黑水两边的峭壁悬崖。这里的房间太温柔，摆满了用来抵御寒流的垫子和毯子；这里的房间太凌乱，堆得满满当当，摆着各种没用的装饰品，比如马赛克的花瓶和雕花镀金的蛋，比如这颗小小的猫眼石球。

卢卡看着罗胳膊一挥，把它从窗户丢了出去。

“别这样。”大祭司警告她，“那是礼物。”

“不就是块石头。”

“也是礼物。还有，把窗户关上，今天风很冷。我不想等春天。五朔节的篝火直接通往炎炎夏夜。你能去把汤拿上来吗？厨房的人跟我说，有奶油兔肉卷心菜汤。”

“卢卡，”罗说，“你根本没在听。那祭典就是场闹剧。我们的女王储缩在角落里，如果不是我们先要用火烧那个女孩，她还不肯动手呢。”

卢卡叹了口气。

“祭品已经被埋葬在落石堆里了，米拉贝拉完成了仪式。你不能要求她再享受过程。”

卢卡自己也不怎么享受。她听别人提醒过她，心不能太软。当他们告诉她说，如果不这么做，到最后受伤的人就会是米拉贝拉，她也信了。现在，一个无辜的人死了，被压在碎石之下，成为可以用来祈祷的不朽纪念碑。

“我们不能再要求她做这样的事。”卢卡说，“你没有我了解她。如果我们逼她逼得太过分，她就会反抗。如果米拉贝拉学会了反抗……如果她记起来如何反抗的话……”

卢卡朝向西的窗户望出去，隔着森林看向韦斯特伍德公馆的屋顶。即便隔了这么远，那根铜丝的避雷针也清晰可见，竖起来像是笔挺的头发。韦斯特伍德家也很清楚米拉贝拉反抗的后果，所以不敢把避雷针撤下。

“你当时不在这儿，”卢卡补充说，“我们把米拉贝拉从黑暗乡舍接回来的时候。我也不在。当时我还在因德里得山，和议会的爱伦家斗来斗去，争权夺利。莎拉·韦斯特伍德来找我，说我们才六岁大的女王储如果不是看到她的模样放了她一马，差点儿把她家房子连根拔起的时候，我也不相信。

“这座岛已经几百年没有出现过像她这样天赋强大的人了。自从香农和远古几位女王之后，就再也没有出现过。我们是它的守护者，而不是它的主人。”

“或许是这样，”罗说，“可如果她不能强大到夺取王位，黑暗议会还会继续再掌控政权一百年。”

卢卡用力揉了揉自己的脸。或许她太老了，不再适合钩心斗角。她花了一辈子的时间，想将权力从爱伦家族手中夺过来，到现在已经累得没有力气了。可罗说得对。如果再让另外一位毒物系的女王储坐上宝座，黑暗议会的爱伦家族还会继续称王称霸，直到下一代的三胞胎姐妹长到合适的年纪。等到那时，卢卡可能早已不在人世。

“米拉贝拉会强大起来，”大祭司说，“而神殿也会打败议会。等到议会全都换上韦斯特伍德家的人，控制起来就容易多了。”

几天之后，米拉贝拉又从一个满嘴是鲜血滋味的噩梦中惊醒。在梦里，她、阿尔西诺伊和凯瑟琳都还是孩子。她记得黑色的头发在水里散开，土灌满阿尔西诺伊的鼻子。她记得自己的双手变成爪子，将阿尔西诺伊和凯瑟琳撕得粉碎。

她双臂撑起身子，不再趴在枕头上。此时是正午时分，她的房间里没有人。或许连门外都没有看守的女祭司，因为莎拉、布里和韦斯特伍德家的其他成员全都在家。

这些梦的频率愈加频繁。她有时候一宿能惊醒两三回。卢卡说过要期待这些梦，它们可以给她指引道路。但是她没有提醒卢卡，这些梦可能会让自己觉得恐怖。

米拉贝拉闭上眼睛。但是她看见的不是黑暗，而是那张被压在石块下、作为祭品的女祭司的脸。她看见阿尔西诺伊被塞满土的鼻子。她听见凯瑟琳哈哈大笑。

身为女王储，是不应该爱自己的姐妹的。米拉贝拉一直都清楚这一点，甚至她们一起住在黑暗乡舍的时候就知道，可在那里，她已经爱她们了。

“她们不再是那时的小孩子了。”米拉贝拉对着自己的掌心喃喃道。

她们是女王储。她们必须死。

布里敲了敲房门，探头进来，长长的棕色辫子在她肩头甩来甩去。

“到时间了吗？”米拉贝拉问。今天她们要进城，去罗兰斯城最好的工匠那里，等着他们呈上去参加五朔节庆典时需要的最精美的珠宝和礼服。

“差不多了。”布里说，“不过你也不用那么闷闷不乐。看看谁从神殿过来了。”

布里将门一下全部拉开，伊丽莎白正倚在门外。米拉贝拉笑了。

“哦，不，”她说，“人们会开始说我只跟留大长辫子的姑娘做朋友了。”

等米拉贝拉洗漱完毕收拾好，她、布里和伊丽莎白爬上等候在韦斯特伍德公馆正门的马车。莎拉已经坐在车上。

“非常好。”莎拉拍拍车厢顶，示意车夫可以走了。“祭司大人，您能和我们一起真是太好了。”她笑着对伊丽莎白说，“神殿当然会同意我们今天的选择。”

“哦，我来并非是代表神殿。”伊丽莎白开心地笑起来，眼睛看着两旁闪过的城市景观，“我只是为了逃避唱颂歌。”

莎拉的嘴巴紧紧抿成一条线，布里则叽叽咯咯笑起来。

“总而言之，我们很开心您能来。”莎拉说，“米拉，你还好吗？你的脸色好像有点白。”

“我很好，莎拉。”

莎拉更加用力地拍拍车厢顶，车夫赶着马跑得更快。

“或许你应该吃点东西。等到了莫尔格特庄园以后，有很多东西可以吃。”

莫尔格特庄园坐落在中心区，旁边就是峡谷的河道。春天的时候，这里非常美丽，满是郁郁葱葱的树和灰白的岩石，还有一座汩汩的象牙色喷泉。每年的这个时候，掉光了叶子的树光秃秃的，大地也显得越发空旷。这里已经腾出许多房间给珠宝商和裁缝，让他们展示自己的货品。

“我希望第三街的裁缝能把他那个模样英俊的儿子带上。”布里说。

“我还以为你想要见的是那个威克斯敦家的男孩。”莎拉说。

布里缩进马车天鹅绒靠垫的最里面。

“已经不想见了。因为米拉生日那天，他忘了怎么接吻，舌头伸得太多了！”她打了个寒战，闭上嘴，朝米拉贝拉靠过去寻求安慰。米拉贝拉和伊丽莎白哈哈大笑起来。莎拉什么都没说，但是她的眼睛已经鼓出来，嘴巴抿得几乎看不见了。

米拉贝拉看向窗外。她们差不多就要到了。中心区的建筑物全都高高大大，一水的纯白色。所有的裂缝都被用漆仔仔细细地隐藏起来。在这里，你才能看得出罗兰斯城曾经是一座多么精致的城市，也才能看出等米拉贝拉接过王位之后，这里会变得何其精致。

“我们到了。”马车猛地停下来，莎拉几乎在同一时间开口。她抚平自己长长的黑色裙摆，准备好下车。“布里。”她低声说，“拜托你不要走丢了。”

“好的，妈妈。”说完，布里翻了个白眼。

米拉贝拉跟在莎拉后面下了车。从庄园敞开的大门，她看见那些珠宝商和裁缝已经排成一排等候着她们的到来。当然了，还有那些总是充当护卫的女祭司。

布里伸长了脖子。

“他在这儿。”她笑着说。

很容易就能看出来布里说的是谁。一个浅褐色头发的英俊男孩站在队尾一个珠宝商旁边。他也看见了布里。

“你每次都不用等很久就可以得手。”米拉贝拉小声说。

“才不是。我可是练习了很多年呢。”布里一只手挽起米拉贝拉的胳膊，另一只手挽起伊丽莎白的胳膊，“我们必须先弄清楚他叫什么。”

“够了。”莎拉说。她掰开女孩们挽起的手臂，自己接替布里站在女王储身边。

“妈妈，”布里抱怨道，“我们只是要挑珠宝。你大可不必表现得像是登岛大典一样！”

“等她加冕之后，每一次出现在公众场所都必须要非常正式。”莎拉说，“你最好提前习惯一下。”

她们走进庄园，莎拉朝其中一名新来的女祭司点头示意。

“米拉贝拉殿下今天还没吃过东西。你能去替她准备一点吗？”

女祭司点头，匆匆跑开。米拉贝拉其实并不是很饿。那些关于自己姐妹的噩梦，让她到晚上之前都不会有什么胃口。不过小口吃一点，总比跟莎拉争执要来得容易。

她们走到长桌前，所有的商贩纷纷行鞠躬礼。韦斯特伍德家会从每一家手里都买一些小物件——比如一枚戒指、一个镯子，或是一条围巾。只有少数中选的几个人可以被委以重任，缝制礼服或是打造成套的珠宝首饰。

“我不用看就可以告诉你，第一张桌子上的货我们能买的只有手绢。”莎拉凑到米拉贝拉耳边说，“那个女人对元素系的行事方式一窍不通。她缝制的东西全都太紧、太合身，更适合毒物系。”

米拉贝拉走到这个女人的摊位前，看出莎拉说的是对的。这里的东西全泛着微光，每件礼服都过于贴身。但是这位裁缝神色太过紧张，抱了很大的期望。

“这副手套真不错。”米拉贝拉抢在莎拉之前开口，“你也缝制皮具吗？”她半转过头看着莎拉，“布里需要一副射箭用的新手套，小尼克的手套可能也小了。”

“是的，米拉贝拉殿下。”女裁缝说，“我特别喜欢缝制皮具。”

米拉贝拉从桌前走开，一是为了方便莎拉和她讨价还价，一是为了不听见她磨牙的声音。在第二位裁缝的摊位上，她选中了一枚几股银丝扭到一起的戒指，第三家选中了抛过光的金戒指，然后布里就拉着她匆匆去见自己相中的那个褐色头发的男孩去了。

那名初级女祭司返回时，手里托了一盘奶酪和面包，还有一小罐腌渍的番茄。伊丽莎白从她手中接过托盘。

“布里，你慢点。”米拉贝拉哈哈笑，“先来吃点东西。”

布里慢下来，可她们距离那个男孩只有一张桌子的距离，所以她小口咀嚼奶酪的样子充满了暗示。

“我们必须找点事情分散她的注意力。”伊丽莎白小声对米拉贝拉说，“那些礼服或许不错，都很漂亮呢。”

“我可不觉得有哪件礼服能让她分散注意力，”米拉贝拉说，“无论这衣服多漂亮。”

那位裁缝仔细打量布里。他的手伸到桌子下面。

“或许这一件可以。”说着，他将裙子在她们面前抖开。

米拉贝拉和伊丽莎白都说不出话了。布里扔掉了手里的奶酪。

这并非是为女王储缝制的礼服。因为女王储要穿的必须都是黑色的。这件礼服贴身的上半身装饰着蓝色的海浪，暴风蓝色的刺绣一路洋洋洒洒布满整个黑色裙摆。真是独一无二。

“就要这件。”米拉贝拉说。她转头看向布里，充满怜爱地摸了摸她的辫子。“你穿上这件，光芒肯定要超过我。所有求婚者的目光都会看向你。”

“不，”伊丽莎白说，“这不是真的，米拉！”

或许的确不行。女王储黑如乌羽的头发和冷淡的黑眸总是带着命令的意味。但是伊丽莎白误会了。米拉贝拉并不是嫉妒。她永远都不会嫉妒布里。

莎拉走过来，也点头表示认可。

“我们可以选三条裙子。”她说，“包括适合我女儿的这条。或许还可以多挑一件，如果再找不到和你的技艺同样出色的裙子的话。我可以去你店里，再深入讨论。”

“总算到了。”布里对米拉贝拉耳语道。她们已经走到了珠宝商和那个男孩面前。

“我们要说话的人是他父亲，不是他。”米拉贝拉说，“这种情况下你要怎么办呢？”

布里微微仰起下巴。这个珠宝商和他儿子在桌子后面放了一个小小的矮火盆，好在等候的时候取暖。或许他们不是元素系的人，又或许他们的天赋只有一点点。

布里胳膊一伸揽住伊丽莎白。

“亲爱的伊丽莎白，”她说，“你在发抖！”布里转头对着那个男孩说：“或许我们能去你的火盆旁边站一会儿？”

“当然。”他飞快地回答。

看着他领着布里和伊丽莎白朝火盆走去，米拉贝拉嘴角上扬。布里懒洋洋地一晃手腕，就令红色余烬蹿起了大火苗。她回头看着米拉贝拉，眨了眨眼。

“很好。”莎拉压低声音说，“我还以为我们要把整个摊位的东西都买下来，好给她调情争取更多时间呢。”

不过，或许她们还是要全都买下来。这位珠宝商的饰品非常精致。整张桌子摆得满满当当，精心切割过的宝石镶嵌在精致的设计里，闪闪发光。米拉贝拉朝一条项链伸过手去，这是一条短银链，上面镶嵌了三颗橘红色的耀眼宝石。它们躺在桌子上，就算是在冬季的日光下，看起来也像要燃烧起来。

“我喜欢这一条，”她说，“可以在复苏大会那天晚上戴。”

所有东西都挑选完毕之后，她们回到马车上。米拉贝拉手里拿着一个天鹅绒的盒子，搁在腿上，里面装的是那条火焰项链。她已经等不及要拿去给卢卡看。她相信大祭司一定会喜欢。或许等到复苏大会结束以后，米拉贝拉可以把它当作礼物送给她。

“既然这件事已经办妥，”马车开始走动以后，莎拉开口道，“有个消息要告诉你们，是贪狼泉传来的，如果你们能够想象的话。”

“消息？”布里问，“什么消息？”

“他们那里似乎住了一位求婚者。他的联姻团提前到了。”

“可这是不允许的。”米拉贝拉说，“神殿难道不知道吗？”她看着伊丽莎白，但是这位新人只是耸耸肩。

“她们知道。”莎拉说，“这是他的家族派出的第一个联姻团。由于自身明显的缺陷，所以才给了他们这样特殊的待遇。让他们在那个不熟悉的地方，找到弥补自己缺陷的方法。同时，也是作为他们在约瑟夫·桑德兰被流放期间，养育他的报答。”

“我已经很久没有听过这个名字了。”米拉贝拉说。她曾经常常想起这个名字，只要她想起阿尔西诺伊。他就是那个尝试跟她一起逃跑的孩子，那个尝试帮她逃跑的孩子。他们被抓住以后，她听说他还朝娜塔莉亚·爱伦的脚上吐了口唾沫。

现在，他给阿尔西诺伊带去了一位求婚者。这肯定是一件很难的事，因为他自己对阿尔西诺伊也有很深沉的爱。

“我认为你应该见见他。”莎拉说。

“约瑟夫？”

“不。那个求婚者。在五朔节之前，我们会安排他来这里。当然，是在神殿的眼皮底下。”

“这也太丢人了。”布里说，“有这么多求婚者，可你只能挑一个。不过，好在还有这么多求婚者。”她开心地哆嗦了一下，“有时候我真希望自己是女王储。”

米拉贝拉皱眉道：“别再说这种话。”

车里的人注意到她的语气之后，全都默不作声。

“只是开个玩笑，米拉。”布里轻声说，“我当然不会这么希望了，没人真的希望自己是女王储。”

格瑞福斯德雷克庄园

格瑞福斯德雷克庄园里那宏伟阴暗的图书馆是凯瑟琳最喜欢的地方。大壁炉将温暖散向四处，除了那些最阴暗的角落，在她成长的过程中，高大的书架和巨大的皮沙发给她提供了许多可供藏身的地方，能够避开吉纳维芙的巴掌或是毒药训练。不过今天，炉火低低地燃烧着，她和皮埃尔坐在壁炉前的空地上。他们把东向三扇窗户的窗帘全都拉开，缩在最耀眼的光柱里。太阳的温暖不知怎么令人感觉格外好——温柔，又没有那么咄咄逼人。

皮埃尔递给她一块面包，上面涂了软软的、三层厚的羊奶酪。他在地毯上准备的这顿野餐，包含了他能找到的最好的未被下过毒的食物。这真是一个贴心的举动，就算他这样做的最主要目的是为了把凯瑟琳养胖。

“你应该试试这只螃蟹蛋奶酥，”他说，“趁它还热乎。”

“好的。”凯瑟琳说。

她咬了一口面包和奶酪，但是这很困难。一吃东西就反胃的时候，哪怕是最美味的食物嚼起来也像泥巴一样。她摸了摸手腕上的细绷带。

“这次又是什么？”皮埃尔问。

“某种蛇毒吧。”

这并不是凯瑟琳没碰过的毒。但是之前的伤口令这次的经历比应该的还要糟糕，这得多亏了吉纳维芙从黑暗献祭那晚之后一直没有消散的怨恨。皮埃尔已经看过伤口了，他不喜欢自己看到的。

“等你加冕之后，”他说，“她们就没有理由做这种事了。”

皮埃尔递给她一小盘鱼子酱炒蛋配酸奶油。她接过来咬了一小口，试着挤出一丝笑。

“你这可不算是笑，凯特。这是扮鬼脸。”

“或许我们应该等会儿再吃。”她提议，“等到晚饭的时候。”

“然后让你再错过两顿饭？”他摇头，“我们必须要恢复你对毒食的胃口。再试试这个点心。或者至少，喝口果汁。”

凯瑟琳哈哈大笑：“你是我见过的最好的贴身侍奉，甚至比吉赛尔还好。”

“哦？”他挑起一边的眉毛，“我可从没练习过。我在乡下的那个家是铜墙铁壁，全都握在玛格丽特手里，虽然不情愿，我也必须要承认这一点，我这一辈子都是别人在伺候我。”

“那么或许你是看会的。”凯瑟琳说，“你特别关心我能不能加冕。不过每个爱伦家族的人都这样。你来这儿真的是为了躲避乡下？娜塔莉亚答应了你什么？”

“她答应给我在议会留一个席位，”皮埃尔说，“等你登基以后。不过我不仅仅是为了这个。”

皮埃尔意有所指地看着凯瑟琳，她羞红了脸。他喜欢看她脸红的样子。他说过米拉贝拉太过骄傲，不会为了别人的喜好而表现出任何的喜悦。

“毒物系的女王储对这座岛来说是最好的。”他又喂了她一口面包，“我们已经统治了一百年。韦斯特伍德家如果觉得他们能做得更好，那真是太自大了。”

“韦斯特伍德家，”凯瑟琳说，“还有神殿。”

“没错，还有神殿。我不知道为什么她们会觉得自己受到了特别的轻视。为什么她们必须要俘获所有人的心呢？不过的确如此。”

皮埃尔吃了两口抹了苹果酱的面包。他没有像其他爱伦家的人那样，鼻孔朝天地看着没有毒的食物。他没有让凯瑟琳觉得她自己因为能力太弱，而显得渺小。

“这里好像有一股土味，凯特。”他说，“我不明白为什么你喜欢这里。”

凯瑟琳看着四周堆得高高的皮面装订书。“卡米拉女王喜欢它们。”她说，“她喜欢读大陆那些女王储的故事。你知不知道阿尔西诺伊为什么叫阿尔西诺伊？”

“不知道。”

“在大陆有一位被自己的姐妹杀死的女王储，她的名字就叫阿尔西诺伊。所以，当阿尔西诺伊出生、他们发现她身体虚弱时，就给她起了这个名字。阿尔西诺伊是自然使。”

“这种给新生儿起名的方法也太恶心了，我几乎要替她感到难过了。”皮埃尔说。

“我们一出生，女王就会知道我们的属性。她知道我们的天赋。废物就是废物，哪怕是刚出生。”

“无论如何，她给了你一个好名字，毒师凯瑟琳。她那会儿一定就知道，你会长得甜美可人，”他伸出一根手指在她脸上刮了一下，“而且美丽。”

“美到足以俘获每一个求婚者的目光？”她问，“我真的要这么做吗？”

“是的。想象一下，当所有人都无视米拉贝拉的存在时，她的表情。她可能会心灰意冷到直接从罗兰斯城的悬崖跳下去。”

要真是那样的话就太好了。不过那样一来，就剥夺了凯瑟琳亲眼看着自己的弯爪扼住她被毒哑、发不出声的喉咙的一幕。

凯瑟琳哈哈大笑。

“怎么了？”皮埃尔问。

“我在想阿尔西诺伊。”她说，“等到米拉贝拉死了之后，她会有多伤心，要杀她简直易如反掌。”

皮埃尔也呵呵笑起来。他凑近凯瑟琳。“吻我。”他说，凯瑟琳照做了。她现在比较适应了，也更镇定。然后，她轻轻地咬着他的唇。

他是如此英俊，她可以吻他一整天也不厌倦。

“你学得很快。”他说。

“那么你呢？你在多少姑娘身上练习过，皮埃尔？”

“许多。”他回答，“我跟每一个经过我家领地的姑娘都练习过，还有附近村子的大部分姑娘，以及我继母几个比较有眼光的朋友。”

“我就不应该问。”她噘起嘴。

他的手摸上她的大腿内侧，凯瑟琳哈哈笑起来。那么多姑娘，那么多女人。但他是她的，是她一个人的。目前是这样。

“你和那么多人练习过，不会觉得我笨嘴笨舌吗？”她问。

“不。”说着，他看进她的眼底，“从来都没有。事实上，这件事里面最困难的部分，将会是那些我从来没有好好考虑过的东西。”

“是什么？”

“记住我为什么在这里。记住我来这里是为了把你变成那种可以赢得人心的女王储。记住我来这里是为了帮你在五朔节时，获得整座岛的支持。”

“他们的支持有那么重要？他们又不会帮我杀了我姐姐。”

“一位受人爱戴的女王有许多耳目。无论如何，等你加冕之后，这些支持就变得非常重要。”

凯瑟琳的胃一阵抽搐，她将食物推开。

“这些全都是压力和期许。而我会失败。我会失败，就像我生日那天一样。”

“你不会失败。”皮埃尔说，“当你踏上复苏大会的擂台，没人会费神再去看你两个姐姐的擂台。而当求婚者在登岛大典上看见你，就会忘记还有其他女王储可以看。”

“可是米拉贝拉……”

“不要管米拉贝拉了。她为人傲慢自大，而你会微笑、调情。你才是他们想要的女王，只要我能帮你挺直腰板儿。”

“挺直腰板儿？”

“你走路的时候太低眉顺眼了，凯特。我希望你走过这个房间时，能表现得好像这里已经是你的。有时候，你甚至让人感觉是小跑着过去。”

“小跑着过去！”

她笑着推开皮埃尔。他倒在地毯上，也哈哈笑起来。

“不过你说得对。有时候，我的确是小跑着过去，就像老鼠一样。”凯瑟琳笑着说，“不过那已经是过去了。你会教我，而我则会让他们忘了自己姓甚名谁。只要一眼。”

“只要一眼吗？”皮埃尔问，“这可是很大胆的保证呢。”

“但我会做到。我也会让你忘记的。”凯瑟琳垂下睫毛。

“忘记什么？”

她抬眼看着他。

“忘记我不是为了你。”

当娜塔莉亚要凯瑟琳陪她一起去沃洛伊堡的时候，理由只有一个：去给一名毒师下毒。她去那座宫殿只有这一件事。她从来没有坐下来和黑暗议会的人一起开过会，聆听他们讨论征收自然系的水果税或是向罗兰斯城征收玻璃窗税。她也从来没有见到过从大陆过来的前任王夫代表团，来表达自己的兴趣。不过这都没关系，娜塔莉亚说。总有一天她会的，等她加冕之后。

“他在肯诺拉意图行凶。”她们乘马车朝因德里得山和沃洛伊堡的黑色高塔赶去时，娜塔莉亚坐在车上说，“用刀刺中了别人，手段非常残忍。议会没有讨论多久，就决定了怎么惩处他。”

马车在埃奇莫尔大街短暂停留了一会儿，才获准通过侧门驶入皇宫界内。在城堡黑漆漆的阴影里，凯瑟琳抬起头，但此时她们已经离城堡太近，看不到高塔的塔尖了。等她加冕以后，就会住在这里，但是她从来都不在意沃洛伊堡。只有那两座一模一样的宏伟高塔除外，它们高高伫立在飞拱壁之上，那样中规中矩、外表强悍冷硬。这里的窗户和灯比格瑞福斯德雷克还要多，然而依然冷冰冰。有那么多走廊，寒流在其中滑翔，就像笛子里飘出来的音符。

拱门顶逼近她们头顶时，凯瑟琳从马车窗口收回身子。

“吉纳维芙和卢西恩今天也在吗？”她问。

“是的。没准儿过一会儿我们就能见到他们，跟他们一起吃午饭。我可以安排吉纳维芙去坐另外一张桌子。”

凯瑟琳笑了。吉纳维芙依然没有被允许搬回格瑞福斯德雷克，娜塔莉亚更希望能让庄园消停一阵。幸运的话，五朔节结束之前，她可能都不会被允许搬回来。

马车停下来，她们下了车，走进城堡。人们走进走廊，毕恭毕敬地向两人点头行礼，他们穿着的光秃秃的羊毛大衣扣子扣到最上面一颗，头上还戴着暖和的黑帽子。凯瑟琳小心地让自己的袖子一直垂下来，好藏起缠吉纳维芙留下的伤口的绷带和剩下的那些结了痂的鞭痕。这会儿，鞭痕都好得差不多了，比她预想得愈合速度更快。多亏了皮埃尔，她变得更健康、更强壮。大部分痂块都已经掉了，露出里面长出来的粉嫩新肉。没有一个伤处会留疤。

凯瑟琳站在通往地牢的楼梯口，停了下来。深入地底的地方总令她很不舒服，而地牢还有一种特别令人不愉快的气味，像是寒冷的脏冰块的味道。无论什么样的风都没法儿从直抵地牢那好几层的窗口逃出沃洛伊堡，逃离腐烂的结局。

“谋杀是他唯一的罪名吗？”她们小心翼翼顺着石阶往下走时，凯瑟琳问。地牢通常都是用来关押特别重要的囚犯的，比如那些犯下反对女王重罪的人。

“或许本可以在审判之后，把他在肯诺拉就地处决。”娜塔莉亚承认，“不过我认为你可以用他来进行一些额外的练习。”

地牢底，寒冰的气味被地牢真正的气味所取代：那是人的污秽混合了汗水又混合了恐惧的气味。而密密的小牢房和太多火炬散发出的热量，令这股味道变得更加刺鼻。

娜塔莉亚脱下外套，一个看守过来扶住她伸过来的手，接过外套，然后她们才猫腰从低矮的门口走进去。另外一个看守打开最后一道大铁门，将门用力往里推，力道大得使沉重的铁门“砰”的一下又顺原路弹了回来。

在下面那许多牢房里，只有一间有人。囚犯缩在最远的墙角，双膝抵住胸口。他似乎很脏，又累，看年纪也就是个孩子。

凯瑟琳握住铁门栏杆。他已经被判定有罪，谋杀罪。但是此刻他看起来好像很害怕，她无法想象他会是一个杀人犯。

“他杀了谁？”她问娜塔莉亚。

“另一个男孩，比他只大几岁。”

他们给了他一条毯子和一堆稻草。早上那点可怜巴巴的饭吃完后，餐具还留在他身旁的角落，小铁杯和盘子都被他用手指刮得干干净净。隔开凯瑟琳和男孩的铁栏杆非常牢固，不过就算这些栏杆是用布做的，她也很安全。这几天在监牢里的激烈反抗，早已耗尽他最后一丝精力。

“你叫什么？”凯瑟琳问道。她用眼角的余光看见娜塔莉亚在皱眉头。他叫什么并不重要，但她还是想要知道。

“沃特·米尔斯。”

他的眼皮颤了颤。他知道她来是要做什么。

“沃特·米尔斯。”她柔声说，“你为什么要杀那个孩子？”

“他杀了我姐姐。”他说。

“那为什么被关在这里的人不是他，而是你呢？”

“因为他们不知道，他们以为她跑了。”

“你怎么知道她没有？”娜塔莉亚不相信。

“我就是知道。她不可能逃走。”

娜塔莉亚凑到凯瑟琳耳边低语。“我们不知道他说的是不是真的。他已经实施了罪行，而且被判有罪。再者说，我们也不可能让那个已经死了的孩子活过来接受审问。”娜塔莉亚叹了口气，“你看够了吗？”

凯瑟琳点点头。没什么可以做的。议会已经决定了他的命运。此刻她知道了自己需要知道的每件事——他的罪行，他的动机，他大概的健康情况、年龄和体重。

“求你，”男孩低声说，“下手轻一点。”

娜塔莉亚伸手揽着凯瑟琳的肩膀，将她带了出去。在凯瑟琳加冕之前，要求她练习处死别人未必合法。但是也没有提绳的头可供娜塔莉亚拿着往上提。自从将凯瑟琳从黑暗乡舍接回来的那一刻起，她就跟着自己走进了那间存放毒药的房间。

药房在东塔的最顶层，凯瑟琳走进去解开外套脱下来，将它扔在娜塔莉亚最喜欢的一把摇椅上。她戴着的手套没有摘。这手套太紧了，而且阻隔性很好，可以保护她的手不被飞溅出的药水伤到。

“你知道他杀人时的具体细节吗？”凯瑟琳问。

“是用一把短匕首捅进去的。”娜塔莉亚回答道，“根据治愈者的报告，一共捅了十六刀。”

十六刀。这样过分的一个数字能够说明行凶者的愤怒。而这种愤怒，或许能够证明沃特·米尔斯声称自己是复仇言论的合理性。但是她没办法确认。正是这一点让自己变得很难下手。

摆放毒药的柜子占了整整两面墙。这些都是多年来积累下来的，一直存着，而且经过数不清的爱伦家族的人不断在岛上和大陆的搜索，数量还在增长。这里面有植物，有毒液，有从每一块大陆和每一种气候中采集来的晒干的浆果，它们全都被小心翼翼地保存起来，分类登记。凯瑟琳弹着手指划过一个个抽屉；她每经过一处便会喃喃念出这种毒的名字。总有一天，她会用这些收藏去对付米拉贝拉和阿尔西诺伊。那一定是精心调配出的毒药。而对沃特·米尔斯来说，她不需要特别动脑筋。

手指划到那个装满蓖麻子药水瓶的抽屉时，她停下来。她拿出一瓶，这种毒可以让人非常缓慢但又异常血腥地死去，每一声呻吟都伴随着一次大出血。

“那个他杀死的男孩，”她问，“是立刻毙命吗？死得时候很痛苦吗？”

“熬过漫长的一天一夜。”

“那么，就不能手软了。”

“不能吗？”娜塔莉亚问，“哪怕这个孩子还这么小？”

凯瑟琳瞥了一眼娜塔莉亚。她可不是会经常发善心的人。不过也很好。那就不要蓖麻子了。凯瑟琳于是拉开另外一个抽屉，指了指里面装着晾干的马钱子树皮的小瓶子。

“明智的选择。”

马钱子树皮是存在一个玻璃罐子里的。每一样毒药都是仔仔细细密封好的。就连壁柜上的抽屉和隔板，都被勾过缝，避免毒药渗透，防止任何事故性溢漏。这种预防措施或许已经拯救了无数粗心侍女的性命，令她们不必痛苦地枉死。

凯瑟琳将毒药放在其中一张长条桌上，拿过来一个研钵和捣药杵，又舀了水和油放在一旁，用来将混合好的毒药乳化。她在马钱子树皮末上撒了一些柳树粉，这样可以减轻犯人的痛苦，又加了些缬草来中和他的恐惧。这个剂量很大，肯定难逃一死，不过这种毒也的确够仁慈。

“娜塔莉亚，”她说，“你能叫人送一瓶上好的甜酒来吗？”

通常，凯瑟琳应该在动手行刑的时候出现在现场才对。娜塔莉亚对此很确定。身为女王储，凯瑟琳必须要知道自己做的是什么，必须要亲眼看到犯人们戴着锁链痛苦挣扎的模样，或者是激烈反抗迫使他们喝下毒药的那双手的样子。她必须要看清楚，广场上的人群是怎样令犯人们感到害怕的。最初的日子里，凯瑟琳很难做到冷眼旁观。但是经过这么多年的训练，已经很少有什么能使凯瑟琳哭泣，而她也学会了如何在整个过程中一直睁大眼睛。

在沃洛伊堡的地底深处，沃特·米尔斯靠着自己监牢的墙壁而坐，双手放在膝头。

“你回来得很快。”他说，“你是要把我从这里带出去吗？带到刑场，好让大家围观？”

“女王储特意发了慈悲。”娜塔莉亚说，“在这里秘密对你行刑。”

他看着凯瑟琳怀里抱着的酒瓶，开始默默哭泣。

“卫兵，”说着，凯瑟琳指了指自己面前，“这里摆张桌子，还有三把椅子。再拿两个杯子。”

“您要做什么，凯瑟琳小殿下？”娜塔莉亚悄声问。但是娜塔莉亚没有阻止她。

“打开牢门，”卫兵摆上桌子之后，凯瑟琳说，“把桌子送进去，摆三个座位。”

有那么一阵，沃特的目光飘向敞开的牢门，但是即便如此害怕，他也知道此时做什么都是徒劳。凯瑟琳和娜塔莉亚坐下来，凯瑟琳倒了两杯酒。沃特盯着她倒酒的动作，好像认为这酒可能会嗞嗞冒泡或是冒烟。当然了，这两个哪个都没有。反而，甜酒的甜味在整个牢房里弥漫。

“他杀了我姐姐。”他说。

“那你应该把他带到我们面前来。”娜塔莉亚说，“我们会处理他，相信我。”

凯瑟琳试着朝他和善地笑笑。

“你觉得我会就这样把它喝下去吗？”他问。

“我认为这是一份无上的荣耀。”凯瑟琳说，“你可以和爱伦家的族长共饮人生最后一杯酒。而且我认为这是非常不错的死法，可以一边聊天儿一边喝酒到最后睡过去，而不必被人押送到刑场吊起来绞死。”

她举起酒杯。沃特犹豫了片刻，又掉了几滴眼泪。但是到最后，他还是坐了过来。

娜塔莉亚先喝下第一口。沃特虽然等了很久，但是到最后他还是鼓起勇气，也喝了下去。喝完以后，他甚至克制住了再哭的冲动。

“这酒……”他开口，又住口，“非常不错。您不喝一点吗，凯瑟琳小殿下？”

“我从来不碰自己研制的毒药。”

他脸上闪过一丝阴郁。他想，现在自己知道了，传闻是真的，她没有天赋。不过这无所谓。反正毒药已经在他肚子里了。

沃特·米尔斯喝了一杯又一杯，娜塔莉亚也陪着喝了一杯又一杯，直到他脸颊通红，完全喝醉。他们聊了很多愉快的话题：他的家人，他的童年。他用力喘气，直到终于合上眼皮，趴在桌子上。

再有不到一小时，他的心脏就会停止跳动。

娜塔莉亚看着凯瑟琳微笑。她作为毒师的天赋或许很弱，又或者她压根儿就没有天赋。但是她制毒的技巧非常不错。

贪狼泉

朱尔斯就知道，当约瑟夫回家以后，一定会有什么东西改变。她没有奢望他会原封不动地回到她的生活里。她甚至不知道，离开了这么久，他是不是能够回到原来的地方。五年对一些人来说或许不是很长时间，但在这期间，约瑟夫已经长成了一个翩翩少年。他对这个世界的理解或许比朱尔斯更加透彻，而这是她无法寄望的，毕竟这些年来她一直都只偏安于芬伯恩岛西南的一隅。

但是现在，他回来了。他的家人提心屏息了这么久，终于可以松懈下来。而他和朱尔斯忙着讲自己那些幽默的故事，已经讲得心累。

“你冷吗？”他们走在从狮子头酒馆回来的路上时，他问道。

“不冷。”朱尔斯说。

“不，你冷。你脖子缩得都看不见了。”约瑟夫顺着街道前前后后仔细看。这里没有地方是他们想要进去的。两个人全都厌倦了偷偷打量他们这对旧情人的眼光，以及那些讨厌大陆的镇民眯眼投过来的怀疑目光。

天上开始飘起小雪花，卡姆登呻吟一声，抖了抖身上的毛。现在真的没什么事好做了。他们必须要承认这一点，互道晚安，可是谁都不想离开。

“我知道一个地方。”说完，约瑟夫笑了。

他拉起朱尔斯的手，领着她飞快地穿过街道，朝大陆的行船停靠的码头走去。

“今天晚上，只有最底层的水手在船上。查特斯沃思先生和比利在他离开之前，都住在贪狼客栈。”

“他？”朱尔斯说，“你是指‘他们’吗？”

“比利不会走，他留在这里，一直到过完五朔节。主要是为了和阿尔西诺伊加深了解。我觉得或许我们应该抓紧时间介绍他们认识，比如去池塘边野餐，生个篝火。”

他反手重新拉起朱尔斯的手，两个人小跑着下了斜坡，来到码头。大陆的行船在海面上静静摇晃，舷窗和绞索在月光下熠熠发光。即便是晚上，对贪狼泉这样的地方来说，也太过亮堂了一些。

“你希望他成为王夫吗？”朱尔斯问。

“当然。我义兄和阿尔西诺伊荣登大宝，你和我稳坐议会——这样一切都可以进行得井井有条。”

“我负责议会？”朱尔斯嘲笑道，“倒不如说，我更适合统领她的私人卫队。你还真是把一切都想好了呢，约瑟夫。”

“是的，我花了整整五年的时间来想。”

他们走过舷梯，朱尔斯的手一直放在背后，哄骗卡姆登走过来。

“她怕船？”

“不，不过她不喜欢船。我们有时候会出海，跟马修一起。帮他捕鱼。”

“我很高兴你们还能走得这么近，”约瑟夫说，“哪怕在卡拉离开之后。我想，在你身边他会感觉像是卡拉的一部分还在，那是那些混蛋没有带走的东西。”

“是的。”朱尔斯说。马修还爱着卡拉小姨，而她希望他能一直爱下去。

朱尔斯四下看了看。甲板被擦得锃亮，所有的东西都干净整齐。没有鱼腥味。黑色的船帆收起来系得紧紧的。不过这也是理所当然的，查特斯沃思一定会带自己最好的一条船来岛上。而且查特斯沃思家族在他们来的那个地方，肯定是一个十分重要的家族。不然凭什么他的儿子能成为求婚者呢?

“朱尔斯，这边走。”

约瑟夫领着她下到船舱，悄悄地、偷偷摸摸，避开所有水手。他们钻进一扇小门，来到一片黑暗中，直到他点亮了油灯。他们进来的这个房间同样很小，里面摆了一张床、一张写字台，衣柜里挂了几件衣服。卡姆登用后腿站立直起身子，把房门上上下下闻了个遍。

船舱里很暖和，朱尔斯缩起的脖子又伸了出来。但是她希望自己能找到一个借口，藏起自己的脸。

“我不知道该对你说什么，”她说，“我希望一切都能和原来一样。”

“我知道。”约瑟夫说，“不过事实上，我们再也不会玩‘骑士突袭城堡’的游戏了，不是吗? ”

“如果没有阿尔西诺伊在里面扮演龙的话，当然不会。”

两个人想起当时的情景，哈哈大笑。

“唉，朱尔斯。”他抱怨道，“为什么我一定要赶现在这个时候回来呢？在复苏大会期间？和你在一起的每一刻感觉都像是偷来的。”

朱尔斯吞了口口水。听见他说这种话，还真令人震惊。小时候，他们从来都不习惯说这种话。甚至在他们大声宣告要对彼此忠诚的时候，也没有说过。

“我给你带了一样东西，”约瑟夫说，“不过现在看好像很蠢。”

他走到写字台前，拉开抽屉。抽屉里放了一个白色的小盒子，上面系着绿丝带。

“这是送你的生日礼物。”他说。

从来没有人给朱尔斯庆祝过生日。朱尔斯是五朔节之子，就是和女王储一样，在五朔节当天出生的孩子。这样的宝宝被认为是非常幸运的，同时也被认为是有魔力的，但是这天生日很讨厌。总会被人遗忘，而且笼罩在别人的阴影下。

“打开看看。”

朱尔斯解开丝带。小盒子里放了一枚精致的银戒指，镶嵌着深绿色的宝石。约瑟夫拿出戒指，戴在朱尔斯的手上。

“在大陆，这就意味着你必须要嫁给我。”他小声说。

用一枚戒指来换取一桩婚事。约瑟夫一定是在开玩笑，但是他看起来是那么迫不及待。

“戒指真好看。”

“是的。”他说，“但和你不搭，我早就应该想到。”

“是太漂亮，我配不上吗？”

“不。”他飞快地说，“我是说你不必假装喜欢它，你也不必一定要戴着它。”

“我想戴。”

约瑟夫低头亲吻她的双手。虽然他的唇很暖，朱尔斯还是哆嗦了一下。他看着她的模样就仿若从来没有看过她似的，而朱尔斯清楚事实的确如此，她觉得既期待又绝望。他们两个都长大了。

“我也希望我们两个能回到原来那样，如果我没有被流放的话。”他说，“但我不会任由他们夺走我的任何东西，朱尔斯，尤其是你。”

“卢克，这块蛋糕太干了。”

阿尔西诺伊咽了口茶，将蛋糕冲下去。通常来讲，卢克烤的蛋糕是她在这个岛上最喜欢的。他总是喜欢尝试从各种烘焙书上看来的新配方，这些书就放在书架上，但是从来不会卖。

“我知道，”卢克叹了口气，“因为我缺一个鸡蛋。有时候，我真希望汉克是只母鸡。”

阿尔西诺伊将盘子推到柜台对面，那只深绿色的大公鸡啄着她吃剩的蛋糕渣。

过一会儿朱尔斯就会带着约瑟夫一起到店里。终于，阿尔西诺伊自己也要和他重聚了。朱尔斯说，他并没有因为自己被流放这件事怨怪她。或许是这样。但是这并不能改变他应该怨恨她这个事实。

不过，朱尔斯和约瑟夫很好，再一次变得形影不离，这对阿尔西诺伊来说就已足够。朱尔斯实在太开心，自己很难再围着她转，而烧掉了马德里加尔的那个符，似乎一点负面影响都没有。

去找那棵弯腰树的事情，阿尔西诺伊没有对朱尔斯提起过，她对任何人都没有提起。她也没有告诉别人，自己的好奇心越来越重，她必须要再去一次。那样的话只能引起口角。那些有天赋的人一听见低等魔法就会皱眉头。而作为女王储，她应该要远离它。阿尔西诺伊知道。但是她不希望听见别人大声说出来，尤其是从朱尔斯口里听见。

外面的厚木板上响起脚步声，紧跟着卢克的铜铃响起。阿尔西诺伊深深地、颤巍巍地吸了一口气，她几乎和朱尔斯要见约瑟夫时一样紧张、激动。或许他最早是朱尔斯的朋友，但后来也成了她的朋友，是她为数不多的几个朋友之一。

她转过身，外套上沾满蛋糕渣，紧张地皱起脸……

朱尔斯和约瑟夫并不是独自前来，他们还带了一个男生。阿尔西诺伊磨起了牙。她几乎都不知道要跟约瑟夫说什么。现在，自己还必须在一个陌生人面前强颜欢笑。

朱尔斯、约瑟夫和那个男生有说有笑地进来，刚好结束了某个很私人、很欢闹的对话。约瑟夫看见阿尔西诺伊，脸上的笑容越发灿烂。阿尔西诺伊抱起胳膊。

“你看起来跟我想的一个样。”她说。

“你也是。”约瑟夫说，“你从来没有过女王储的样子。”

朱尔斯悄悄抿嘴偷笑，阿尔西诺伊哈哈笑着一把抱住他。她虽然和他不是一般高，不过也没有相差多少。当然，比朱尔斯和他的身高差要小得多。

“最好也让我掺一脚。”卢克走过来拍了约瑟夫的后背一下，又同他握手，“约瑟夫 · 桑德兰，真是很久不见啊。”

“卢克 · 吉莱斯皮。”约瑟夫说，“的确是很久不见。你好呀，汉克。”

大公鸡站在柜台上垂下头，书店突然安静了。阿尔西诺伊搜肠刮肚想找话题。沉默又持续了一阵之后，她不能再假装看不见和他们一起来的那个陌生人。但是她的速度不够快。

“我希望给你介绍一个朋友。”约瑟夫说。他生硬地把阿尔西诺伊整个转向那个陌生人，那男生身高跟他相仿，一头暗金色的头发，表情极为讨好，似乎想要讨她欢心。

“这是小威廉·查特斯沃思。他的家族今年会组一个联姻团，他是其中一位求婚者。”

“我已经听说了。”阿尔西诺伊说。

那个男生伸出手，她拉住握了一下。

“你可以叫我比利，”他说，“大家都这么叫我。除了我爸。”

阿尔西诺伊眯起眼睛。如果卡姆登不盯着的话，她一定很乐意掐住朱尔斯的脖子。她还以为自己是跟老朋友见面，而不是被设计见一个不受欢迎的新人。

“所以，小少爷，”她说，“你们贿赂了黑暗议会的多少混蛋，他们才同意让你提早来这里？”

她笑得甜美可人。

“我不知道。”说着，那个男生也回她一个微笑，“我爸是我们家族收受贿赂最多的混蛋。我们可以走了吗？”

朱尔斯和约瑟夫别有用心地将野餐安排在了茱萸池旁边，生起篝火，再烤几串烧烤。阿尔西诺伊希望比利·查特斯沃思看见他们这么不正经，看见她这么不端庄稳重以后，会失望，继而震惊。可如果他真有这样的感觉，从表面上也看不出来。他似乎非常高兴可以步行到池塘旁边，在及膝深的雪地里艰难跋涉。

“阿尔西诺伊，”朱尔斯小声说，“你起码装一下，别再绷着个脸。”

“我不要。你就不应该干这种事。你应该事先告诉我。”

“如果我告诉你的话，你根本就不会来。再说了，这种事早晚都会发生。他是因为你才来这里的。”

但这句话只说对了一部分。求婚者会见所有女王储，但是他们只会向最正确的人求婚——最终接受加冕的那位。而不是她。如果他很积极要见她，那也只是在去见米拉贝拉和凯瑟琳之前先拿她练练手。

“但是可以推迟一下啊。我以为今天就我们三个，像以前那样。”

朱尔斯叹气，就好像他们有大把时间可以三个人在一起。但是，如果有一样东西是阿尔西诺伊从未拥有过的话，那就是大把的时间。

他们快要走到池塘的时候，男孩们小跑着提前去生火。现在已经是十二月底，并不是特别冷。如果太阳肯从云层后面出来，或许还能晒化一点积雪。卡姆登蹦蹦跳跳地跑过雪地，把雪踢起来站在底下玩淋雪。阿尔西诺伊不得不承认，今天天气非常不错，哪怕有一个闯入者。

“怎么样？”朱尔斯趁着比利和约瑟夫在听不到的安全范围之外，问道，“你觉得他怎么样？”

阿尔西诺伊眯起眼睛。比利 · 查特斯沃思穿的是岛上某个人的衣服，但是并不合身。他只比约瑟夫矮一到两英寸，那头沙色的短发几乎被压平了贴在头顶。

“反正他没有约瑟夫长得帅。”阿尔西诺伊揶揄道，朱尔斯的脸一下红透了，“我就知道他会继承桑德兰家的下巴，还有那双眼睛。”她捅了捅朱尔斯的肋骨，朱尔斯受不了，哈哈笑着把阿尔西诺伊的手拍掉。“总而言之，你是怎么看那个大陆人的？”

“我不知道。”朱尔斯说，“他说他小时候养了一只跟我很像的猫，也是一只眼睛蓝一只眼睛绿。他说那只猫生下来就是聋的。”

“有意思。”阿尔西诺伊说。

她们走到池塘边，约瑟夫掏出一袋子肉准备烤，而卡姆登则跟在他身后不停地闻。篝火已经烧得很旺，在结冰、雪白的树林旁发出橘红色的光。

阿尔西诺伊伸手够向最近的一棵树，掰下几根树枝，一根给自己，一根给朱尔斯。她们两个一起用自己的匕首把树枝削尖。大陆人在旁边看着，阿尔西诺伊确信自己露出的那种拉长了脸的危险表情起到了作用。

“能不能，”比利清了清喉咙，开了口，“能不能让我替你做这件事？”

“不能。”阿尔西诺伊说，“事实上，我是替你做的。”

她从袋子里拿出一块肉。肉穿过她削尖的木棍，就像一块黄油。随后她将棍子伸进火里，听着肉吱吱冒油。

“谢谢你。”比利说，“我从来没有见过这么会使用匕首的女孩。不过，我也从来没有见过养老虎的女孩。”

“是山猫。”说着，朱尔斯扔了一块生肉给卡姆，“我们这里没有老虎。”

“那你能养吗？”比利问，“这里可以出现老虎吗？”

“你什么意思？”

“你们几个里面，有没有人能力强大到可以从海对岸召唤一只老虎过来呢？”

“或许我可以做到。”阿尔西诺伊受到启发，“所以才等了这么久还没出现。”

她朝朱尔斯邪邪一笑，又开始削另外一根钎子。

“我想不出来谁会有那么强大的天赋。”朱尔斯回答道，“我是这座岛上最强的自然使法师，但是也没办法召唤海对岸那么远的动物。”

“这可说不好。”阿尔西诺伊说，“我打赌，如果你试一试的话，是可以的。我打赌你可以召唤任何动物，朱尔斯。”

“我也这么想。”约瑟夫说，“我离开以后，她就变得特别强。”

他们把肉从钎子上拿下来，默默地啃起来。肉烤得很好，外焦里嫩。阿尔西诺伊考虑要不要允许肉汁顺着自己的下巴往下流，不过后来觉得这样太过分了。

不过，她一直等到朱尔斯踢了自己的脚一下，才开口：“你觉得这岛怎么样，小少爷？”

“我很喜欢，”比利说，“特别喜欢。约瑟夫从和我们在一起的那一刻，就一直跟我讲芬伯恩岛。能亲眼看到我真的很开心，还有你，还有朱尔斯，我经常听到你们两个的事。”

阿尔西诺伊抿起嘴巴。真是个好答案，而且他说得那么自然。

“我想我应该谢谢你。”阿尔西诺伊说，“谢谢你照顾约瑟夫。他有没有跟你说，他是因为我才被流放的？”

“阿尔西诺伊，”约瑟夫说，“别这样。就算时光倒流，我还是会那么做。”

“可我不会，”阿尔西诺伊说，“我很想你。”

“我也想你，”说着，他伸手拉起朱尔斯的手，“想你们两个。”

应该让这两个人单独相处。虽然阿尔西诺伊非常想念约瑟夫，但是她的想念和朱尔斯对他的想念是不一样的。

阿尔西诺伊将最后一点肉丢进嘴巴里，然后站了起来。

“你去哪儿？”朱尔斯问。

“带这位小少爷看看风景。”她说，“我们不会去很久。”她朝约瑟夫眨眨眼。“真的，不会很久。”阿尔西诺伊领着大陆人穿过树林，来到一条两边都是岩石的狭窄小路。那里的风围绕着席尔黑德湾附近的山丘。冬天走那条路很不安全，除非你非常了解地形。她几乎觉得有些愧疚。但如果他想要当王夫的话，可能要经历更糟糕的事情。

“这是一条山路？”他走在她身后，问道。

“对，看见这上面没有树也没有灌木，你就能肯定了。”

石块锋利，被冰覆盖之后更糟糕。只要滑一跤，准能划破胳膊肘或是膝盖。踏错一步甚至可能死人。阿尔西诺伊在良心允许的范围内走得尽可能快，但是比利没有抱怨。他也没有试图让她放慢步伐。他是一个学习速度很快的人。

“大陆上的人都没有天赋是真的吗？”她问。

“天赋？哦，你是说魔法。是的，是真的。”

事实上，这并不是她想说的意思。而且这也不是真的。不过他可能不知道，低等魔法在世界的其他地方就活生生存在着，而且是被允许的。这是马德里加尔告诉她的。

“他们说你曾经有过，”她说，“但是后来又没有了。”

“‘他们’都是谁？”他问，“他们跟你说的都是编的没影儿的故事。”

“那可真是太奇怪了，没有天赋。大陆一定是一个非常奇怪的地方。”

“有了天赋才更奇怪呢，相信我。而且你应该停止用那种称呼，我是说‘大陆’。你知道，世界上有许多块大陆。”

阿尔西诺伊什么都没说。在这座岛上，一切非本岛的地方都叫大陆。一直以来就是如此。对她来说也会是如此，因为她根本没有机会离开这里，去见识一下外面的世界。

“你会见到的，”比利说，“总有一天。”

“不，我不会。女王或许可以。”

“哦，难道你不是女王？你看起来很像啊。黑的像夜色一样的头发，引人注目的黑眼睛。”

“引人注目。”阿尔西诺伊低声呢喃。她嘲讽地一笑。她可没有那么容易赢。

他们登上山顶，来到眺望台。

“你看，”阿尔西诺伊伸手指道，“这就是岛上贪狼泉的全貌了。那里是桑德兰家，那里是冬日市集。那是你的船，停在港口里。”

“真动人。”说着，他转了个方向，“那边那个山峰是哪里？”

“那是角山。我就生在角山的山脚下，在山的影子里，在那个山谷的黑暗乡舍里。但是从这里你看不到。”

比利呼吸急促，这取悦了她。她的身体只比自己的围巾暖和一点。当他拉起她的手，非常意外的是，她居然都没有试着抽出来。

“谢谢你，”他说，“带我看风景。我相信，在我站在你旁边和你一道接受加冕之前，你一定还会带我看更多东西。呃，王夫也会接受加冕吗？我不是很清楚这个部分。”

“你为人非常固执。”她抽出自己的手，“但你不是傻子，我也不是。”

他露出一种羡慕的微笑，那笑容看起来和约瑟夫的很像。邪邪的笑容，不怀好意。或许他就是跟约瑟夫学的。

“好吧，好吧。”他说，“我的天哪，这也太难了。”

“以后会越来越难。或许你应该回家。”

“我不能。”他说。

“为什么？”

“当然是因为那顶王冠，还有随之而来的一切。和芬伯恩岛进行贸易的权利，那些致命的魔法。我父亲想要这一切。”

“而你认为我能帮你得到？”

比利耸耸肩。他俯瞰着整个海湾，若有所思。

“约瑟夫认为你可以。我也这么希望。这样他会开心。如果你死了，我和另外一位女王储结婚，他一定不高兴。”

阿尔西诺伊皱起眉头。约瑟夫不高兴，可他会挺过去。他们全都会挺过去，哪怕是朱尔斯。

“这一路真太奇怪了。”比利说，“我登上了一条停在海港里的船，远航穿过迷雾，来到一个叫作芬伯恩岛的地方，但是我之前顺着同样的方向出海，却从未见过这里。而现在我就在岛上，成为这些疯狂事情的一部分。”

“你是在寻求安慰吗？”阿尔西诺伊问。

“不是。”比利说，“我从来不会。我知道你本来可以做得更过分。我喜欢你刚才做的事。抽出手，跟我说得清清楚楚。我来的那个地方，很少有姑娘会这么做。”

“但是这里会这么做的姑娘很多，”阿尔西诺伊说，“多到你很快就会厌倦。不要在我身上浪费时间了，好吗？我不是……我不会是能接受求婚的那个人。”

“好吧。”说着，比利朝她伸出自己的手，“但我们可以当邻居，就这段日子来说。或许你可以跟我握握手，小心地领着我顺着那条危险的小路再走回去？”

阿尔西诺伊笑着和比利握了握手。她有点喜欢他了，现在他们两个彼此理解了。

“你觉得他们两个现在在干什么？”朱尔斯拨着篝火问道。

“我觉得一切都在按计划进行。”约瑟夫回答。

他坐在那根湿乎乎、落满雪的圆木上，朝她凑了过去。他很暖，篝火也很暖。朱尔斯心不在焉地拨弄着手指上的绿宝石。在大陆，这就代表他想要娶她，约瑟夫这样说。可是在岛上，这只是一枚戒指。她还没有找到勇气，去问他究竟是哪种意思。

“现在说这些可能有点早，”朱尔斯说，“她甚至可能都不喜欢他。而他也必须要去见另外两位女王储。”

“他喜欢，而且他必须去。但是他不想。毕竟，听我讲了那么多关于阿尔西诺伊的事情之后，我想他已经差不多爱上她了。”

朱尔斯不知道约瑟夫都讲了阿尔西诺伊什么事，居然能让一个人爱上她，分开的时候，他们还都是孩子。可如果约瑟夫说了谎，或是过分夸大，比利很快就会发现真相。

“感觉也太奇怪了。”约瑟夫说，“等她加冕之后，她每次讲话我都必须要行鞠躬礼。”

“我们只需要在人前这么做。”朱尔斯说。

“我也这么想。可是我已经离开了那么久，很难再向人弯腰啊。我可能会忘记向大祭司行鞠躬礼，然后又一次被流放。”

“约瑟夫，”朱尔斯哈哈大笑，“他们不会因为这个就流放你的。”

“是的。”他说，“但是在外面很难发生这种事，朱尔斯。在外面，女人讲话的时候男人都不发抖。”

“没人应该发抖。这就是为什么这座岛需要变革，黑暗议会必须改变。”

“我知道。这些会实现的。”

他伸出胳膊搂住她，随后摸了摸自己送给她的第一枚戒指，然后又摸了摸她的头发。

“朱尔斯。”说着，他凑过去想要吻她。

他们四唇相接的时候，朱尔斯跳起来。约瑟夫直起身子，有些摸不着头脑。

“对不起。”她说，“我不知道自己为什么会这样。”

“没关系。”

现在的感觉可以用任何词语来形容，只除了“没关系”。但是约瑟夫并没有走。他还坐在原地，把她搂得更紧。

“朱尔斯，我走了以后，有没有别的人出现？”

她摇了摇头。她之前从来不会害羞，但是她现在害羞了。

“一个都没有？”

“没有。”

从来没有人像约瑟夫看她那样看过自己。甚至就连约瑟夫回来之前，也没有过。她不像自己的妈妈或是卡拉小姨那样漂亮，她总是让人感觉很小、很普通、很奇怪。但是她不会把这些告诉他。

反而她这样说道：“我想，那些男生可能都很怕我。”

“这我毫不怀疑。”约瑟夫说，“他们在我们小时候就怕你，因为你的脾气。那只山猫肯定不会有任何帮助。”

朱尔斯笑着看了看卡姆登。

“我应该要道歉才是。”约瑟夫说，“但是我不喜欢还有别人碰过你这种想法。我走了以后，有时候会冒出这种念头。然后比利就带我出去喝酒，喝得酩酊大醉。”

朱尔斯哈哈笑着，抵住他的额头。在这个池塘旁边，他给人的感觉又像是那个她认识了许久的小男孩。她的约瑟夫。他只有外表和原来不同，头发已经变成黑色，脸上也出现了全新的棱角，胸膛和肩膀变得宽阔。

“我们两个不一样。”朱尔斯说，“我不希望我们两个有任何改变。”

“可我们已经变了，朱尔斯。”约瑟夫温柔地说，“我们都长大了。还是个孩子时，我就爱你。但那是小孩子对自己朋友的爱。直到离开以后，我才真正爱上了你。事情不可能永远停滞不前。”

他又重新凑了过去，他们的唇碰到一起。他的动作轻柔、缓慢。每一个举动都在告诉朱尔斯他可以停下来，甚至当他搂着她腰的手臂收紧时也是如此。他可以停下来，只要她说这不是自己想要的。

朱尔斯伸手搂住他的脖子，加深了这个吻。这就是她想要的，这是她一直以来都梦寐以求的。

罗兰斯城

“他们很快就会把我们分开。”阿尔西诺伊说。她刚刚去过灌木林，偷吃浆果去了。鲜红的果汁在她脸上溅了一条道子。又或者，那是被荆棘划破的口子。

“薇拉不会放我们走的。”凯瑟琳说，“我不想离开。我想要留在这里。”

米拉贝拉也想要留在这里。今天很暖和，才刚刚入春。时不时，她们几个觉得天太热的话，她就会召来风拂过她们的皮肤，那种微微的刺痒会令凯瑟琳咯咯笑。她们此时站在小溪的尽头，小溪被乡舍一分为二，薇拉不能再跨过溪流来找她们。溪水太凉了，薇拉说，这会让她的关节炎旧病复发，很痛。

“薇拉才不会救你。”阿尔西诺伊说。

“不，她会。”凯瑟琳说，“因为我是她最喜欢的。她不会救的人是你。”

“我会救你们两个。”米拉贝拉保证说，她的手穿过凯瑟琳乌黑的长发。她的头发顺滑如绸缎，油光光的。小凯瑟琳，她是三胞胎里最小的。自从米拉贝拉和阿尔西诺伊长大到能够拉起凯瑟琳的手，她就是两位长姐的珍宝。

“怎么救？”问着，阿尔西诺伊盘起腿一屁股坐在草地上。她揪下一朵花，将花粉揉到凯瑟琳的鼻子上，直到她的鼻子变成黄色。

“我可以召唤几道霹雷，把她们吓走。”米拉贝拉回答，一边不停手地将凯瑟琳的头发编成一条粗粗的辫子，“还有大风，可以把我们吹到山顶上。”

阿尔西诺伊仔细考虑了一下，皱起小眉头。她摇着头说：“这没有用。我们必须要想点别的办法。”

“那只是一个梦。”卢卡说。她们坐在神殿的最高层，在她摆满垫子和小玩意儿的杂乱房间里。

“并不是。”米拉贝拉说，“那是我的回忆。”

卢卡老态龙钟地拿起一条皮草披肩裹住身子，试图不让自己因为在天亮之前就被人从床上摇醒而发火。米拉贝拉躺在韦斯特伍德公馆的自己床上猛地睁开眼时，天还黑着。她坚持着忍到自己能等的极限，这才来神殿晃醒卢卡，不过此时从神殿百叶窗透过来的光，依然是惨淡的灰色。

“你下楼去厨房。”卢卡说，“现在这个钟点，找不到醒着的人沏茶。我们只能自己动手了。”

米拉贝拉深吸一口气。当她吐出这口气时，气是颤抖的。那回忆，或是那场梦，如果真的是梦的话，现在依旧紧紧缠绕着她，而被它搅乱的情绪也依然混乱。

“小心。”米拉贝拉领着卢卡顺着陡峭的神殿楼梯往下走，提醒她。她将手里油灯的火苗调高了一点。卢卡应该在低层找一个房间住。或许挑一个靠近厨房的，这样还暖和点。但是卢卡不会承认自己老了，除非她死。

厨房里，米拉贝拉生起炉灶的火，将壶里的水烧开，卢卡则在架子上找她自己最喜欢的茶叶。她们一言不发，直到最后坐下来各自抱了一杯热气腾腾的茶，里面还加了蜂蜜，甜甜的。

“那只是你自己的意识臆想出来的东西。因为你太紧张了。复苏大会越来越近，无怪乎你会如此。而且献祭仪式上死去的那个人，也还在困扰着你。罗就不应该逼你去做那个仪式。”

“不是这样的。”米拉贝拉坚持说，“那不是我臆想出来的。”

“你最后见到你的两个妹妹时，也还是个孩子。”卢卡柔柔地说，“或许是你听了什么传言。又或许是你记得的那一点点，关于乡舍和那周围的环境。”

“我的记忆力非常好。”

“女王储不会记得这些事。”卢卡啜了一口茶。

“就算是这样说，但这并不是真的。”

卢卡严肃地盯着自己的杯子。桌上的油灯散发出橘色的光，在这光的照耀下，这位老太太脸上的每一条纹路、每一道沟壑都清晰可见。

“你必须把它当成是真的，”大祭司说，“如若不然，就太残忍了。逼迫女王储杀死自己爱的人，还是自己的亲姐妹。女王储必须要将自己的爱人视为已经冲进房门、要她人头的狼。”

卢卡见米拉贝拉沉默不语，伸出胳膊，隔着桌子握住她的手。

卢卡的话回荡在米拉贝拉耳边那样响亮，伊丽莎白差点儿都凑到她头顶了，她才听见有人喊自己。

“你没听见我叫你吗？”伊丽莎白轻吐一口气，问道。

“对不起。”米拉贝拉说，“现在太早了，我以为大家都还睡着。”

伊丽莎白指着旁边一棵常青树的树干：“佩珀和太阳是同时起床的，所以我也只好起床了。”

米拉贝拉看着这名年轻的女祭司，禁不住笑了。伊丽莎白有一种能让人不再悲伤的神奇力量。她的兜帽被摘下来，乌黑的头发还没有编成辫子。那只小啄木鸟飞上她的肩头，伊丽莎白亮出手掌里的种子喂他吃。

“而且早起还有一个好处，”她说，“那就是我们不必担心被人发现。”

米拉贝拉轻轻地握住伊丽莎白的手腕。这名女祭司现在戴的手镯很简陋：用黑色的丝带和珠子穿成。她只是一名初级女祭司，还来得及改变主意。

“你为什么留在这里？”米拉贝拉问，“我第一次见你的时候，你说如果被发现，她们就会抓走佩珀杀了他。可你们的心电感应那么强。为什么你不走呢？”

伊丽莎白耸耸肩：“走去哪儿呢？我是神殿的孩子，米拉贝拉。我跟你说过吗？”

“没有。”

“我妈妈是肯诺拉神殿的女祭司。我爸爸是一名治愈者，经常和她一起工作。我妈妈没有把我交给别人抚养。我是在神殿长大的，神殿是我仅有的。而且我希望……”

“希望什么？”

“希望你能让我和你一起去因德里得山神殿，等你加冕以后。”

米拉贝拉点点头：“可以。罗兰斯城有很多人都这么希望。”

“对不起。”伊丽莎白说，“我并不是想要给你添麻烦！”

“不会。”米拉贝拉拥抱了自己的朋友一下，“你没有。我当然可以带你一起去。不过你要先考虑好——”她抓住伊丽莎白的手镯，“我不是必须要带你去神殿的。你还有选择，还有很多种选择。”

罗不喜欢被叫来卢卡的寝室。她站在窗户旁边，肩膀舒展，后背挺直。她从来不打算试着让自己像在家一样舒服。她从来没有把哪里当作家，或许监督那些年轻的女祭司做事时除外。

卢卡看得出来为什么米拉贝拉不喜欢罗。她太严厉、太固执，当她微笑时，笑意也从未抵达过眼底。但她是卢卡认识的最好的女祭司。或许女王储不喜欢罗，罗也不喜欢女王储，但罗一定会非常有用。

“她说，”在卢卡跟罗讲完今早米拉贝拉来访的事情之后，罗说道，“她记得自己的妹妹。”

“我不知道这是不是真的。或许只是梦的小把戏，又或者因为她太紧张。”

罗低下头，很显然她不这么认为。

“所以呢？”罗问，“你打算怎么做？”

卢卡向后靠着椅子背。没有。或许什么都不必做。又或者一直以来她都错了，米拉贝拉根本就不是被选中的女王储。她用手背抹了抹嘴角。

“自从你支持她以后，看起来就像个傻瓜。”罗说，“现在再反悔也来不及了。”

“我不会反悔。”卢卡愤怒地说，“米拉贝拉殿下就是命定之人。她必须是。”

她的目光越过罗的肩膀，看向后面墙上挂着的巨幅马赛克壁画。上面绘的是因德里得山的首府和一座六面穹顶的神殿，以及沃洛伊堡两座高高的黑色塔尖。

“到我们能够看见那里，认为那里只不过是首府而已，还要多久？”卢卡问，“而不是认为那是一座毒师之城？”

罗顺着她的目光看过去，耸了耸肩。

“曾经，”卢卡说，“曾经那里是我们的，是我们和女王的。而现在，那里是他们的。议会也是他们的。他们已经发展得过于强大，听不进别人的意见，我们无处可去。”

罗没有回答。如果卢卡想要博取同情，她应该去找别的女祭司。

“罗，你已经见过她了。你看她就像猫头鹰看老鼠。你有什么想法？”

“问我认为她能不能杀了她们？”罗抱着胳膊说，“她当然能。她拥有的天赋可以让一支舰队沉没。她可以变得伟大，就像远古时的女王那样。”

“但是？”

“但是，”罗阴郁地说，“这天赋在她身上是浪费了。她有能力杀死自己的妹妹，大祭司。但她不会这么做。”

卢卡叹了口气。听见这句话终于被人说了出来，她并不觉得震惊。事实上，她自己也多次怀疑过，自从见到米拉贝拉站在流星湖畔，自己差点儿被淹死之后，她就一直很害怕这一点。那个孩子太生气了。她忍受失去阿尔西诺伊和凯瑟琳的悲伤，忍了将近一年。如果那时的她和现在的她一样强大，卢卡，还有所有当时在场的韦斯特伍德家的人，早就死了。

“如果有办法打破这个局面就好了。”她喃喃道。

“或许你能想出个办法来。”罗说，“不过我现在倒是想到了一个法子。”

“什么？”卢卡问。

“让她成为清白女王。”

卢卡抬起头。清白女王指的是手上没有沾染自己姐妹一滴鲜血就继承王位的女王储。姐妹三个手上都没有沾过血。

“你在胡说什么呢？米拉贝拉这一代就是普普通通的三胞胎。”

“我说的不是蓝女王那种。”罗说。她指的是那个很罕见的四胞胎，蓝女王作为老四，被认为是受女神庇佑之人，所以她的三个姐姐刚出生就被助产士直接淹死了。

“那是哪种？”卢卡问。

“在那些古老的传说中，还有另外一种清白女王。”罗说。

“安蒂拉女王那种，她另外两个姐妹都是有预言天赋的预言家。”卢卡说，“拥有预言天赋的女王储因为有发疯的可能，所以被淹死了。但是阿尔西诺伊和凯瑟琳都不是预言家。”

“还有一种，”罗说，“我说的是出生于献祭年的那种清白女王。”

卢卡眯起眼睛。罗想这件事一定想了很久。献祭年指的是诞生的三胞胎中，其中有两个是几乎没什么天赋的那一代。她们的天赋太弱，杀死她们就被视作对女神的献祭。

罗真是翻遍了故纸堆。只有神殿的学者才有可能听出这其中模糊的暗示，或是献祭年的隐喻。

“或许是有这种情况。”卢卡说，“但是我看不出这有什么帮助，如果米拉贝拉不肯宣布这是献祭年的话。”

“在某些献祭年中，会有人替她杀死祭品。”罗说，“就在复苏大会开始的当晚，在最神圣的地方，人们会奋起将另外两位女王储丢进火里。”

卢卡仔仔细细地看着罗，自己从来看不透她。“这又不是事实。”卢卡说。

罗耸耸肩：“只要一点流言，就能把它变成现实。而且干净、利索，也可以令女王储的心软得到宽恕。”

“你是希望我们——”卢卡开口，不过她又瞥了一眼门口，压低声音谨慎地道，“在五朔节的时候将阿尔西诺伊和凯瑟琳变成祭品？”

“是的。就在第三天，竞选庆典之后。”

嗜血的罗，总是能找到最终的解决办法。但是卢卡从来没有想过她能想出这样的办法。

“议会可能会杀了我们。”

“但米拉贝拉依然可以登上宝座。再说，如果整座岛的人都和我们站在一边，他们不会这么做。如果传言散播得足够快，他们也不会。我们需要莎拉·韦斯特伍德。”

卢卡摇摇头：“她不会同意的。”

“莎拉是一个虔诚的信徒，她会听从神殿的吩咐。神殿的女祭司也一样。再说，这样做对这座岛有好处，可以让人们想起那些遥远的传说。”

遥远的传说。那些她们凭空捏造、无中生有的传说。

“我还不想这么快就放弃米拉。”她说。罗皱眉。“不过这件事可以考虑。”

格瑞福斯德雷克庄园

凯瑟琳和皮埃尔、娜塔莉亚一起坐在桌子旁，把食物里的毒挑干净。午餐是一块猪肋排，猪是淬过毒的，而浇汁则是黄油和牛奶制成，但是奶牛是吃天仙子长大的。矮墩墩的燕麦面包吸饱了浇汁，还有做成南瓜灯样的蘑菇起酥。娜塔莉亚不屑吃无毒的食物，不过她呈上来的这些食物里的毒性凯瑟琳几乎已经免疫。

娜塔莉亚又叫人拿了点酒。她的餐厅暖和得令人开心。火在壁炉里噼噼啪啪，厚厚的红窗帘留存住热气。

“今天半月的步法训练如何？”娜塔莉亚问，“有个马夫担心他右后腿的骹骨肿了。”

“他训练得不错。”凯瑟琳回答，“而且也没烧到腿。”

半月是她最喜欢的一匹黑色骟马，得名于他额头上一块月牙形状的白。如果他露出一丝跛脚的迹象，凯瑟琳都不会带他出来遛。她在桌下用膝盖碰了碰皮埃尔的膝盖。

“你发现有哪里不对劲吗，皮埃尔？”她问。

“完全没有。他听起来似乎非常好。”

他清了清喉咙，将膝盖从她腿边移开，好像生怕娜塔莉亚感觉到他们两个之间的接触。当有娜塔莉亚在场的时候，他总是很小心地和凯瑟琳保持一定距离，哪怕娜塔莉亚知道他们在做什么。哪怕他出现在这里，是因为娜塔莉亚的再三坚持。

“我有几个激动人心的消息。”娜塔莉亚说，“大陆有一个联姻团提前到了，那位求婚者希望求见凯瑟琳。”

凯瑟琳又坐直了一点，瞥了一眼皮埃尔。

“我要提醒你，他不是你要见的唯一一个。”娜塔莉亚说，“不过他是一个不错的开始。我们和他的家族已经打了若干年的交道。他们在约瑟夫 · 桑德兰被流放期间，收养他当了义子。”

“那么，我可要好好招待他了。”凯瑟琳说。

“不必比对待其他人更优渥。”娜塔莉亚说，虽然她的意思很显然是相反的，“他叫小威廉 · 查特斯沃思。我不知道我们什么时候能够安排你们会面。目前他人在贪狼泉，去见阿尔西诺伊，可怜的孩子。不过当我们安排好之后，你能不能做好准备？”

“一定会。”

“我相信你。”娜塔莉亚说，“你比前几星期气色好了很多，也更强壮了些。”

这是真的。自从皮埃尔来了以后，凯瑟琳就变了。吉纳维芙依然会嫌弃她太瘦、太娇小。被毒了这么多年，她不可能将发育中失掉的东西全部补回来，或是再发育一次。但是她的头发和面色，以及她的行为举止都有了很大改进。

“我有礼物要给你。”娜塔莉亚说。她的男管家埃德蒙抱着一个玻璃盒子走了进来。盒子里，一条红黄黑三色相间的小珊瑚蛇正伸直身子朝盒盖上顶。

“看看我发现谁在窗户里晒太阳呢。”娜塔莉亚说。

“小甜心？”凯瑟琳叫道。她推开椅子，力道大得差点儿把椅子推翻。她朝埃德蒙跑过去，将手伸进盒子里。那条蛇轻轻地蜿蜒扭动，随后自己盘上她的手腕。

“我还以为我害死了她。”她小声说。

“不完全是这样。”娜塔莉亚说，“不过我相信她一定更喜欢回到自己熟悉的笼子和她温暖的灯箱底下。我要单独和皮埃尔说几句话。”

“好的，娜塔莉亚。”凯瑟琳朝两个人笑了一下，随后离开，她几乎是跳着出去的。

“一份小礼物就能让她变回小孩子。”娜塔莉亚说。

“凯瑟琳很喜欢那条蛇。”皮埃尔说，“我还以为它死了呢。”

“它是死了。黑暗献祭三天后，有人发现它冷冰冰地躺在厨房的角落里。”

“那刚才的是什么？”皮埃尔问。

娜塔莉亚耸耸肩：“她不会看出区别来的。这一条受过和之前那条一样的训练。”

她再次朝埃德蒙点点头，男管家端着一个银托盘走过来，上面放了两杯她最喜欢的有毒白兰地。

“你的进展不错。”娜塔莉亚说。

“小有进展吧。她还是愿意穿那些能够遮住红疹或是掩饰住突出肋骨的衣服。她胆怯的时候，也还是像只老鼠一样跑来跑去。”

“得了吧，皮埃尔。我们不能对她那么苛刻。”

“或许您不会，但吉纳维芙是个魔鬼。”

“我妹妹只有在我允许的情况下，才会那么严苛。凯瑟琳的毒药练习不在你的关心范围内。”

“哪怕我这么卖力地完成任务也不行？”

皮埃尔将挡在眼前的金发吹开，瘫在椅子里。娜塔莉亚藏在酒杯后微笑。看见他，她就想起了自己。或许有一天，他会崛起成长为家族的族长，如果没有适龄的女孩来接替自己的话。

“告诉我，”娜塔莉亚说，“她是不是已经准备好接见联姻团了？”

“我想是吧。反正，他是从贪狼泉过来，应该不难给他留下深刻印象。所有人都知道阿尔西诺伊长了一张清汤寡水的脸。”

“她或许是那样，”娜塔莉亚说，“但米拉贝拉可不是。据韦斯特伍德家的人说，她比夜空还美丽。”

“但也跟夜空一样沉默冰冷。”皮埃尔说，“至少，凯瑟琳懂得幽默。她是个甜心。您没能将她的这一点抹灭掉。”

皮埃尔的语气中有某种东西是娜塔莉亚很不喜欢的。他说得过于有保护欲了。几乎是一种占有欲，希望不是如此。

“你到什么程度了？”她问。

“您什么意思？”

“你知道我什么意思。你尽可以把自己喜欢的所有技巧都教给她，但是不能太过分，皮埃尔。大陆人很奇怪，他们希望她结婚时还是处女。”

娜塔莉亚仔细地观察皮埃尔，想要看看他会不会不自在地扭动身子。他似乎很失望——或许是恼火——但没有害怕。他还没敢迈出那一步。

“您确定他们不会对她的房中术技巧进行评估吗？”问完，他耸了耸肩，“如果真是这样，我可以等到他们结婚以后再教她。”

他猛灌一大口，喝光了杯中的白兰地，然后将杯子重重放在桌子上。他希望能够获准离开，能跟在凯瑟琳后面过去，替她穿衣脱衣，像摆弄洋娃娃一样。

“那样或许最好不过，贤侄。”娜塔莉亚说，“如果你占有了她，我恐怕她会爱上你。她似乎就快要爱上你了，那可不是我们想要的。”

皮埃尔拿起空玻璃杯，在手指间来回摆弄。

“对吗？”娜塔莉亚严厉地问。

“别担心，娜塔莉亚姑母。”他说，“只有王夫才会傻到爱上女王储。”

皮埃尔走进凯瑟琳的房间时，她依然没有放开小蛇。她太想念她，无法承受再次和她分开，她就坐在自己的梳妆镜前，小甜心盘着她的手，她不时将鼻子贴在那条蛇有毒的脑袋上。

“凯瑟琳，”他说，“把她放下，让她休息一会儿。”

凯瑟琳很听话，她站起来轻轻地将小蛇放进暖箱。她没有关上暖箱的盖子，又把手伸进去一下一下轻抚小蛇的头。

“我真不敢相信她活下来了。”凯瑟琳说，“娜塔莉亚一定把所有仆人都派出去了，专为找她。”

“想必如此。”皮埃尔说。

“这么说，”她从暖箱收回手，双手交叠放在膝盖上，“我真的要去见我的第一位求婚者了？”

“是的。”

凯瑟琳和皮埃尔离得很近，身体没有碰触，也没有看着对方的眼睛。皮埃尔的手指在她罩了织锦缎的椅子后背上游走，撕扯着松脱的线头。

“你确定我不能先给我的姐姐们下毒吗？”

皮埃尔笑着说：“我确定。必须要这么做，凯特。”

他从窗帘缝里看着外面阴沉沉的天空，还有院子里的所有阴影。他们今早一起骑马去的那座小小的湖躺在那里，就像是西南方一个青灰色的小水坑。很快，那湖就又会变得蔚蓝，而院子也会变得绿意盎然，开满水仙花。现在天气已经转暖，黎明带来的更多的是雾而不是霜。

“米拉贝拉很难战胜。”皮埃尔说，“她身材高挑、强壮，而且漂亮。在罗兰斯城，已经有赞美她头发的歌了。”

“赞美她头发的歌？”问完，凯瑟琳大声哼了一下。这种歌应该是赞美自己的才对。但事实是，她其实并不介意是不是所有的求婚者都喜欢米拉贝拉。没有一个人的吻能比得上皮埃尔的吻。他搂着她时带着一种不顾一切的渴望，她甚至连气都喘不过来。

“你觉得那些求婚者的吻会和你的吻一样吗，皮埃尔？”她问，只是为了看他嘟起下嘴唇。

“当然不会。那些可是大陆人，全都笨手笨脚的，只会流口水。要你假装享受，的确很难。”

“他们的吻技不会都那么糟糕吧？”她说，“我相信能找到一个我喜欢的。”

皮埃尔挑挑眉毛。他的手指抠进椅背里，但是当他看见她的表情，又松开了。

“你是在耍我吗，凯特？”

“是的。”她哈哈大笑，“我就是在耍你。难道不是你教我这么做的？要用笑容和一颗跳动的心，来中和我姐姐那种帝王般的拘谨。”

她摸着他的胸口，他抓住她的手。

“你学得有点太好了。”他小声说着将她搂进怀里，紧贴自己的胸口。

“就算他们讲的笑话不好笑，”皮埃尔说，“你听了也要哈哈大笑。”

“遵命，皮埃尔。”

“让他们多讲自己。让他们记住你。你必须是那颗明珠，凯特。是有别于其他两个的璀璨明珠。”他略微不情愿地松开她的手，“无论你做什么，他们都还会想要尽量三个都见到。哪怕是模样普通的阿尔西诺伊。而米拉贝拉……”皮埃尔用鼻子深吸一口气，“无论她穿什么礼服去参加复苏大会，你都要相信他们会想不顾一切把她的衣服扯下来。”

凯瑟琳皱着眉：“我以为她可能是作为奖品出席的。”

“那可真是一份大奖。”皮埃尔叹了口气，凯瑟琳捶着他的胸口。他哈哈大笑。

“现在轮到我要你了。”他将她搂紧些，“如果她不跪下来乞求的话，我是不会碰那个元素系的家伙的。她装得像是已经接受过加冕一样，但是她没有。你才是我们的女王，凯特。不要忘记这一点。”

“我永远都不会忘。”凯瑟琳说，“我们要为这座岛做件好事，皮埃尔，等我完成加冕，你就是黑暗议会的首领。”

“首领？”他两眼放光，“我想娜塔莉亚对此可能会有微词。”

“当然了，娜塔莉亚还可以坐在她现在这个位置上，想坐多久都行。”凯瑟琳改口，“不过她不可能永远坐下去。”

在他们身后，那条珊瑚蛇爬上了暖箱的箱壁。它的头从敞开的箱子顶探出来，停顿了一下，用舌头品尝空气。凯瑟琳毫无意识，她的胳膊随意垂放在桌子上面。那条蛇不喜欢这个动作。它身子往后一缩，准备攻击。

“凯瑟琳！”

皮埃尔的胳膊往前一挡，蛇的尖牙咬住了他的手腕。他轻轻捏住这条爬虫的七寸，直到它松口，尽管他应该直接拧断它的脖子。凯瑟琳养着它可不安全，而现在离复苏大会这么近了，她绝不能受伤。

“哦，”凯瑟琳说，“真是对不起，皮埃尔！她一定是还没缓过来。”

“没错。”他将蛇放回暖箱，这一次确保箱盖严严实实地盖紧。“但是从现在开始，你和她一起时应该加点小心。重新训练一下，尽管她才离开几周，但这足以令她寻回野性。”

皮埃尔的胳膊上出现两个一模一样的血点。这种只是小伤。他作为一名强悍的爱伦家族成员，蛇毒只会导致一点红肿而已。

“我有药膏可以给你抹一点。”说着，凯瑟琳跑去另外一个房间找药膏。

皮埃尔握着手腕，怜悯地看着那条蛇。他这种下意识的反应是对的。凯瑟琳已经被毒液折磨了好几天，甚至在接受治疗之后还是很虚弱。他刚才的反应都没有过脑子。他很害怕凯瑟琳会受伤，是真的担心。

“只有王夫才会傻到爱上女王。”皮埃尔轻声说。

贪狼泉

阿尔西诺伊和比利肩并肩走过冬季市集。自从他们两个被介绍认识，在茱萸池共度一整个下午之后，事实证明阿尔西诺伊很难甩开他，但是在市集里，阿尔西诺伊就打消了这个念头。朱尔斯现在经常跟约瑟夫在一起，没有了她在这里，阿尔西诺伊觉得自己像是被曝光在这人挤人的地方。在城镇这种熙熙攘攘的区域，比如冬日市集，不怀好意的目光就像被蜜蜂蛰一样。人群中，可能会有人滋生出足够的勇气，伸出手来撕开她的喉咙。

“阿尔西诺伊，”比利问，“你怎么了？”

她仔细看着鱼贩子们阴沉的寒冬般面孔，这些面孔从她到贪狼泉那天伊始就看见了。这些人里有很大一部分认为她的软弱是一种耻辱，宁愿看她去死。

“没什么。”她说。

比利叹了口气。“我今天没什么心情逛市集。”他说，“我们买完吃的，就散步去果园吧。现在天气不太冷，可以走过去。”

路上，他们在玛奇的贝类水产摊前停了一下，比利掏钱买了两只油炸蛤蜊，蛤蜊里面的肉塞得满满的。他这次掏硬币的动作没有那么笨拙了。他在不断学习。

他们一边走一边飞快地把油炸蛤蜊吃完，免得它们冷掉。玛奇的蛤蜊里塞的是蟹肉和涂过黄油的面包屑。每当她觉得应该大发善心的时候，就会再往里塞一点上好的、油花花的培根。

他们走过码头，朝通向山顶、没入苹果园的路走去，比利盯着自己的蛤蜊壳，拿在手里翻来覆去地看。

“你盯着它也不能让它长出新的来。”阿尔西诺伊说，“你应该买三个。”

他笑了一下，向后伸直手臂，将蛤蜊壳朝海湾扔去，扔得尽可能远。阿尔西诺伊也把自己的蛤蜊壳扔了出去。

“我扔得更远。”她说。

“才没有。”

阿尔西诺伊笑了。事实上，她也不敢肯定。

“你的手怎么了？”比利问。

阿尔西诺伊拉下外套的袖子，盖住她在手掌心划的新的神秘记号，那些伤口已经结痂。

“我在鸡笼里不小心划破了。”她说。

“哦。”

他不相信她。她一定是做了别的什么弄的。没有鸡笼能够留下那么复杂的图案。而且她依然没有告诉朱尔斯她和马德里加尔在做什么。

“小少爷，”说着，阿尔西诺伊眯起眼睛看着码头想要看得更清楚，“你的船在哪儿？”

约瑟夫回来之后，一直停靠那条船的地方此时已经空了，整个海湾也因此看起来更加阴沉。“我父亲回去了。”他说，“其实过来回去很容易。只要在雾里航行一小段，穿过去就好了。上帝，我居然能说出这种话也真是疯了。而且还是说的实话，这就更加疯狂了。”

“过来回去很容易。”阿尔西诺伊喃喃地说。总之，对所有人来说都很容易，只除了她。

“可是你知道吗，等他再回来……”

“什么？”

“他希望我去见一下你的两个姐妹。我们会去拜访因德里得山和爱伦家族，还有凯瑟琳小殿下。”

当然了。他希望自己的儿子能戴上王冠。比利不必非得忠诚于自然系，无论约瑟夫在流放期间和他建立了多么深厚的情谊。

“你从来都没有叫过我‘阿尔西诺伊小殿下’。”她提示道。

“你希望我这么叫你吗？”

阿尔西诺伊摇了摇头。被人称为小殿下就好像被人喊绰号一样，就好像这种称呼只能卢克叫她。他们顺着路走，然后朝赶着牛车从他们身边经过的麦迪·佩斯挥了挥手。阿尔西诺伊不用看，也知道麦迪会坐在位子上扭过身子来瞅他们。整个镇子都对他们的相遇特别感兴趣。

“我不知道我是不是还想见另外两个女王储。”比利说，“我觉得这有点像牵着一头牛去屠宰场。”

阿尔西诺伊咯咯笑起来：“你见到我的姐姐和妹妹时，请一定要把这句话告诉她们。可如果你不想要见她们的话，就算了。”

“我父亲是那种不容你说不的人。他总是能得到自己想要的。他不会养出一个失败者。”

“那你妈妈能养出来什么呢？” 阿尔西诺伊问。比利看着她，很是惊讶。

“这不重要。”他说，“她从来都不想要这个。你知道妈妈们的。如果可以，她们恨不得一直把我们拴在自己的围裙上。”

“我不知道。”阿尔西诺伊说，“但我知道你的话听起来有点像是在生闷气。不要忘了，失去王冠对你的意义和对我的意义完全不同。”

“是的，你说得对。我很抱歉。”

她偷偷从眼角觑着他。这并不容易，以一个陌生人的身份住在这里，为了王冠放弃自己熟悉的一切和熟悉的生活。他尝试着要公平一点，而她也应该这样试一下。但是她也有保持好距离。如果他们太过亲近，他就无法很轻松地看着她死去。可她的朋友太少了，阿尔西诺伊没法儿推开他。

阿尔西诺伊停下来。她想都没想，就带着他顺着通往那座森林，还有那些古老石块和弯腰树的小路走去。

“不。”说着，她又带头换了一个方向，“我们走另外一条路。”

“你觉得你的姐姐妹妹长什么样？”比利问。

“我不知道，也不在乎。”阿尔西诺伊说，“她们两个可能都在为竞选庆典接受训练。庆典距离现在还有不到三个月。”

“五朔节。”比利说，“每年都要举办庆典，是不是？”

“是的。但是今年的庆典不一样。今年的五朔节是复苏大会的开始。”

“我知道。”他说，“但是有什么不一样呢？不是依然庆祝三天吗？”

阿尔西诺伊抬起头，她只能说自己从别人口中听到的。无论她还是朱尔斯都从来没有参加过。如果要去的话，你必须年满十六岁。

“是要连庆三天，”她说，“而且还有狩猎环节。狩猎的环节是为宴会提供肉材。然后就是普通的例行祷告，由神殿主持的各种仪典。但是今年不止这些。所有人都要为狩猎当晚的登岛大典，以及第二天晚上的复苏大会做准备。”

“登岛大典，”他说，“就是你在求婚者面前露面的时候。”

“是求婚者在我们面前露面的时候。”说着，她捶了他胳膊一下。

“好吧。哦，还有复苏大会，就是你展现自己天赋的时候。你要怎么撑过去？”他问，已经准备好再挨一下。

阿尔西诺伊却只是咯咯笑。“我想我可能要学耍三条鲱鱼的把戏吧。”她说，“凯瑟琳会吃毒物，而米拉贝拉……米拉贝拉可以放飓风屁，如果有必要的话。岛上的人肯定最喜欢她。”

“飓风屁。”比利邪邪一笑。

“是的，你也会喜欢的，对吧？”

比利摇摇头。“等到五朔节结束，然后就是你被人正式求婚之时。”他说，“到那时……”

“到那时我们就可以自相残杀。”阿尔西诺伊说，“我们有一整年的时间来做这件事，直到下一年的五朔节。不过如果米拉贝拉能表现得像一头愤怒的公牛的话，我可能一星期之内就死了。”

他们艰难地穿过覆满积雪和融化了的薄冰的地面，来到果园的另一边。他们往山谷更深处走去，直到鸟儿不再歌唱，风也止住。

“你有没有好奇过你妈妈后来怎么了？”比利问，“在她生下你们，和她的国王一起离开这座岛以后？”

“是王夫。”阿尔西诺伊更正道，“不，我不知道。”

当然，也有很多传说，讲述离开岛的伟大女王到了大陆，再次成为伟大女王的各种故事。还有其他一些故事，是说女王后来跟自己的伴侣，平静祥和地度过余生。但是阿尔西诺伊一个字都不信。在她心里，每一位前任女王都已经躺在海底了，在她生下后代的那一刻，就被女神淹死了。

朱尔斯的手指穿过约瑟夫太阳穴旁边的黑发。他的头发软软的，长度刚好可以让她夹在手中拨弄。今天，桑德兰家只有他们两个人。约瑟夫的爸爸带着马修一起上了口哨号，而他妈妈和约拿赶着马车去了海格特，护送船用的五金件。因为比利的爸爸返航回大陆了，他们没法儿继续去约瑟夫住的那个船舱，这也是一桩好事。

“这里和船上一样不舒服。”约瑟夫说。他半撑着身子躺在她上面，卡姆登横趴在他们的小腿上。

“我不觉得啊。”朱尔斯说。她将他拉低，在他的唇下张开嘴。从他搂住她收紧的手臂来看，朱尔斯可以打赌，其实他也不是真心这么觉得。

“不过，很快，我们就会找到一个足够宽敞能够容下我们两个，还有你这只大猫的地方。”

“很快。”她同意。但是目前，她很高兴这间小屋的局促和缺少私密性。她虽然爱约瑟夫，但是还没有准备好更进一步。有卡姆登妨碍他们的举动，她可以想吻约瑟夫多久就吻多久，而不必担心他们可能会做得更多。

约瑟夫低头，亲吻朱尔斯的锁骨，这里因为她凌乱的衣衫而露了出来。他将下巴枕在她身上，叹了口气。

“怎么了？”她问，“你今天好像心里有事。”

“我心里只有你。”他说，“不过的确是有点事。”

“什么？”

“你记不记得我们西坡那里有一条小船？”他问，“一条闪闪发光的观光小帆船，甲板崭新，还刚刚刷过条纹的蓝漆？”

“不是很清楚。”

桑德兰家的修船厂近几个月接收了类似的各种要修理的船。修得漂漂亮亮，沿着海岸线停满一排。大陆人很快就要上岛，而岛上的人希望能够向他们展现出一副全新的面貌。他们甚至还接了给贪狼泉的渔夫修船的工作，他们吐出“大陆人”这几个字时，嘴角上扬，倨傲不已。他们或许一边谈论大陆人一边吐口水，但是又会用这些口水来擦亮自己的鞋。

“怎么了？”朱尔斯问。

“我要把它开去特里格诺还给船主。等我妈和约拿从海格特回来，我就要动身了。”

“哦，”朱尔斯说，“这又怎么了？”

约瑟夫笑了：“虽然说出来显得很蠢，不过我还是要说，我不想和你分开，哪怕是短暂的分开。”

“约瑟夫，”朱尔斯哈哈大笑，“你回来以后，我们几乎时时刻刻都在一起。”

“我知道，”他说，“我也不会去很久。如果风向好的话，傍晚时分我就能赶到特里格诺。最多不过几天的工夫，我就能等到一辆回贪狼泉的马车。不过——”他将自己的身子撑高了一些，“或许你愿意和我一起去？”

和卡姆登一起坐着小船出海，然后再坐几天的马车回来，听起来不是很让人愉快，不过有了约瑟夫在旁，或许还不错。她伸出双臂环住他的脖子，却听见了阿尔西诺伊的声音：朱尔斯和约瑟夫，生下来就是连体儿。

“我不能去。”朱尔斯说，“我最近对阿尔西诺伊已经够忽视了。她一定是跟我妈妈在一起练习她的天赋，我不能让她为我的事情再分心。她是女王储啊。”

“最优秀的女王储不会介意多操心一件事。”

“可是，”朱尔斯说，“我也不能把她一个人丢在这里。你不应该问我去不去。你记得吗，你也爱她。和你爱我的程度一样。”

“差不多一样，朱尔斯。”约瑟夫说，“但还差一点点。”

他将头靠在她的肩膀上休息。

“我们不会分开很久的，约瑟夫。别担心。”

罗兰斯城

这个梦很可怕。米拉贝拉醒来的时候，都能听见自己的尖叫。她是突然惊醒的，梦的边缘和她卧室熟悉的空气模糊了边界，她的身体一分为二，困在梦境与现实之间，而她的腿则被湿漉漉的被单裹住。她坐起来，摸着自己的脸。在梦里，她哭过，又哭又笑。

她的房门“咔嗒”一声被轻轻推开，伊丽莎白探头进来。大多数时候，她已经接手成了米拉贝拉的私人看护，米拉贝拉看见今晚在外面值夜的人是她，松了一口气。

“你还好吗？”伊丽莎白问，“我听见你在叫。”

啄木鸟佩珀从她肩膀后面飞出来，拍拍翅膀围着女王储从头到脚飞了一圈，确认她很安全。

“我也听见了。”布里说。她将门缝又推开一点，两个女孩走进来，紧紧关上门。米拉贝拉蜷起腿膝盖顶着胸口，布里和伊丽莎白一起爬上床。布里手腕一反，点亮了梳妆台上的蜡烛。

“我很抱歉。”米拉贝拉说，“你们说我会不会把别人也吵醒了？”

布里摇摇头：“就算巴登港打仗了，迈尔斯叔叔也醒不了。”

莎拉和小尼克的房间离这里很远。在一层的用人房也是。现在这里只有她们三个，是这栋黑漆漆的宅子里醒着的人。

“米拉，”布里说，“你在发抖。”

“我去拿点水来。”伊丽莎白说，佩珀栖在水罐旁边，啾啾地给她引路。

“不，”米拉贝拉说，“不要水。”

她站起来开始踱步。这些她的妹妹向自己求救的梦，最近几天已经做了好几次。这些梦不像其他梦那样虚假的不真实。

“怎么回事？”布里问。

米拉贝拉闭上眼睛。这不是回忆，而是一连串的画面。

“不太好说。”她回答。

“是跟另外两位女王储有关的吗？”伊丽莎白迟疑地问。

另外两位女王储，是的。她的宝贝妹妹们，就那么直挺挺地坐在椅子上，皮肤泛绿，嘴巴紧闭，死了。然后闪过凯瑟琳的一个画面，她躺在地上，胸口大开，里面除了一个干涸的红腔子，什么都没有。最后是阿尔西诺伊，她虽然尖叫着却发不出声音，因为她的喉咙被黏稠的黑血堵得严严实实。

米拉贝拉，她们说，*米拉贝拉*，*米拉贝拉*。

“我拉着她们躲在水下。”米拉贝拉轻声说，“就在乡舍旁边的小溪里。溪水很冷。她们嘴里吐出墨汁来。那会儿她们还只是孩子。”

“哦，米拉。”布里说，“这的确很可怕，但只是一个梦。她们已经不是小孩子了。”

“对我来说，她们永远都是孩子。”米拉贝拉说。

她想着如果阿尔西诺伊和凯瑟琳一瘸一拐，拉着自己的手，哪怕自己的手很脏，是一种什么感受。

“我再也受不了了。”

卢卡会失望。她对自己寄予那么大的信任，抚养自己长大就为了将来统治全岛。还有韦斯特伍德家族，还有这座城市，还有女神自己。她生来就是为了统治而存在，为了成为这座岛需要的女王。如果米拉贝拉去神殿找卢卡，卢卡会告诉她另外一种解释。那就是这些梦，这些感觉，出现在她身上是有原因的。这是对她的考验。

“我要走。”米拉贝拉说，“我必须要离开这里。”

“米拉贝拉，”伊丽莎白说，“你冷静一下，喝点水。”

她接过玻璃杯，喝了一口，只要这么做能令自己的朋友高兴。但是她很难咽下去，这水喝起来好像有什么死东西的味道。

“不，我必须要走。我必须离开。”米拉贝拉走到衣柜前，打开柜门，在那些斗篷和裙子里翻着，全都是黑色的、黑色的、黑色的。

布里和伊丽莎白站起来。她们想要拦住她，想要安慰她。

“你不能走。”伊丽莎白说，“现在是半夜！”

“米拉，现在出去不安全。”布里补充道。

米拉贝拉挑了一条有内衬的羊毛裙。她将裙子套在睡衣外面，拉开抽屉去拿长筒袜。

“我可以往南走，不会被人发现。”

“会的！”伊丽莎白说，“她们派了整整一队人看着你。”

米拉贝拉停下来，仍然瑟瑟发抖。她们说得对。她们说得全都对。可自己必须要试一下。

“我必须走。”米拉贝拉说，“求求你们。我不能再留在这里，梦见我妹妹的尸体跟我说话。我下不了手杀她们。我知道你们需要我这么做；我知道这么做是我自己的宿命……”

“米拉，”布里说，“你可以做到。”

“我做不到。”她愤怒地说。

伊丽莎白和布里已经走到卧室门口，挡住了门。她们很伤心，也很担心，要是过一会儿吵醒了莎拉，惊动了神殿，那么在五朔节前，米拉贝拉只能被关在卢卡的房间，被人白天黑夜看守着。

米拉贝拉穿上靴子，系好鞋带。无论她们派什么人来抓她，肯定都能把她抓住，但是她们也必须要费一阵力气。

她往前走，已经准备好从两个好朋友面前硬闯过去。

“等一下。”伊丽莎白说。她抬起一只手，走了出去。如果她从楼下叫人上来，那么米拉贝拉可能都来不及逃跑。但是伊丽莎白并没有叫人。她回到卧室的时候，手里拿着一件自己穿的女祭司白披风。

“你穿上这个，”她说，“把兜帽戴好，盖住头发。”她笑得很甜，笑得很淡，“不会有人对女祭司看第二眼。他们只能鞠躬，然后让出路来。”

米拉贝拉充满感激地拥抱了她。这件斗篷有点短，不过很大，足以遮住伊丽莎白凹凸有致的线条，也能完全遮住米拉贝拉的裙子。

“伊丽莎白。”布里开口，随后又住了口。她拉住米拉贝拉的胳膊：“至少，让我们陪你一起走。”

“不行，布里。”米拉贝拉轻声说，“我不能把你们牵扯进来。她们发现我不见了，一定会找人问罪。一定会有人为此受到处罚，但不能是你或者伊丽莎白。”

“我保证。”布里说，“我们可以互相照应。”

米拉贝拉悲伤地笑了笑，摸了摸布里的脸。

“我从来没有见你这么害怕过。”说着，她紧紧抱住布里，“请你理解我，布里。我爱她们，和我爱你一样。我不能再留在这里，让神殿逼着自己杀了她们。”

她松开布里，又朝伊丽莎白举起手臂。能有这两个好朋友，她很幸运。

等到米拉贝拉往南边走，穿过韦斯特伍德家族的地盘，彻底跑出去的时候，东方的天边现出粉红色。她被噩梦惊醒的时间，一定比自己估计的要晚。城市的火把和灯光已经点亮，早起的商人和铁匠准备好开始一天的工作。她拢紧白披风，压低兜帽完全盖住自己的脸。

她走上主路进了罗兰斯城。或许继续走小路比较明智，但是那条路她只有坐马车才认识，而且冒着一丝丝被人发现的风险，总比迷路要好。

当路转向水闸和城市中心的时候，米拉贝拉听见了人声，她屏住呼吸。前面的便道上，一个妇女正在掸毯子上的灰，同时跟出来去污水沟倒马桶的邻居问候早安。米拉贝拉一直低着头，不过伊丽莎白说得没错，那个妇女在为她让开路前，也仅仅是点头行礼而已。就算有人好奇这名女祭司这么早就出现在城里是要做什么的话，也没有人敢拦住她问。

走出罗兰斯城之后，她回头看了一眼，隔着房顶和袅袅升起的炊烟，她的城市已经越来越亮。在那之后，在那些高高的常青树之后，莎拉和其他韦斯特伍德公馆的人应该醒来了。而神殿里，卢卡或许已经在喝茶。

离开她们很难，但是跑出来的过程却比她想的要容易一些，一切仿佛都经过了深思熟虑。

贪狼泉

篝火旁，在那棵弯腰树下，阿尔西诺伊又头晕起来。马德里加尔这一次在她胳膊上割了一道更深的口子，流出的血足够浸湿比这条长出三倍的绳子。绳子可以存住血液，留到她们需要用的时候。鉴于低等魔法强悍到可以杀死另外的女王储，阿尔西诺伊的血当然是能挤多少就要多少。

她们目前没有谈到这个魔法是要做什么。或许，是一个诅咒，也可能是一个倒霉符咒。这都不重要。阿尔西诺伊只要知道，她自己每天都在变强就好了。

“够了。”说着，马德里加尔小心地将绳子放进玻璃罐里，“这些血也不能永久保存。我们要等五朔节之后，合理使用。”

马德里加尔将小罐子收进一个黑布袋，系在腰带上。“给。”她将一杯东西送到阿尔西诺伊唇边，“这是灰，喝下去。”

“你没有带点坚果吗？”阿尔西诺伊问，“或者面包？随便什么能吃的东西。”

她哆哆嗦嗦地举起杯子小口喝着。杯子边缘被马德里加尔的手指沾着的阿尔西诺伊的血弄得黏糊糊的。

“朱尔斯没说错，”马德里加尔喃喃地说，“你真是个吃货。”

她递给女王储一个小包：有奶酪和十几颗用自然系魔法催熟的黑莓。

“谢谢你。”阿尔西诺伊说。马德里加尔替她清理伤口，缠绷带的时候，她的胳膊一抽一抽地痛，但是这也是美好的痛。事实上，阿尔西诺伊这辈子都没有如此充满希望过。

“我真是做梦都想不到，”阿尔西诺伊说，“来帮我的人会是你。而且是倾尽全力。”

马德里加尔皱了皱鼻子。对她而言，即便这样的话也太过肉麻了。

“是的。”马德里加尔说，“我知道。”

阿尔西诺伊坐回去，把自己裹进毛茸茸的大披肩里，生气从来听不到马德里加尔说一句谢谢。不过这也不能怪凯特和埃利斯。马德里加尔在作为小女孩的时候，还是很愿意用功练习的。卡拉说，曾经有一段日子，马德里加尔能在旋涡里种花，只为了能采下它们插在自己头上。而与此同时，园子里种的黄瓜全都死了。

“今天我的小朱莉去哪儿了？”马德里加尔问。

“和约瑟夫道别。他要驾船往西北方走，去特里格诺的海边。”

马德里加尔盯着篝火。“幸运的朱尔斯，”她说，“能有这样一个男朋友。她长了一双那么滑稽的眼睛，我还以为她不会有这种好运呢。她的眼睛跟她爸爸的一样。”

“她爸爸？”阿尔西诺伊问，“我还以为你不记得朱尔斯的爸爸了呢。”

“是不记得了。不过不是很彻底。我还记得五朔节的篝火。还记得如果我能在那样一个神圣的夜晚，生下一个孩子，会觉得这是多奇妙的一件事。她会变得多么强大，会有多爱我。”她哼了一声，“我的确不记得她爸爸是谁。但是她长得并不像我，所以一定是像他。”

“你觉得他知道吗？”阿尔西诺伊问。

“知道什么？”

“他有一个女儿，而且他的女儿是这座岛上最强的自然使法师。”

马德里加尔耸耸肩。应该不知道吧。不过就算他知道，也无所谓。五朔节之子在神殿眼中是神圣的。和女王储一样，在神殿眼中，五朔节之子不必知道自己的父亲是谁。

阿尔西诺伊向后仰。肚子里有了那些奶酪和水果，她重新暖和起来，不再发抖。她伸直腿，脚跟搭在那些木炭旁边。

“约瑟夫很帅。”马德里加尔充满希冀地说。

“是很帅。”阿尔西诺伊同意。

“看见他和朱尔斯在一起，才让我意识到自己单身了多久。或许我也应该下个咒，给自己找一个这样的情人。”

“哼哼。”阿尔西诺伊哼哼着，眼皮半垂，“这种事你根本不需要动用低等魔法，马德里加尔。”

“或许吧。不过如果那些绳子我可以剪一英寸来用，”说着，她拍了拍腿上的黑布袋，“我可以找到岛上最帅的男人。”

阿尔西诺伊目光瞥向一旁，确保自己的偷笑不会出声。而在她的咯咯笑变成哈哈大笑之前，她们两个一起爆笑出声。不过即便她们两个没有这样做，也发现不了悄悄走过来的卡姆登和朱尔斯。

那只山猫抢在朱尔斯之前蹿到篝火旁，但是这警告已经来不及让她们试图假装无辜。

朱尔斯看看妈妈，又看看阿尔西诺伊。

“这是怎么回事？”朱尔斯问。

阿尔西诺伊做了个鬼脸。她们坐在圣石的下面，周围是浸满女王储血液的破布。阿尔西诺伊的袖子挽到胳膊肘，胳膊上的绷带清晰可见。

“这就是你们在做的事？”朱尔斯冲着她妈妈几乎是用吼的，“趁我不在的时候，你就带着她来这里，在她身上划口子？你教她低等魔法？”

“朱尔斯……”说着，阿尔西诺伊站了起来。她伸出一只胳膊，好像是为了守护马德里加尔，可这只令朱尔斯更加愤怒。卡姆登开始咆哮。

“我在帮她。”马德里加尔说。

“帮她？”朱尔斯朝阿尔西诺伊伸出手，一把把她拽过来，力气大得差点儿让阿尔西诺伊从刚刚坐着的圆木上跌下去。“你不能这么做，这太危险了。”

马德里加尔摇了摇头：“你不明白。你根本什么都不懂。”

“我知道这么做要付出代价。”朱尔斯说，“我知道低等魔法是给傻子、绝望的人和弱者准备的。”

“那就是给我准备的。”阿尔西诺伊将袖子放下来，盖住绷带和她手掌上的神秘图案。

“阿尔西诺伊，这不是真的。”

“这是真的，而且我会用。这是我唯一会的。”

“可你根本不知道要付出什么代价。”

“没事的，朱尔斯。马德里加尔在大陆的时候用过，她也没事。”

“那些说会有反噬的只不过是为了将就神殿的迷信。”马德里加尔熄灭篝火，附和道。

马德里加尔和阿尔西诺伊一言不发走下山，希望能够尽快带着朱尔斯离开她们的圣地。朱尔斯跟在后面，依然很生气。

在阿尔西诺伊的记忆中，她和朱尔斯从来没有为了比一块蛋糕大小更严重的问题吵过架。她垂头丧气。

“她需要时间。”马德里加尔轻轻说，“但是到最后，她会想通的。”

西海岸

比起乘坐四轮马车或是二轮马车，自己在路旁沟渠行走的感觉要好一点。至少这里空气流通，她可以看见一块清澈的天空。米拉贝拉抬头看着逐渐消退的阳光。她逃出罗兰斯城以后已经走了整整两天，其间她也分了几回靠在这种宽阔的树干或类似的东西上打几小时不舒服的盹。通往南方的郊野没有草原和陡峭的峭壁，这里是一片茂密的森林和连绵不断的山丘。这么多的树，即便现在是冬天，树上没有树叶，也能将她的头顶完全遮住。她不明白为什么自然系的人会如此深爱这片森林。

她提起裙摆在大部分已经融化的泥泞的沟渠里跋涉，尽量不把裙摆弄脏，不过伊丽莎白借给她的女祭司的斗篷下摆已经全是黑色的水渍和泥巴。这一路走来并不容易。她的腿很痛，胃里空空。昨天，她吃了一条闪电电晕的鳟鱼，没有了女祭司和猎犬的帮忙，她根本就不擅长打猎。

她想念布里和伊丽莎白，想念卢卡和莎拉，甚至还想念迈尔斯大叔和爱生气的小尼克。但是她可以克服。她不能在一个地方停留太久，不能太频繁地进城。虽然她很快就必须要去买几件新衣服以及蔬菜和肉，以免自己的牙齿脱落。

米拉贝拉飞快地顺着沟渠行走，这时有什么东西走上了大路。不管来的是什么，听动静都不小。或许是几辆马车。难道是罗兰斯城派出来的搜寻队?

她必须要再往森林深处走一点，这样他们看不见她，而她也看不见他们。一想到可怜的卢卡扒着窗户的画面，她就觉得心碎。

她走进森林深处，停下来侧耳细听。只有一辆马车经过。或许是一辆摇摇晃晃去因德里得山的货车；车上可能装着羊毛或是牛奶和奶酪。不久以前，她闻到了羊圈的气味，揣测自己刚刚闯过警告牌，穿过了大片农场。

但是她不能肯定自己目前的位置。米拉贝拉很小的时候就开始研究地图，这座岛在纸上看起来很小，但是自从今早看见过一个标志着北坎伯兰的指示牌之后，她还没有见到第二个。现在，太阳就要落山，她起码也应该走到特里格诺了。甚至可能走到了林伍德。再走几天，她应该就能赶到因德里得山的近郊了。

你去了正好让她们抓住你，傻丫头。卢卡的声音在她脑中响起。

米拉贝拉拨开挡住眼睛的黑头发。在东边的某处，雷声滚滚。她现在累成这样，甚至不知道这雷是不是她自己召唤出来的，但是她还是做了这样的假设，转身面向路的远方，循着暴风的气味而去。

悬崖和宽阔的天空呼唤着米拉贝拉，她加快了脚步。树顶上，厚厚的乌云翻滚，她再也分辨不出此时究竟是白天几点，还是说已经入夜了。

她走出森林。有那么一刻，她害怕自己有可能是绕了一个大圈。此刻她脚下的悬崖，和家里黑水旁边的悬崖很像。但是这里不是黑水。一道闪电照出这悬崖表面是淡金和白色相间，比她挚爱的黑色玄武岩要柔和多了。

“再猛一点。”她对风说。风在她身边加速、聚拢。风将被毁的披风从她肩头吹落。

米拉贝拉走到悬崖边，看着下面的大海。闪电照得海面一片青蓝。一定有下去的路。她想要跋涉过大海，走到及腰深的地方。

她找到的唯一一条路很陡，两边是湿滑的岩石。这样做很冒险，但她很享受，在风雨之中很快乐。明天，住在这里的人将称其为香农暴风，是以罗兰斯城神殿里最大的那幅装饰壁画上的女王的名字命名的。人们会在早餐桌上谈论它。它可以摧毁所有屋顶，将森林吹得一棵树不剩，成为一片空地。人们会唱起香农的颂歌，讲述她是如何召唤飓风，将它们像信鸽一样放飞。

或许，这些只是荒诞的传说。某一天，他们会用米拉贝拉的火焰来称呼一场大火，说她可以烧焦太阳。或许，如果她没有逃跑消失的话，他们会这样做。

米拉贝拉眺望大海，摘下斗篷的兜帽，这样雨可以顺着她的头发滑落。就在这时，一道闪电亮起，她看见一条船被浪打翻。

“不。”

那条船太小，而浪又太猛。或许是暴风趁小船滑脱时将它掀翻。乘坐这样小的一条船，没人可以“幸运”到不被怪物似的汪洋大海吞没。

那条船自己翻了个个儿，又站了起来。船帆被劲风吹动，被海水打湿。小船没有被上天放弃，也没有失控被拖进大海。唯一的一名水手绝望地紧紧攀住主桅杆。

米拉贝拉将周围都看了一遍，海滩上一个人没有，四周没有城镇，连友好的火光也没有。她朝大路尖叫着喊救命，但是大路太远了。

船又要翻过去，而且这次可能再也直不起来。它会往海底深处沉下去，被抛进永不停息的暗流，直到什么都不剩。

米拉贝拉翻起手掌。她不能站在这里什么都不做，看着那名水手淹死。就算她很累，而水永远都是她最难掌控的一种元素。

“用风。”她喃喃自语，但是她除了用风搬动过自己和其他几个小东西，比如卢卡的围巾和莎拉的帽子以外，从来没有吹动过其他东西。

米拉贝拉仔细研究着海水。她可以试着将船推远，远到直接漂回远海，那样它或许能够逃开这场风暴。

又或者她可以试着把船拉近。

这两种选择都很冒险。她可能会把船甩到峭壁上撞得粉碎，也可能失去对海水的控制，直接将船淹没。而这船可能会被一个看不见、藏在海底表面只露出一个尖头的礁石刺穿。

她握紧双拳。没时间了。米拉贝拉将自己的天赋集中在那船周围的海水上，控制着水，改变水流的朝向，将小船慢慢往岸边移动。她召唤来的风太多，船往前蹿着像一匹受惊的马。

“女神啊，”米拉贝拉紧咬着牙，“请引领我的手。”

船的前后都已经微微变形。吊杆摇摇晃晃像狗尾巴，而水手正伸手想去抓住。他的手滑了，吊杆重重地击中他后背。他往旁边一歪，掉进大海。

“不！”米拉贝拉喊道。

她用自己的天赋将海水直接从海底往两旁分开。她从没做过这样的事。在她的命令下，一层一层的海洋中的暗流，以及那冰冷搅动的沙子都动了起来。这并不容易，但海水还是服从了。

男孩露出海面，被米拉贝拉制造出的洋流轻轻拥抱、摇晃。他比船小太多，很容易控制。

他被冲上海岸，身子重重地拍在潮湿的沙滩上。她不知道该怎样才能做得轻柔一点，或许他的骨头已经被拍断了。

米拉贝拉踉踉跄跄顺着陡峭的小路跑下去。她一路上连滚带爬，手掌被锋利的石块划得血淋淋。她跑过海滩，来到男孩跟前，划破的手掌按住他的胸口。

水从他口中喷出来。他躺在海浪边上，脸色那样苍白，就像是一种奇特的海洋生物，被巨浪滔天的大海从肚子里吐了出来。

“呼吸！”米拉贝拉大喊，但是她没办法将风灌进他肺里。她不是治愈者，不知道该怎么做。

他咳嗽起来，开始颤抖，抖得非常猛烈，不过这总比死了要好。

“我在哪儿？”他问。

“不知道。”她说，“我猜，大概是特里格诺附近吧。”

她脱掉斗篷，盖在他身上。这还不够。她必须要让他暖和起来，但是就目所能及之处，她看不到能给他盖的东西。

“这里，”她看见他又要昏过去，猛地摇晃他的肩膀，“这里根本不是上岸的最佳地点！”

男孩笑了出来，她很惊讶。这个男孩跟自己差不多大，一头秀发又黑又密。他的眼睛看着她时，就像那暴风一样。或许他根本就不是什么男孩，而是某种自然元素，由汹涌的浪涛和无尽的天雷制成。

“你能走吗？”她问，但是他又重新滑脱下去，颤抖得那样厉害，牙齿都咬的咯咯响。她搬不动他，也没办法扶着他顺着小路走上去，或是走过夹在他们和下一个镇子之间长长的海岸线。

大路两边的峭壁直通地面时是逐渐倾斜的，所以上方的空间比底部的空间要窄许多。但那并不是山洞，也没有什么遮挡，不过那是他们唯一的选择。

米拉贝拉双臂伸到他身子底下，把他拉起来背在肩上，拖着他，浑身是水，深一脚浅一脚地走。沙子灌进她的鞋里。她的两条已经累得不行的腿火辣辣地表示抗议，但她还是勉强走到了峭壁的覆盖之下。

“我必须找点木头来生火。”她说。他侧身躺着，瑟瑟发抖。就算她令他暖和起来，他也不一定活得过今夜。他喝下去的海水可能太多了。

海滩上散落着几块黑乎乎、湿漉漉的漂流木，还有峭壁上的树上掉下来的干枯树枝。米拉贝拉捡了几块，放在有峭壁遮挡的地方，乱七八糟地堆成一个小柴火堆，中间还夹杂着海草、残缺的贝壳和石子儿。

她也浑身发抖。她的天赋快要耗光了。

她召唤火焰在木柴堆上燃起，但是一丝火苗也没有。

米拉贝拉跪在地上，搓了搓手。除了闪电，她最喜欢的元素就是火。为了生火，可以忽略她看起来很像是一只讨人欢心的宠物正摇着尾巴朝主人跑过去。

男孩的唇已经变成了青紫色。

“求求你。”说着，她用尽全力催动自己的天赋。

一开始，什么都没有。随后慢慢地，木柴堆上袅袅升起一丝青烟。很快，火焰温暖了他们的脸颊，开始烘干他们的衣服。当香农暴风的雨滴落在火上，篝火吱吱响，火星四溅。然而，除此以外她也没什么可做的了。她太累了，没有办法指挥乌云退散，只能等风暴过去的时候自动平息。

她身边，那个男孩渐渐不再发抖。她脱下他的外套、衬衣，将它们平摊在沙滩上，在不被烧着的距离内尽可能靠近火堆。她也将伊丽莎白的衣服平摊在那里。如果她能把衣服烘干，可以让他暖和不少。

男孩呻吟着。如果卢卡在就好了，她一定知道该怎么做。

“好冷。”男孩呢喃着。

米拉贝拉没有把他从峭壁旁边拖过来，也没有走过沙滩看着他慢慢死去。她知道，现在只有一个办法。

她解开自己的裙子，从里面迈出来。她躺在男孩旁边，双臂紧紧搂住他，用自己的体温温暖他。等到自己的斗篷干了以后，她就可以拿过来包裹住两个人。

米拉贝拉猛地惊醒。她用伊丽莎白烘干的斗篷将两个人裹住以后，盯着篝火开始打盹。她梦见了阿尔西诺伊和凯瑟琳，最后梦见那些漂流木变成了她们的指骨，而打着结、热气腾腾的海草变成了她们的头发。她们烧起来，试图像螃蟹一样爬出海滩的时候身体破碎，变成一块块木炭。

男孩躺在她怀里。他的额头渗出大滴大滴的汗珠，手脚胡乱挣扎，但她还是紧紧搂住他。他必须要保持住温度。等到天亮，他还需要喝点淡水。如果她能顺着峭壁上的小路回到林子里，或许能够找到一些。即便是下了雨，森林里还是可以在一些树枝或是树干上找到没融的冰雪。

米拉贝拉调整了一下姿势，男孩的手臂滑落到她腰间。他微微睁开眼睛。

“船。”他说。

“已经葬身海底了。”而且很可能，被香农暴风凶猛的海浪拍的四分五裂。

“我家，”他喃喃地说，“只好再赔个新的。”

“现在先不要担心这个。”米拉贝拉说，“你感觉怎么样？有没有哪里受伤？”

“没有。”他闭上眼睛，“我很冷，特别冷。”

他的手试探性地滑过她的后背，伸进斗篷底下，米拉贝拉的脉搏加快了速度。就算是奄奄一息，他也是自己见过的最帅的男孩。

“我死了吗？”他问，“我死了吗？”

他的腿在她双腿之间挪动。

“你没有。”她说，声音几不可闻，“但我必须要让你暖和起来。”

“好，让我暖和起来。”

他将她的嘴唇贴到自己唇上。他的味道有点咸。他的双手缓缓地在她皮肤上游走。

“你不是真实的。”他贴着她的嘴唇说。

不管这个男孩的吻技是谁教的，那个人都教得很好。他将她拉起来趴在自己身上，吻着她的脖子。他反复地对她说，她不是真实的。

但是或许，他才是不真实的那一个。这个男孩的眼睛就像那场风暴。

米拉贝拉双腿盘住他。当他这次呻吟起来，已经不是因为冷。

“我救了你，”她说，“就不会让你死掉。”

她饥渴地吻他，她的抚摩唤醒了他，将他从黑暗的边缘拉了回来。他感觉自己好像属于她的怀抱。她不会让自己死去，她会让两个人都暖和起来。

她还会在两个人身上点燃一把火。

贪狼泉

约瑟夫的妈妈做了个梦，她梦见自己的儿子被海浪卷走了。她说，这不仅仅是一个噩梦，朱尔斯相信她。约瑟夫还小的时候，就显露过一点预言能力。这样的天赋一定有其来处。而其他人也开始疑心他出事，因为从特里格诺飞来的鸟儿，传信说他还没有到。

卢克往朱尔斯手里塞了一杯茶。他带着茶壶来到码头，胳膊底下夹着一摞茶杯。

“不好意思。”卢克道歉。因为滚茶从杯子里溅出来，烫到了她的指关节。“我还要再说一声对不起，因为我没有多余的手把奶油一起拿来。不过有这个。”他伸手从外衣口袋里摸出一把方糖。

“谢谢你，卢克。”朱尔斯说。大公鸡汉克站在他肩膀上咯咯叫着，卢克在担心和围观的人群中穿梭，给他们一一倒茶。

朱尔斯特别担心，根本无心喝茶。那些鸟儿带来的信里说，海边突然升起风暴，巨大的风暴从宽阔的海面侵袭上岛，从林伍德到迈纳湾之间的地面无一幸免，全都被毁了。

比利走到她身边，手坚定地搭上她的肩头。

“约瑟夫是一个很强的水手，朱尔斯。”比利说，“他更可能是将船驶进了某个避风港，等到风平浪静之后再出来。我们很快就会有他的消息了，我可以肯定。”

朱尔斯点点头，阿尔西诺伊靠着她另外一边的肩头。卡姆登靠着她的腿。除了这些安慰的话，还有许多船驶出席尔黑德湾，出海搜寻，包括马修的口哨号，而巴克斯特女士说，她可以带着自己的灵宠艾德娜潜到深水去看看。

朱尔斯看着海湾。从她站在码头上的这个位置看去，大海看起来浩瀚且卑劣。这是朱尔斯人生中第一次觉得大海这么丑。它冷漠、眼睛都不眨，除了贪婪的海浪和白骨遍野的海底，什么都没有。

她之前只有一次很讨厌大海：就是他们试图逃走的那晚，大海拒绝放开自己对阿尔西诺伊的禁锢。海面在大雾中晃动，密密的如同一张网，当时她那样讨厌它，于是往海里啐了口唾沫。

可那时她还只是个孩子。女神当然不会抓着一个对自己吐口水的孩子不放，她隐忍了这么多年，才将报复还给朱尔斯。

“我不知道我们为什么要这么声势浩大的去找一个浑身大陆味道的暴发户。”有一个人小声说。

朱尔斯转身看着那一小群人。“你说什么？”她问。她用力一攥拳，手里的茶杯碎了。

“别冲动，朱尔斯。”阿尔西诺伊拖住她的胳膊，“我们会找到他的。”

“我不想听见有人再说约瑟夫的坏话。”朱尔斯低吼道，“除非等他回来，你有胆子当着他的面再说一次。”

“行了行了，朱尔斯。”阿尔西诺伊说，而那群人看见朱尔斯的拳头，也纷纷后退，“我们会找到他的。”

“怎么找？”朱尔斯问。但她还是任由阿尔西诺伊领着自己离开码头。“阿尔西诺伊，我从来没有这么害怕过。”

“不要怕。”女王储说，“我有个办法。”

“为什么我有种不好的预感？”比利喃喃地说着，跟着她们离开了码头。

不到一小时，阿尔西诺伊、朱尔斯和比利骑着里德·安德森家养的三匹马，离开了贪狼泉。阿尔西诺伊和比利骑的马都是大长腿，骨架纤巧。而朱尔斯骑的马更肥、更壮，这样才能偶尔负担得了一只山猫的分量。

约瑟夫换下来的一件衣服被塞在阿尔西诺伊马鞍上的袋子里，袋子里还放了一把锋利的银匕首。

西海岸

米拉贝拉醒来时，伊丽莎白的斗篷下面只有她自己。暴风已经过去，篝火业已熄灭，然而她身上的温度依然温暖得足以令她回想起那个男孩的拥抱。他是她的第一个男人。如果布里知道了该有多兴奋……前提是米拉贝拉能够回罗兰斯城告诉她的话。

她戳戳自己的脑袋。现在还很早，大海还没有泛起点点波光，但是青色朦胧的天光已经洒满海面。男孩背对她坐着，重新穿好了上衣和裤子，双手抱着头。

米拉贝拉用一边胳膊肘撑着身子。她的裙子被自己的身子压住了，她考虑尽量不声不响地把它重新穿上。

“你还好吗？”她小声问。

他微微转过头。

“是的。”说着，他闭上眼睛，“谢谢你。”

米拉贝拉红了脸。他和昨天在篝火旁一样英俊。她很想他可以回来和自己一起躺着。现在的他似乎很遥远。

“发生了，”他依然半转着头，“发生了什么事？”

“你不记得了？”

“我记得暴风，记得你和我。”说完，他停顿了一下，“我只是不明白我怎么……我怎么可以做这种事。”

米拉贝拉坐起来，拽过斗篷围住自己。“你后悔了？”她慌了神，“你不喜欢吗?”

“我喜欢。”他说，“过程很美妙。这一切……这一切都不是你的错。”

她叹了口气，放下心来，然后走过去用斗篷将两个人紧紧裹住。她亲吻他的肩膀，然后是他的脖颈。“那就回到我身边来。”她呢喃着说，“天还没亮。”

当她的唇碰到他的太阳穴时，他闭上了眼睛。有一刻，她以为他或许会将自己彻底推开，然而他却回过身，双手搂住了她。他热烈地吻住她，将她按倒在沙滩上，旁边是燃尽的木炭。

“我不知道自己在做什么。”他也呢喃着说。

“你似乎非常清楚自己在做什么。”米拉贝拉笑了，“而且你可能会再做一次。”

“我是很想。虽然这一切很扯，但我就是想。”

他撑起身子，深深地看进她的眼底。

她看着他的表情从难以置信变成绝望。

“不。”他说，“哦，不。”

“怎么了？”她问，“有什么问题吗？”

“你是女王储。”他沙哑着嗓子说，“你是米拉贝拉。”他转过身。

昨天晚上，他没有认出她来。米拉贝拉心里有一点忐忑，害怕他会将自己送回罗兰斯城。但是她更多的感觉是无所谓。

“不。”他又重复了一遍。她哈哈大笑起来：“没关系的。和女王储一起睡觉不是什么错。你不会受到惩罚，也不会死。”

“你在这里做什么？”他问，“你为什么不待在罗兰斯城？为什么要穿这件白斗篷？”

她审慎地打量着他。他后悔的原因并不是因为她女王储的身份。

“你叫什么？”她问。

他并非爱伦家族的一员；他没有爱伦家族的肤色。他的衣着是那种手艺人会穿的，破破烂烂，经过无数次缝缝补补。他一定是驾船从很远的地方而来。他的口音和她听过的都不一样。

“我叫约瑟夫·桑德兰。”

米拉贝拉的血一下子凉了。她知道这个名字。他是那个很爱阿尔西诺伊的男孩，那个为了帮她逃跑而被流放的人。

她从地上捡起裙子，躲在伊丽莎白的斗篷下面飞快穿好。她和自己妹妹的情人睡了觉。她的胃痛起来。

“你是把我当成她了吗？”她系完裙子上最后一根带子之后，问道，“你是以为我是阿尔西诺伊吗？”

虽然因为风暴和寒冷他的脑子还比较迟钝，这句话起码能让他清醒过来。

“什么？”约瑟夫说，“不！”

说完，他讶异地哈哈大笑起来。

“如果我像对你那样对她——”他停下来，表情再一次变得严肃，“她一定会揍我。”

揍他。没错。阿尔西诺伊小时候就喜欢动手，尤其是如果她真的特别在乎你的话。

约瑟夫盯着海浪出神。大海此时已经平静下来：波光粼粼、平静无波，经过昨晚的愤怒和恶作剧之后，它扮起了无辜。

“为什么会发生这种事？”他问，“在我等了她那么久之后？”

“等谁？”

“那个我此生挚爱的女孩。”他没有告诉米拉贝拉女孩的名字。好吧，就让他保留这个秘密吧。

“其实不用告诉她。”米拉贝拉说，“你完好无损，还活着。你可以回家。”

约瑟夫摇摇头。“我自己知道，”他看着她，摸着她的脸颊，“伤害已经造成了。”

“别这么说。‘伤害’这个词，好像发生的事情很可怕一样。我们当时都不知道！”

约瑟夫没有看她。他悲哀地看着大海：“米拉贝拉，你还不如让我昨天晚上淹死。”

他们不能永远待在海边。他们在退潮过后的海滩挖牡蛎和蛤蚌，然后新生了一堆篝火，将又被打湿的衣服铺在那里烘干，两个人都磨磨蹭蹭。他们的时间不多了。

“你要去哪儿？”米拉贝拉问。

“内陆，然后去大路上。我本来是打算坐马车回贪狼泉的。我想现在也还是可以。”

约瑟夫看着身边的女王储。她和阿尔西诺伊完全不一样，也和他自己想象中的一点都不一样。他曾经听说米拉贝拉活得好像她已经被加冕了一样，如果她从街上走过，你必须要跪倒在路边。他还听说她被关在遥远的韦斯特伍德公馆或是被小心地藏在神殿里。在他心里，她已经成为了一种节庆日的装饰品，只有在庆典的时候才拿出来，仅可远观。

这里的米拉贝拉不是那样的。她狂野又勇敢。她的黑发没有编成辫子，也没有用卡子卡住。他想着不知道这样的女王储，是不是罗兰斯城的人日日见到的。是不是所有的传闻都是假的。又或者这里的米拉贝拉只限于暴风过后的海滩上。如果是这样，那么她就是自己的，而且是自己专属的。

他们踢着沙滩上依然未灭的火星，米拉贝拉领着约瑟夫顺着小路往峭壁顶走去。

“这条路上来比下去容易。”说着，她给他看自己掌心的伤口。

他们来到山顶，一起走进森林，朝大路走去。

“你可能要走到下一个镇子才能找到马车。”米拉贝拉说，“我来的时候顺着这条路走了起码一天，没听见有几辆马车经过。”

约瑟夫停下来：“你到这里来做什么？为什么不待在罗兰斯城，被你将来的臣子围着？”

他说话的语气听起来很像是嘲讽。不过，这并不是他要表达的意思。他拉起她的手：“你自己一个人在外面很不安全。”

“你说的和我好朋友布里一样。”她说，“我会没事的。”

“我突然想起来，你往南边走，应该是因为凯瑟琳和阿尔西诺伊都在南边吧。但是你不能这么做。在五朔节结束之前，女王储之间不能互相有动作，除非规则变了。那么，规则是变了吗？我离开了很长时间。”

“没有变。”米拉贝拉说，“我有时候会偷偷溜出来，自己一个人静静。你应该庆幸我出来了！”

“这倒是真的。”说完，约瑟夫笑了，“我猜我欠你一个人情。”

“我也这么想。”

他们差不多快走到大路边了，但是谁都不想分开。他们走得很慢，几乎是一步一步蹭着走。当约瑟夫提议他可以陪她往南走一段的时候，米拉贝拉吻了他的脸。

这一吻便一发不可收拾。他们彼此拥有的太少太少，必须趁还有机会的时候多摄取一些。等到日头西沉，他们两个也没有走出多远，但至少，在森林里更容易找到生火用的木柴。

贪狼泉来路

朱尔斯用自己的天赋催马跑得更快，这几匹马此生从未跑得这样快过。即便如此，马儿和马背上的人也不得不在海格特过了一夜，等到接近因德里得山近郊时，阿尔西诺伊用比利父亲的钱哄骗村民给他们换了新坐骑，将他们从贪狼泉借的那几匹马放了回去。

朱尔斯一个一个拍了拍之前坐骑的头，亲吻他们的脸颊。这些马很优秀，高速跑了这么远，一定浑身酸痛。

“好了。”阿尔西诺伊说，“我们走吧。”

“再等一下。”说着，比利伸了个懒腰。他是个养尊处优的城里孩子，很不习惯骑马赶路、在马鞍上打盹。“我还没来得及把马镫安上呢。”

“你没有马镫也可以骑。”

“可是没有我用马镫骑得好。”

他伸手去拿皮具，女孩们让步了，也花了一点功夫把自己的马镫系好。他们再三检查了皮带是否系牢，朱尔斯给卡姆登喂了一条烟熏过的鱼干。

阿尔西诺伊更愿意赶路。无论何时，只要他们停下来，朱尔斯就显得很糟糕。但是他们已经快要到了。快要赶到约瑟夫驾船绕过合恩角的地方，赶到风暴可能迎上他的地方。

“我们现在起从森林走。”阿尔西诺伊说。

“为什么？”比利问。

“你会知道的。”

她翻身上马，掉转马头面朝沃洛伊堡的双生高塔。因德里得山是她妹妹的城市，目前为止，也因此，如果没有邀请的话阿尔西诺伊是被禁止入城的。但是等到五朔节之后，这一切便会改变，如果她胜出，那两座双生高塔就是她的，但即便是这样，她看着它们还是会觉得头晕。

他们快速跑过迷宫般的鹅卵石大路，渐渐跑到大路转成荒无人烟的地方，然后是土路，最终他们跨过最后一条沟渠消失在森林里。进入森林之后，他们放慢了速度，因德里得山的马并不喜欢这里——这些漂亮、像墨玉一样的小东西——但朱尔斯还是设法命令它们继续前进。卡姆登累了，整个身子趴在朱尔斯马鞍的前面，像一个庞然大物，呼噜呼噜地叫着，紧紧攀住马脖子。这是对朱尔斯天赋能力的一个测试，看她能不能让这匹马不被吓死。

“我们应该一直走大路。”比利说。没有人理他，于是他也不再说话。自从他们离开贪狼泉，没有人提过那件大家全都心知肚明的事：如果约瑟夫掉进冰冷的海水，肯定不会生还。他在几分钟之内就会死掉，即使搜救的人再多也没法儿把他带回来。他们很快就会知道。只要阿尔西诺伊的符咒领着他们到了海边，就知道确切答案了。

他们来到一块大得足以容纳下所有人、再生起一堆篝火的空地之后，阿尔西诺伊勒住马。

“好，”她说，“我们去拾柴禾吧。”

“拾柴禾？我们不是刚骑上这些马没多久吗？”比利说。

阿尔西诺伊将落在地上的树枝拢到一起。篝火不需要燃烧很久。朱尔斯拿出匕首开始剥橡树皮，然后将那一小堆削下来的白色和原木色相间的卷曲树皮屑撒在柴火堆上。

她跪在篝火旁，看着阿尔西诺伊点燃火柴。“你需要我的头发吗？”朱尔斯问。

阿尔西诺伊看着她，很吃惊。不过呢，她当然会知道。朱尔斯总比其他人更能读懂她的心意。

阿尔西诺伊伸手从皮袋子里掏出一把小巧的银匕首。她将匕首从刀鞘里抽出来。这把匕首微微有点弯，锋利且冷峻，长度比他们平时用的匕首的一半略长一些。她又拿出带来的约瑟夫的旧衣服，将匕首戳在衣服上。

“怎么回事？”比利问，“你在干吗？”

阿尔西诺伊在火堆上加了一些干草和小树枝。方圆好几英里开外都没人。他们来时没有经过任何围栏，也没听见有犬吠。

此时无风，还略有一点回暖，除了燃烧的木柴噼噼啪啪地迸响，有一种诡异的静寂。

朱尔斯挽起袖子。

“我还以为你会命令花开，强迫那只山猫在脑袋上顶着一本书呢。”比利低声说。

“朱尔斯不会强迫卡姆登做任何事。”阿尔西诺伊拿起匕首，用刀尖在那衣服里挑来挑去。“而且她的确可以让花开放。不过我不行。我只会这个。”

“低等魔法。”朱尔斯解释道。

“就是没有天赋的人使用的魔法。”阿尔西诺伊抓起约瑟夫的衣服，用牙咬着，从衣服下摆扯下一块布条。

“为什么我没有听说过？”比利问，“为什么我感觉你们好像把它当成一个秘密？”

“因为它就是。”阿尔西诺伊说。

“因为它是个假象。”朱尔斯说，“因为它会反噬。”

“那为什么你现在要用？”比利又问。

阿尔西诺伊前后晃着匕首：“你到底想不想找到约瑟夫？”

朱尔斯恐惧地看着阿尔西诺伊拿在手里晃来晃去的匕首。她从来不会傻到去相信低等魔法，甚至在她小时候都不会，当时整座岛上的人都对低等魔法越来越好奇。低等魔法不是可以随便玩玩的东西。它不像天赋那样，是属于一个人的，是某种被恩准释放出来的魔法。神殿的女祭司有时候会称它为在旁等待的祈祷者：或许会得到回应，又或者不会，但总是要付出代价的。

“好吧。”说着，朱尔斯伸出手。

“慢着！”比利在阿尔西诺伊划出一道口子之前喊道，“约瑟夫不会希望你们这样做。他绝对不会同意的！”

“我知道。可是如果失踪的人是我，他一定会为我这样做。”

“闭上眼睛，”阿尔西诺伊说，“在心里想着约瑟夫，除了约瑟夫，其他的都不要想。”

朱尔斯点点头。阿尔西诺伊深吸一口气，划破朱尔斯厚实的掌心，就是她大拇指下方那块隆起的肉。细细的鲜血从伤口里滴出来，蜿蜒着滴到地上。阿尔西诺伊小心翼翼地划着，刻出马德里加尔曾经演示给她的那种精致的网状图形。

她举起朱尔斯的手，悬在约瑟夫的衣服上方：“挤。”

朱尔斯攥紧手指，血滴在衣服的布料上。等滴够数量之后，阿尔西诺伊将这一团血淋淋的东西扔进篝火里，飞快地用她撕下来的布条包扎朱尔斯的伤口。

“吸一口烟。”

“你取的血是不是太多了？”朱尔斯问，“我有点不舒服。我的眼睛……”

“别害怕，用心想约瑟夫。”

被烧的血液让烟闻起来很刺鼻。阿尔西诺伊和比利看着朱尔斯将烟吸进去，全都展现出一种病态的着迷，烟中的符咒从她口中喷出。它将朱尔斯变成了一个空洞的容器，只为盛放这烟不知是什么的欲望。如果阿尔西诺伊做得没错，那烟渴望的对象就是约瑟夫。

“她没事吧？”比利问。

“会没事的。”阿尔西诺伊说，不过说真的，她也不知道。现在这不重要了。后悔已经来不及了。

阿尔西诺伊和比利牵着马，沿着朱尔斯深一脚浅一脚缓缓走过森林留下的痕迹走。这并不容易。没有了朱尔斯的天赋安抚，这些马变得紧张难以驾驭。它们很怕朱尔斯此时的样子：皮囊里只困着魔法，没有灵魂。

“你对她做了什么？”比利小声问。

“我什么都没做。”阿尔西诺伊回答，“她在找约瑟夫。”

是“它”在找约瑟夫，不是朱尔斯。不过，等找到人以后，“它”就会离开朱尔斯，她希望是这样。

卡姆登撞上阿尔西诺伊的腿，紧张地咕噜咕噜叫。魔咒似乎令这只山猫微微有点难受。她不想待在那个是朱尔斯又不是朱尔斯的魔咒附近，反而更愿意靠近阿尔西诺伊和那三匹马。

比利看了看山猫，又看了看阿尔西诺伊。

“你会这个……多久了？”他猛地回过头问。

“怎么了？”

“因为我不认为你很懂这个应该怎么做。”他说。

他失望地撇了撇嘴。阿尔西诺伊捶了他胳膊一拳。

“但是起作用了，不是吗？再说，我不认为你是评价这件事的最佳人选。”

朱尔斯跟她说过，约瑟夫认为比利已经有一半爱上了她。但他并没有。阿尔西诺伊完全看穿了他，看透了他心底藏着的他父亲那更加黑暗的企图。他要娶的女王储，一定是最后加冕的那位。但是能和他做朋友，的确很令人愉快。尽管这并不代表她不明白他的目的。

前面，朱尔斯呻吟起来。随后她半吼着，朝海边跑去，朝大海跑去。阿尔西诺伊紧张地看着比利，他按了按她肩头。

过了一会儿，朱尔斯改变了方向，朝前方直冲过去。

阿尔西诺伊将自己坐骑的缰绳塞进比利手里。

“拿好了。”她飞快地说，“卡姆，跟我来！”

山猫不需要任何催促。她似乎感应到朱尔斯正在变回她自己。她的耳朵转向前方，跟着阿尔西诺伊一起追着朱尔斯的同时，叫起来。

约瑟夫和米拉贝拉手拉着手漫步。就算他们在篝火旁耗过一个漫长的上午之后，此时也一定走到了首府附近。无论他们走得多慢，不久都注定要分离。两个人谁都不能再将这一刻往后拖延。

约瑟夫会回到贪狼泉。回到他的女孩身边，回到他属于的地方，而这个奇怪的小插曲将会结束。

但是，不会被遗忘。

“伤心什么的太蠢了。”前一晚，两个人并排躺在一起时，米拉贝拉说，“事情原本就该如此。就算你自由了，我也不能拥有你。”

米拉贝拉听见森林里的动静，止住脚步，约瑟夫快走几步保护性地将她挡在身后。或许是罗兰斯城派出来的人。她几乎很希望这是真的。然后她们会将她拖走，她就不必自己硬生生从他身边走开。

一个女孩的大喊穿过森林。约瑟夫的手从米拉贝拉手中滑脱。

“朱尔斯？”他喊道，“朱尔斯！”

他回头看着米拉贝拉，或许有些后悔。但他还是向森林深处跑去。

米拉贝拉保持着安全距离，跟在后面。这个距离刚好可以看见那个从枝叶间冲出来的女孩，像野兽一样跑过低矮的灌木。

“约瑟夫！”

那个女孩整个人扑进他怀里，动作一点都不优美，而约瑟夫也张开双臂搂住她。她抽泣起来，相较她娇小的身子来说，她的抽泣声过大了。

“你妈妈做了个梦。”她说，“我害怕极了！”

“我很好，朱尔斯。”他吻着她的头顶。她跳起来，将唇覆上他的。

米拉贝拉的心像悬在了胸腔外。她缩在森林后面，看着约瑟夫亲吻那个他用了一生去爱的女孩。

有什么东西摇晃着灌木丛，一只金色的大猫跳出来，扑在两个人身上。

米拉贝拉看着他们两个抱着山猫，又拍又摸。这么说，他们是自然系的。这么强大的灵兽一定是属于女王储的，阿尔西诺伊肯定在附近。阿尔西诺伊，她的妹妹。

随后，米拉贝拉看见了她。阿尔西诺伊跑过来，露出米拉贝拉熟识的微笑，短发在她的肩头飞扬。

米拉贝拉很想大叫。她想张开双臂拥抱阿尔西诺伊。但是她太害怕了，根本动不了。她上次见到阿尔西诺伊还是特别久远以前，而她妹妹也是。她顽皮的脸上甚至还蹭着土。

在灌木丛后，又走出来一个男孩，他手里还牵着三匹马。可能是个随从。

“我们还以为你死了。”阿尔西诺伊说。

“看出来了。你们甚至都没费心再多带一匹马。”

所有人都哈哈大笑，只除了那个女孩，朱尔斯。

“这不好笑……反正。”她说。

他们没有看见米拉贝拉。米拉贝拉看着他们彼此拥抱，听着他们爽朗的笑声。但是无论她多少次张开嘴巴，就是提不起勇气出声。反而，她躲在一棵树后面，默默地痛苦着。过不了多久，他们就会走了。

阿尔西诺伊看着拥抱在一起的朱尔斯和约瑟夫，长出一口气。朱尔斯又变成了她自己。她看见约瑟夫的那一刻，魔咒离开了她。

“你受伤了吗？”比利在后面喊道。那些马还是很紧张，他必须用尽全力，才能把它们牢牢牵在手里。

“没有。”约瑟夫说，“但是船没了。我被卷进风暴，船沉了，我实在没法儿驾着船上岸。”

“我觉得我教你的航行技巧没这么差啊。”说完，比利哈哈大笑。

“你根本没教过他什么航行技巧。”阿尔西诺伊回头说，“他自从会走路以后，就待在船上了。”

“朱尔斯，”约瑟夫低头看着朱尔斯缠着被血浸透布条的手，“这是怎么回事？”

“等一会儿。”阿尔西诺伊打断他，“你没被淹死还不够吗？我们应该先带你离开这片森林，去弄一盘子热乎乎的吃的。”

“你说得对。”约瑟夫说。他伸手去搅朱尔斯，在这样做的时候，回头瞥了一眼，看着森林深处。阿尔西诺伊顺着看过去，发现一道黑裙角。他们走出去的时候，她悄悄地扔掉自己的匕首。这样，过一会儿假装发现匕首丢了，然后自己一人再返回来，就很容易了。

米拉贝拉在阿尔西诺伊从树干后走出来之前，没有听见任何动静。连踩断树枝的声音都没有。

“阿尔西诺伊！”

“你很不擅长躲藏。”阿尔西诺伊说，“你身上那条可爱的黑裙子露出来了。”

米拉贝拉听见阿尔西诺伊的声音，整个人僵住了。她看着阿尔西诺伊的手，眨了眨眼睛，阿尔西诺伊的手里握着一把匕首。每个人都对她说，她两个妹妹很弱，杀了她们易如反掌。但是她觉得并不是这样。到目前为止，这场游戏阿尔西诺伊玩得更好。

“你在这里做什么？”阿尔西诺伊问。

“我不知道。”米拉贝拉说。她听起来像个傻子。当她离开罗兰斯城的时候，没有想过会遇见自己的一个妹妹，还能听见她的声音。但是她们就在这里。两个人，好像冥冥之中有人牵线一样。

“你都长这么高了。”米拉贝拉说。

阿尔西诺伊哼了一声：“是高了。”

“你还记得我？”

“我知道你是谁。”

“这不是我要问的。”米拉贝拉说。很难相信她有多想朝阿尔西诺伊伸出双臂。直到此刻之前，她都没有意识到自己有多么想念阿尔西诺伊。

她往前迈了半步。阿尔西诺伊向后退了几步，攥紧手里的匕首。

“我不是为了这个才来这里的。”米拉贝拉说。

“我才不在乎你为什么会在。”

“这么说，你不记得了。”米拉贝拉说，“没关系，我一个人记得就够了。我会告诉你，如果你肯听的话。”

“听什么？”阿尔西诺伊怀疑地看着森林的暗处。自然系的人教过她要害怕。他们也教会了她仇恨，正如神殿试图教会米拉贝拉的那样。但所有这些都是谎言。

米拉贝拉伸出手。她不知道自己这么做的话，阿尔西诺伊会不会握住，但她必须要试一下。

咚咚的马蹄声响起。阿尔西诺伊看见璐手们冲进森林，连忙后退。这里不再只有她和米拉贝拉。全副武装的女祭司朝她们围拢过来，围了一圈又一圈。

“这是怎么回事？”阿尔西诺伊低吼道，“埋伏吗？”她瞥了一眼手里的匕首，好像在考虑要不要劫持米拉贝拉作为人质。“朱尔斯！”但她只是大喊，“朱尔斯！”

没过一会儿，那个女孩和山猫就冲进了空地，约瑟夫紧跟在后面。但是他们都被拦住了。女祭司利用坐璐，将他们逼到一个小圈子里。

“不是这样的，阿尔西诺伊。”米拉贝拉开口。

“米拉贝拉殿下！”

米拉贝拉沉下脸。璐着白色高头大马的人是罗。她一只手勒住缰绳，另一只手抽出神殿特有的长长的、带有锯齿的弯刀。

“您受伤了吗？”

“没有，我很好！我很安全！你们住手！”

罗催马冲到两姐妹之间，力道那么猛，阿尔西诺伊向后跌坐在一地的落叶上。

“罗，不要！”

“不行。”罗说。她将米拉贝拉一把拽上马背，圈在自己身前，好像她毫无分量一样。“现在这样做还太早，”她大声说，“就算是您也不能破坏规矩。您还是留到复苏大会之后再动手吧！”

地上，阿尔西诺伊对她怒目而视。米拉贝拉摇着头，但是没有用。罗示意其他女祭司，她们齐齐退散，朝北方疾驰而去，将阿尔西诺伊和约瑟夫远远抛在后面。

“大祭司对您很不满，我的殿下。”罗贴着米拉贝拉的耳边说，“您不应该逃跑。”

流星湖

卢卡在流星湖的湖畔和莎拉·韦斯特伍德见面。流星湖比罗兰斯城还要深入内陆，是一座大而深的湖泊，宽度比长度要大一些。这里是青鹭河的源头，也是她们第一次带米拉贝拉见卢卡的地方。来这里喝茶吃冷掉的午饭真是很远，但至少没有那么多双贴着门板的耳朵，偷听她们的谈话内容。

莎拉迎上大祭司，鞠躬行礼。这一年她的头发白了许多，眼角也有了细细的皱纹。等到竞选年结束，莎拉或许就会变成一位老妇。

“还是没有消息吗？”她问。

“没有。”卢卡说，“但是罗会找到她。”

莎拉盯着冷硬的蔚蓝色湖水。“我们的米拉啊，”她悲伤地说，“我不知道她不开心。在她第一次来我们这里以后，我从来没想过她会开始隐藏自己的情感。如果她受伤了怎么办？”

“她不会受伤的。女神会庇佑她。”

“我们怎么办？”莎拉问，“我不知道这个秘密还可以保守多久，下人们已经开始怀疑了。”

“他们没有证据，只要米拉贝拉回来就行。别担心，现在还没人知道她不见了。”

“如果罗找不到她呢？如果——”

卢卡握住莎拉的胳膊。如果说大祭司的碰触有任何好作用的话，那么，它最好的作用就是抚慰惶恐。而卢卡今天没有时间惶恐。她叫莎拉来这么远的地方，不是为了抚平她的惶恐。

她领着莎拉往湖畔上面走去，来到一丛常青树丛和一块大岩石前，那块岩石是黑色的，饱经风吹日晒，平得像桌子。她的女祭司已经在上面摆好了茶、面包，以及在一小簇灶火上重新热滚的汤。

卢卡活动了一下她这把老骨头，坐在岩石上。她很高兴地发现爬上去并不困难，底下的人已经替她放好了垫子，同时还有一条叠好的柔软的毯子。

“你和我一起坐吗？”她问，“一起吃点？”

“我吃一点。”莎拉神情严峻地看着石桌，“不过坐就不用了，大祭司，如果您觉得无所谓的话。”

“为什么呢？”

“那石头是圣物。”莎拉解释道，“元素系的女祭司曾经在上面用兔子作为牺牲献祭，然后将兔子的心脏全都丢进湖里。”

卢卡伸手摸着石头表面。在得知它已经饮下那么多鲜血之后，此刻，它看起来不仅仅是一块石头了。她相信，这不只是因为它品尝过兔子的鲜血。这座岛上有太多东西不是表面看上去的那样简单，有太多的地方一直在女神的凝视之下。卢卡选择在这块石头上，讨论作为祭品的女王储，正合适。

卢卡将面包撕成两半，其中一半递给莎拉。这面包做得很好，很柔软，放了燕麦麸，但是莎拉一口没吃。她很担心，只拿着面包在手里揉搓，直到最后全都搓成了面包渣。

“我从来没想过她会做这种事。”莎拉说，“她一直都很恪守本分。”

“不是一直。”卢卡提醒道，边说边嚼。有一阵，无论谁说什么，米拉贝拉都不肯听。但那已经是很久以前的事了，久远到那时她还没有成为一位端庄的年轻女王储。

“我们要怎么做？”

卢卡咽下口里的茶，克制住自己想要扇莎拉耳光的冲动。莎拉是个好女人，是她多年的好朋友。但是她没有长一个坚毅的下巴。若是黑暗议会归她领导，那还会需要一个强硬如铁的主心骨，才能将众人团结到一起。有时候，卢卡很同情下一任大祭司，因为主心骨这个角色注定要由这个新任来扮演。

“我们要怎么做？”卢卡说，“莎拉，你告诉我，你对清白女王知道多少？”

“她们是受庇佑的人。”她迟疑着说，“是四胞胎。”

“没错，但不止这些。要成为清白女王，也就是说这位女王储的姐妹们是因为其他原因死去，而不是她亲自动手。比如在女王储长到适龄之前就被助产士淹死，或是死于其他不幸的诅咒，又或者，”卢卡一字一顿地说，“是成为了这座岛的祭品，成为唯一真正女王的祭品。”

“这些我从未听闻。”莎拉说。

“这是一个古老的传说。或者，至少，我认为这只是一个传说。某些关于献祭年的传闻。这个传闻太古老，以至于我们忽视了那些征兆。”

“什么征兆？”

“阿尔西诺伊和凯瑟琳的能力太弱了，还有我们的小米拉穷之不尽的天赋。以及理所当然的，米拉贝拉不愿姐妹相残。”卢卡用手揉着额头，“我很惭愧，一直以来我居然将此当作她身上唯一的缺点。”

“我不明白。”莎拉说，“您认为米拉贝拉不愿姐妹相残，是因为她注定要成为一位清白女王？而阿尔西诺伊和凯瑟琳……会成为祭品？”

“她们生来就注定要成为复苏大会当晚的祭品。”

卢卡在石块上敲着手指。每一下都直抵深处，像心跳。

“这些都是古老的传说。”卢卡说，“传说中，如果一位女王储的能力生来就比她另两个姐妹强，那么在这一代三胞胎中，她就是唯一真正的女王。到了复苏大会的当晚，人们会认识到这一点，将另外两位女王储丢进火里火祭。”

卢卡紧张地等着。莎拉沉默了许久没有讲话。她一动不动地站着，双手合十虔诚地放在身前。

“那样的话就简单多了。”最终，她说道。卢卡松了一口气。莎拉目光低垂，无论她是否真心相信这个故事，都不重要。罗说得对，莎拉会听从神殿的吩咐。

“你自己也不要有负担，”卢卡说，“要来的注定会来。唯一一件事就是我要知道这座岛是否做好了准备。你一直都被视为是代表神殿说话的最强声音，莎拉，如果人们在看到注定要看见的这一幕之前，提前听到风声，那就最好了。”

莎拉点点头。她会尽全力去散播这个故事，正如她尽全力传播米拉贝拉的名声一样。等到复苏大会之夜，人们就会等待，就会期盼。或许他们自己甚至会主动拿起匕首。

一名初级女祭司走过来，重新给她们换上热茶。虽然她里里外外穿了好几层长袍，卢卡还是瞥见神殿那长而带着锯齿的弯刀泛着银光。五朔节将近，每一名忠诚的女祭司身上都会佩带一把。

罗告诉她，那个传说并不是假话，有一部分是真的。而且，这样做是为了整座岛好。如果她们选择的女王储不肯做这件事，就必须要有人接手。

等到复苏大会之后，等到五朔节上的众人全都喝醉，沉迷于米拉贝拉展现的天赋时，就会有女祭司走过去拿下阿尔西诺伊和凯瑟琳的首级。她们会割断那两人的脖子，将双臂从肩膀砍断。等到一切结束，她们便将迎来新一代女王。

格瑞福斯德雷克庄园

爱伦家族只懂一个方法来欢迎查特斯沃思家族的联姻团：在北边的宴会厅开派对，一个不太盛大却璀璨夺目的派对。四处望去全都亮晶晶的，而他们为查特斯沃思家这个男孩开的派对，真正的意义是要替女王和她未来的王夫介绍认识。他们两个人会在二楼一个小餐厅会面，那里的私密性更好。而凯瑟琳则会像餐桌的中心装饰品一样，被摆放在餐厅正中央。

大宅可以再次筹备派对、挤满人，还是很令人激动的。大表兄卢西恩已经带着仆人从他自己的住处赶来，只要在走廊里看见凯瑟琳，他就会向她行鞠躬礼。他行礼的时候脸上还带着一种好奇的笑容，凯瑟琳不知道他是在和自己开玩笑，还是她自己本身就是个笑话。

很不幸，人们重新回到格瑞福斯德雷克，意味着吉纳维芙——这个被非常隐秘流放在外的人也要回来。作为小妹妹，娜塔莉亚流放她的时候吉纳维芙是恨的，自从回来以后，她就一直坚持在筹备的各个环节中插上一脚。

“我头上梳了各种辫子，头皮到现在都还痛。”说着，凯瑟琳向后靠在皮埃尔身上。他们藏在图书馆的一摞摞书海里——这是吉纳维芙回来之后，少数几个她能和皮埃尔单独待在一起的地方。

“吉赛尔可怜的手指现在一定也很痛。”她继续说，“吉纳维芙对我的发型永远不满意。”

“你的发型很漂亮，”皮埃尔说，“简直完美。”

吉纳维芙下令一款辫子接一款辫子试，一个发髻接一个发髻梳。她还下令让我试戴了黑色的玻璃和珍珠项链，但也只是为了把它们扯下来。而这一切都是为了宣布凯瑟琳的脖子太细了，她只能将头发放下来，把脖子遮住。

“有时候，我在想她是不是很希望我失败。”凯瑟琳轻声说。

“别听她的。”说着，皮埃尔吻了吻她太阳穴旁边的一道红肿结痂，“等这个求婚者走了，娜塔莉亚就会命令她回到自己在城里的住处去。到五朔节之前，你都不会再看见她。”

凯瑟琳在他怀中转过身子，吻住他。

“你也必须要像这样去吻那个查特斯沃思家的男孩。”皮埃尔说，“在这种小型、计划又不周全的餐厅聚会上，找到合适的机会做这种事很难。不过你们能偷偷溜出去的话，就有机会了。”

“如果我不喜欢他怎么办？”

“你可以慢慢来。如果你真的不喜欢，也没关系。你是女王，谁当王夫必须你自己选。”

他抚摩她的脸颊，托起她的下巴。他不会让这些求婚者被米拉贝拉勾引走，凯瑟琳也不会。

小威廉·查特斯沃思是一个算得上英俊的男孩。虽然看上去不像皮埃尔那样惊艳，但是他有壮实的肩膀，坚定的下颌线，一头很短的短发像打湿沙滩的颜色。他的眼睛是那种普通的褐色，但是他的目光坚毅，就算坐在全是毒师的晚宴之中他也没有动摇。

他是独自前来的，母亲没有跟随，甚至就连他父亲也没有，只带了两个随从作为护卫。从他紧张的神情来看，这不是他自己的意思。他就像被扔进了狼窝。但是对大陆人来说，可能去别的家族做客会更糟糕。爱伦家族的许多成员跟上一任王夫的关系都很好。岛上的所有家族中，爱伦家族是最了解大陆和大陆人习俗的。

除了开始时的僵硬鞠躬礼和介绍之外，他和凯瑟琳还没有讲过话。他整个晚上多数时候是在跟大表哥卢西恩聊天儿，不过时不时，凯瑟琳抬起头就会发现比利在打量自己。

晚宴端了上来：大块的粉嫩烤肉排配切成薄片的金色土豆塔。当然了，是无毒的。爱伦家族竭尽全力要给客人留下深刻印象，不过只有那些饿极了的人才会多吃两口，而不是挑挑拣拣意思一下。

吉纳维芙拉起凯瑟琳的胳膊，指甲狠狠掐着她的肉："不要因为这些饭菜里没有毒，"她说，"就吃的跟猪一样。"

为了加深自己的观点，她掐着凯瑟琳手肘内侧的手还拧了两下。这两下很痛，凯瑟琳差一点叫出声来。等到明天，这里一定会显出黑紫色的瘀青，必须要用袖子或者手套遮起来。

皮埃尔坐在桌子对面，绷紧下巴看着这一幕。他像是要从桌上的这些菜肴中间冲过去，伸手掐住吉纳维芙的脖子。凯瑟琳接收到他的眼神，他又重新放松下来。毕竟，他说得对。只要等到那个查特斯沃思家的男孩离开，吉纳维芙就会再次被驱逐。

晚宴结束之后，食物被拨弄来拨弄去，装得好像被吃过似的，娜塔莉亚将赴宴的人请进了客厅。埃德蒙端来餐后酒，这一定是淬过毒的，因为爱伦家族的人对毒的喜爱就像鸟儿对面包屑的喜爱。

一位女佣端上来一个银托盘，上面放着一个绿色的瓶子和两只玻璃杯：这是专门为女王储和她的求婚者准备的。

“让我来。”凯瑟琳说。她握着瓶颈拿起酒瓶，捏着杯脚拿起酒杯。客厅对面，大表兄卢西恩看着他走过来，朝查特斯沃思家的男孩鞠了一躬，便离开了。

“你要喝一杯吗，威廉小少爷？”她问道。

“当然，凯瑟琳小殿下。”

她给两个人各自倒了一杯酒，香槟冒着泡泡吱吱响。

“你可以叫我凯瑟琳，如果你愿意的话。”她说，“又或者就叫凯特好了。我知道那种带头衔的全称是很拗口的。”

“我其实不太习惯这么叫，”比利说，“应该多多练习才是。”

“那有很多时间可以给你练。”

“而且，请叫我比利吧，或者威廉。这里曾经有人叫过我小少爷，但我觉得这种叫法还是不要传开的好。”

“真是奇怪的风俗，给孩子起和父母一样的名字。就像这些父母希望有一天能够继承孩子的身体似的。”

他们两个都笑起来。

“据我父亲说，一个名字只要足够好，就可以反复使用。”比利说。

凯瑟琳哈哈大笑。她看了看客厅：“所有人都在看着我们，还假装自己没有看。我可不希望选择用这种方式迎接你。”

“哦？”他说，“那么你更愿意用哪种方式呢？”

“找一个明媚的春天，去一个别的地方。我们可以骑马，这样你就必须要追上我才能证明自己的勇气。”

“你不认为我只身一人来到这里，已经证明了我的勇气吗？”

“的确，”她说，“基本上证明了。”

他很紧张，酒喝得很快。凯瑟琳又给他倒了一杯。

“爱伦家族在这里住了很久啊。”他说。凯瑟琳点点头。

爱伦家族将格瑞福斯德雷克庄园打造得牢不可破。这不仅仅是因为他们的毒药和墙上那些变态装饰品——比如还活着的肉块和花朵，以及盘在裸体人身上的黑蛇。这些都已经渗透到庄园里。到了现在，这里的每一英寸林地和阴影，都是庄园的一部分。

“当然了，爱伦家的祖宅在普林。”凯瑟琳说，“格瑞福斯德雷克庄园是辅佐女王的臣子才能住的地方，女王不在，这里的人也不在。”

“你是说，如果阿尔西诺伊当了女王的话，米兰家族就会住在这里？”比利飞快地捂住嘴巴，想要把这个问题咽回去，好像他被提示过不要提起凯瑟琳姐姐的名字。

“是的，”凯瑟琳回答说，“你觉得他们会喜欢这里吗？这里适合他们吗？”

“不。”回答完，比利抬眼看了看高高的天花板，高大的窗户前拉着厚厚的天鹅绒窗帘。“我觉得他们可能更喜欢住在院子里的帐篷中。”

凯瑟琳一阵大笑。是真正的笑，她对上皮埃尔的目光，但并不觉得内疚。他已经被人拉去客厅远处的角落，假装听勒娜特·哈格罗夫和玛格丽特·贝奥林谈论议会关心的问题，但是整个过程中他都在盯着凯瑟琳，充满嫉妒。她不愿意这样想，但是如果皮埃尔不在这里的话，事情会好办得多。

“比利，”她说，“你愿意多了解一下这个庄园吗？”

“求之不得。”

他们一起离开走进走廊时，没有人反对，不过那一瞬，在本就沉默下来的谈话中又出现了短暂的沉默。等到他们离开客厅的那一秒，凯瑟琳重重地吐了一大口气。看见大陆人奇怪地看着自己，她羞红了脸。

“有时候，我真觉得自己参加的庆典多得让人想尖叫。”她说。

他微笑：“我明白你的意思。”

她不认为他明白，不过很快他就会明白。整个五朔节期间，可以说一个庆典接一个庆典：狩猎大典、登岛大典、复苏大会。他这个可怜的大陆人很快就会因为要记住所有的规矩和礼仪，而被绕昏了头。

“我想，你以后就不得喘息了。”比利说，“甚至连今天这种会面里都不行。请问会有多少名求婚者来这里呢，凯瑟琳小殿下？”

“我不知道。”她说，“过去的话，会有很多人。不过目前按照娜塔莉亚的估算，应该会有六到七位吧。”

不过即便是这几个人，只要一想起皮埃尔，她也觉得是个负担。她要怎么让他站在一旁，从头看到尾呢？皮埃尔说他希望这样，但是凯瑟琳知道他在撒谎。

“听起来你一点都不激动。”查特斯沃思说，“似乎你们这几位女王储都不希望被人求婚。我老家那些女孩如果能有这么多求婚者，大概会高兴疯。”

凯瑟琳试着挤出笑容。她想要任由笑容褪去，就大方地把他扔在那里，让米拉贝拉和韦斯特伍德家的人抢走吧。她强迫自己往前凑近，仰起了脸。

她吻住他，感觉到他的唇很暖。他贴着她的嘴唇蠕动着自己的嘴唇，而她几乎想立刻抽出身子。她永远不会像迷失在皮埃尔的热吻中一样，迷失在他的吻里。哪怕她这样希望也没有用。等她当上女王，像这样的时候还会更多。内心尖叫着度过这些毫无激情的时刻，直到她能够重返皮埃尔身边。

“这个吻很不错。”查特斯沃思说。

“是的，的确是。”

他们两个都笑得很尴尬。他的话听起来不比她真心多少。不过他们还是都往前凑了凑，继续吻起来。

贪狼泉

“你恨她，对不对？”约瑟夫问。他和阿尔西诺伊一起坐在米兰家的厨房里，马德里加尔在替阿尔西诺伊刚刚刻完符文图案的手清洗伤口。这些图案已经刻到她的腕部了，两边的胳膊内侧都是放血的伤口。

“你是说米拉贝拉？”阿尔西诺伊问，“我当然恨她。”

“可是为什么呢？你甚至都不了解她。”

在森林时，当米拉贝拉伸出手，有那么一刻她几乎已经令阿尔西诺伊相信有些事和她心里想的是不同的。然而当女祭司出现，看起来像是战士而不是神殿的仆人时，无论刚才她心里的闪光是什么，全都消失不见了。她的姐姐狡猾又强大。她当时已经离自己很近。她们必须派出那么多战士，才能控制住她，保证不让她偷跑出来，提前杀死自己的妹妹。

“对此我一点都不觉得奇怪。”阿尔西诺伊说，“难道你看不出来吗？最后会是从我们两个人里挑一个，而赢的人肯定是她。我长这么大，听到别人说的都是最后赢的人一定是她，说我肯定得死，这样她才能领导他们；说我不重要，因为有她在。”

厨房对面，凯特外婆往肩头搭了一条毛巾，赶走她的灵宠，那只乌鸦飞去另一个房间，回来的时候嘴里叼了一罐药膏。她落在桌子上，罐子碰到木桌发出“咚”的一声。

“我不要碰那玩意儿。”马德里加尔说，“油乎乎的，而且很难闻。”

“我来好了。”凯特外婆嘟囔着，用刚才轰乌鸦的毛巾将自己的女儿从椅子上轰起来。

凯特外婆的手落在阿尔西诺伊的伤口上，将药膏揉进去时，动作很粗鲁。但这粗鲁是源于他们的担心，所以阿尔西诺伊什么都没说。没有人对阿尔西诺伊使用低等魔法说过一句话。自从低等魔法将约瑟夫带了回来，就连朱尔斯也闭口不提了。

管住自己的嘴巴并不符合凯特外婆的本性，但是责骂阿尔西诺伊也没有任何好处。她已经被无视了那么久，刚刚才开始习惯凭自己的喜好做事。

“你应该先让她这样晾一会儿，然后再包起来。”

凯特外婆拉着阿尔西诺伊的手握了一会儿，然后坚定地拍了两下，把它放在桌子上。阿尔西诺伊皱起眉头。米兰家的人很宠爱她，但是他们对她的宠爱就像是爱一个注定要以悲剧收场的人。只有朱尔斯不这样想，现在再加上马德里加尔。

“我不认为你有必要这样，这些都不是米拉贝拉的错。”约瑟夫说。凯特外婆用毛巾抽了他一下。

“不要再替那位辩护了，约瑟夫·桑德兰。”她怒斥道。

“可她救了我的命。”

“这样就可以收买你的忠诚了？”凯特外婆反问。约瑟夫和阿尔西诺伊都笑了。

约瑟夫起身的时候，朱尔斯正好从大门口进来。他俯下身子，吻了吻阿尔西诺伊的额头。

“你也救了我。”他说，“是你找到了我。”他的手搭在阿尔西诺伊的肩头，“但我不希望朱尔斯身上出现更多的伤口，你明白吗？”

“哪怕你又失踪了也不行？”

“不行。”

她哼哼着说：“你听起来像神殿的僧侣。”

“或许吧。”他说，“但是像他们很恶心。”

阿尔西诺伊直到很晚的时候才再次看见朱尔斯。朱尔斯偷偷溜进她们两个共住的卧室，卡姆登跟在她后面。如果不是那只山猫的尾巴伤心地垂下来，阿尔西诺伊可能永远不会发现有事情不对劲。

“朱尔斯，你是刚回来吗？”

“是的。我吵醒你了吗？”

阿尔西诺伊坐起来，伸手摸向床头柜，终于摸到了火柴。她点亮蜡烛，看见朱尔斯愁眉苦脸的。

“我反正睡的也不怎么好。”阿尔西诺伊朝卡姆登伸出手，但是大猫只是呻吟了一声。“怎么了？出什么事了？”

“我也不知道。”朱尔斯爬上自己的床，衣服都没换，“我总觉得约瑟夫身上好像发生了什么事。”

“什么意思？”

“发生意外之后，他就变了。”

朱尔斯坐在床上，静静地靠着自己的枕头，卡姆登跳上来躺在她身边，大爪子搭在她肩头。

“你说，”朱尔斯开口，“你说会不会和你姐姐有关系？”

“我姐姐？”阿尔西诺伊重复道。朱尔斯几乎从来不会用这种称呼来说那位女王储。虽然这听起来很接近指责，但是阿尔西诺伊还是不敢相信朱尔斯话里的意思。“不，不会。你是在胡思乱想吧。”

“他不停地想办法提起她。”朱尔斯说。

“那也只是因为她救了他。”

“他们两个一起过了两夜。”

阿尔西诺伊心里拧起一个很不舒服的大疙瘩。她希望朱尔斯可以别再谈这件事，她一点都不想知道。

“那也不代表什么。她……她很可能是利用他来找到我。或许那场暴风就是她造成的。”

“也许吧。”朱尔斯说。

“你有没有问过他？”阿尔西诺伊问，朱尔斯摇了摇头，“那就问一下。我相信他会告诉你什么事都没有。约瑟夫等了你这么多年，他绝对不会……”

阿尔西诺伊停下来，顺着走廊瞥了一眼马德里加尔的房间。约瑟夫回家的时候，她们在做符咒。那符咒已经浸满了她的血，开始成形。不过后来，在符咒形成之前她把它毁了。或者，至少，她以为自己毁了。

“睡吧，朱尔斯。”说完，阿尔西诺伊吹灭蜡烛，“明天早上就没事了。”

当天晚上，两个女孩谁都没有睡好。朱尔斯和卡姆登争抢着床上的空间，一边打呼噜一边用膝盖和爪子彼此推搡。阿尔西诺伊听着窸窸窣窣的被单声，听了很久。当她终于闭上眼睛，她梦见约瑟夫掉进了血红的大海，一点一点被淹没。

第二天早上，凯特外婆叫朱尔斯和阿尔西诺伊去城里，置办几件参加圣会的合适礼服。一定要长裙，凯特外婆说，她说这话的时候非常严肃。凯特外婆和阿尔西诺伊一样，从来都穿不惯长礼服。她最常穿的是棕色和绿色相间的羊毛裙，能让她舒舒服服料理家务。但是就算是她，也需要采买一件。今年的五朔节，将是这位年迈的米兰家族族长在朱尔斯出生之后，第一次参加的五朔节。而作为阿尔西诺伊的辅臣，米兰家族的每一位成员都必须参加。凯特外婆说，五朔节是为年轻人和有义务的人举办的。

“我们要先去找约瑟夫吗？”阿尔西诺伊问。

朱尔斯皱了皱鼻子。

“叫他一起去逛街？”

“没理由只我们两个受苦嘛。我和他可以试外套，然后一起因为吃了螃蟹爪被莫罗从店里踢出去，那样就解脱了。”

“好吧。”朱尔斯说，“反正，他也不能去船上。”

约瑟夫应该会有很长一段时间不会上船了。而对那些差一点就失去他，最后又失而复得的人而言，也没办法很快接受让他重新回到船上。至少他妈妈就完全不能。她将约瑟夫和约拿两个人全都关在家里，看着他们，而不肯让他们再去船坞干活儿。就连马修也被严格禁止驾着口哨号去太远的地方，虽然这意味着要牺牲掉他最大的利润。

阿尔西诺伊深吸一口清晨暖融融的空气。贪狼泉已经开始变暖。很快，树木便会发芽，所有人都可以去泡更加舒适的温泉了。

“等一下，朱尔斯！阿尔西诺伊！”

一只娇小的乌鸦呱呱叫着在她们上方盘旋，有两次翅膀差点儿扇着朱尔斯的脸。

“阿里亚！”朱尔斯气急败坏地说。卡姆登后腿直立，不太认真地打量着那只鸟儿，但是乌鸦速度太快，直接飞回到马德里加尔的脚边落下。

“我和你们一起去。”马德里加尔说。她穿着浅蓝色的连衣裙，脚上是棕色高筒靴，看起来非常漂亮。她的发卷在肩头弹跳，而她胳膊上则挎着一个篮子，上面盖了一块白布。阿尔西诺伊闻到刚出炉的面包的味道。

“为什么？”朱尔斯问。

“我比你们两个更懂礼服。”马德里加尔说，“而且今天天气太好了，不出门很可惜。”

朱尔斯和阿尔西诺伊互相看了一眼，叹了口气。经过一夜惨淡的睡眠，她们俩谁都没有力气争论。

他们在口哨号上找到了约瑟夫，他正在甲板上跟马修聊天儿。

“她们来了。”马修笑得一脸灿烂，“你最爱的三个姑娘。”

“马修 · 桑德兰，”说着，朱尔斯瞥了自己妈妈一眼，“你真是太礼貌了。”但是当约瑟夫跳上码头，把朱尔斯搂进怀里时，她还是眉开眼笑。

“他们两个太甜了。”马德里加尔说。

“的确，非常甜，不过我还是希望能少看几回。”马修朝约瑟夫的头上丢过去一卷绳子。

“我们是来把他从你身边带走的。”阿尔西诺伊说。

“那你们要给我什么补偿呢？让我在去收螃蟹笼的时候能有你这位美人相伴？”

阿尔西诺伊红了脸。马修·桑德兰是唯一一个曾经令她脸红的男生。她之前可是非常嫉妒卡拉小姨的，尽管那时她自己还是个孩子。

“或许可以用这个。”马德里加尔举起自己的篮子，“刚出炉的燕麦面包，再加几片腌火腿、两个熟透的大棚西红柿。这是我们种的最好的两个，我自己亲手摘的。”

马修弯腰接过篮子。

“谢啦，”他说，“这真是意外的惊喜。”

“晚点我过来取篮子。”马德里加尔说，“你会出海很久吗？”

“有我妈盯着，怎么可能。”

“走吧。”朱尔斯挥挥手，“如果我们快点搞定这件事，还可以去卢克那里喝杯茶。”

他们的目的地是莫罗的旅行用品店，这是唯一有可能找到适合女王储穿的礼服的地方。

“或许从那些带蕾丝的里面挑一条？”他们一进店，约瑟夫就提议道。阿尔西诺伊扯了扯其中一件的袖子。

“蕾丝。”她小声抱怨着，声调平平，“蕾丝，蕾丝，我要当面把你们撕掉。”

“那就不要蕾丝。”约瑟夫说。不过那样的话，可挑选的余地就不大了。剩下的那些都是纯棉的蓝绿色裙子。

“你需要挑几件吗？”说着，阿尔西诺伊举起一件外套放在他胸前，“等到狩猎大会上穿？”

“你的意思是，参加宴会。”马德里加尔说，“自然系的男孩们在狩猎大会上是赤膊上阵的。裸露胸膛，露出我们在他们身上画的图案。鉴于这是你的第一个五朔节，朱尔斯，你最好替约瑟夫想几个漂亮的图案。”她笑着举起一条裙子给朱尔斯，但是朱尔斯立刻把它拍掉，就像刚才她的山猫那样。“马修今年会参加狩猎大会吗？”

“我不知道。”约瑟夫说，“可能会，也可能不会。他说这是为年轻人举办的。”

“但是马修也不老啊！他肯定还不到三十！”

约瑟夫捏了捏朱尔斯的手。马修今年才二十七，和卢克一样大。但是卢克看起来更年轻一些。他没有经历马修经历过的那些悲伤、那些失去。马修这几年肯定度日如年，从他们带走卡拉之后。

“我要去跟店员聊聊。”约瑟夫宣布说，“或许他们手里还有从因德里得山买回来的裙子，因为怕裙子有毒，所以没敢拿出来。”

“我看他没什么不一样啊。”约瑟夫离开以后，阿尔西诺伊对朱尔斯耳语道。

“可能你是对的。”朱尔斯说。

“为什么你不带他出去转一会儿呢？我们今天运气一点都不好。”

“你确定吗？”朱尔斯瞥了自己妈妈一眼，“我可以留下来。”

“去吧。”阿尔西诺伊苦着脸看着一条带蕾丝和黑色缎带的裙子，“这样的话，你就只能在登岛大典的时候才第一次看见我丢人了，跟大家一样。”

朱尔斯耸耸肩，阿尔西诺伊看着她走过去在约瑟夫旁边耳语了几句。这种傻乎乎的恋人之间的小动作，阿尔西诺伊无法想象自己这样做的模样。

朱尔斯当然想错了。约瑟夫或许放眼看过许多许多姑娘，但是他唯一放在心上的只有一个人。只不过，他们离开商店的时候，阿尔西诺伊从橱窗的玻璃上瞥见了几分愧疚的表情。

“阿尔西诺伊，”马德里加尔问，“怎么了？”

“没什么。”说着，她一把抓住马德里加尔的手腕，“在那棵树底下的第一个符咒，就是约瑟夫刚回家那会儿……那个符咒是不会起作用的吧。它已经被彻底毁了，对不对？”

“我不知道。”马德里加尔回答，“我警告过你不要烧了它。”

她没有警告过阿尔西诺伊不要烧了它。和马德里加尔穿过大街朝广场的吉莱斯皮书店走去时，阿尔西诺伊想起来了。马德里加尔只是在符咒已经烧完之后，才说她不应该那么做。

低等魔法会回过头来反咬一口。这句话她听了多少个人说过多少遍？朱尔斯说过，凯特外婆说过。很久以前，卡拉也说过。

“如果我们还是完成了某种咒术呢？”她问，“某些错误的、能够影响到约瑟夫和朱尔斯的咒术？”

“如果真是这样，现在也做不了什么了。”马德里加尔说，“它会按照自己的意愿进行，最后消失在这个世间。无论你施的是什么咒，都必须被烧毁。”她开玩笑地推了阿尔西诺伊一把，“我的朱尔斯现在坠入爱河，很幸福。你这是瞎操心。”

但在享用卢克的好茶、罂粟籽蛋糕，以及鸡丁三明治的整个过程里，阿尔西诺伊满脑子都是这件事。马德里加尔告辞说要回码头去看马修下午捕捞是不是回来了的时候，阿尔西诺伊也基本没听见。

“你知道，”卢克说，“去莫罗家的店里找衣服根本就是浪费时间。我替你缝的裙子，肯定比他店里裁缝做的漂亮两倍。”他拧着汉克尾巴上鸡毛的样子，告诉阿尔西诺伊他刚才这番话是在最后几分钟才下定决心说出口的。

阿尔西诺伊看着卢克，笑了。

“卢克，那真是太好了。”她说，“我真的很需要你替我做出一条别人都不曾见过的漂亮裙子。但是，那条裙子我希望你能按照朱尔斯的身材做。”

朱尔斯和约瑟夫并排坐在茱萸池旁边一根粗粗的枯圆木上。卡姆登扒着一大块融化的冰块，然后再将融化的水从肉垫上舔掉。现在天气转暖，池塘已经不像在寒冷冬天时那样美丽。池塘里满是烂泥，一潭死水，充斥着腐烂植物的臭气。但是这里依然是属于他们的地方，是他们还是孩子时，就一起偷偷溜过来的同一个地方。

“我想阿尔西诺伊肯定挑不到合心意的裙子。”说着，约瑟夫朝池塘中心的开阔水域丢了一根湿漉漉的木棍，“就算她能挑出来，我觉得凯特外婆也不会同意让她穿着去。”

“我觉得，如果她在复苏大会上没有天赋可以展示，”朱尔斯说，“衣服这些都是小事。那天，我问她打算表演什么，她说准备表演给鱼掏内脏，然后把鱼切成薄片。”

约瑟夫笑起来：“这就是我们的阿尔西诺伊。”

“有时候她真让人受不了。”

约瑟夫拉起朱尔斯的手，吻着。现在这只手已经不再需要缠绷带了。阿尔西诺伊施咒用的伤口基本痊愈。但即便如此，她还是藏着伤口，就像阿尔西诺伊去到镇上时，总是把自己的胳膊和手藏起来一样。

“马德里加尔让她卷进这样的事情里，应该被判绞刑。”约瑟夫说。

“对，没错。”朱尔斯同意道，“不过我现在不那么介意了，因为它把你带了回来。还因为，它给了阿尔西诺伊希望。它可以在她真正的天赋到来之前，保证她的安全。”

“难道那不是你和你那只大猫该做的事情吗？”

每个人都这样说。朱尔斯和卡姆登已经担任女王储的护卫很长时间了。而她们还会继续如此，直到一切结束，无论结果好坏。

“不过，她没有那么多时间了。她最好想点办法，而且必须是能让人眼前一亮的办法。还有几个星期，五朔节就到了。”

约瑟夫看着地面。

她和约瑟夫早就计划好，要共度五朔节的第一夜。他们已经非常亲密，在他的卧室，或是在那条大陆来的船舱的床垫上，但朱尔斯还是希望能等一等。她是一个五朔节之子，或多或少，她总是觉得自己和约瑟夫的第一次应该是在五朔节那天。

“我知道你不喜欢这样想，”约瑟夫说，“可是你有没有想过如果阿尔西诺伊输了的话会怎么样呢？你的人生会变成什么样？”

朱尔斯扯下圆木旁边的一棵枯草，放在手里拧来拧去。约瑟夫没有用“被杀死”这个词，但他就是这个意思。朱尔斯有部分心思也曾偷偷想过，如果阿尔西诺伊死了的话，她也会找个办法陪她一起死。到时候她会在那里，为她而战。

“我不会经常想起这种事，”她说，“但我的确想过。如果真是那样，看起来似乎我们不应该再活下去。但我们还是会。我想我可能会接管过家里的事，包括田地、果园。女神知道马德里加尔有多不擅长这些事。”

“可能她擅长呢，你又不知道。而且那样的话，你就能毫无顾忌地去想其他事了。”

“其他什么事？”

“外面的另一个崭新世界，朱尔斯。”

“你是指大陆。”她说。

“大陆没有那么糟糕，甚至有很多地方可以说是令人震惊的。”

“你……是想要回去吗？”

“不。”约瑟夫拉起她的手说，“我永远不会回去，除非你想去。我只是说……如果我们这里的世界结束了，还可以去到外边，从头开始。”他低下头，“我不知道为什么自己会说这些，为什么会这么想。”

“约瑟夫，”说着，朱尔斯轻吻他的耳朵，“发生了什么事？”

“我不想骗你，朱尔斯。但我也不想伤害你。”

他突然站起来，走到池塘边。

“米拉贝拉救我的那天晚上发生了一点事。”他双手插进兜里，盯着池水，“我差点儿就被淹死了，浑身冻得透透的，神志昏迷。”他停下来，低声骂了一句，“唉，朱尔斯！我不希望让这些话听起来像是我在找借口！”

“给什么事找借口？”朱尔斯很小声地问。

约瑟夫转过身子看着她。“一开始我神志不清，”他说，“可能在开始以后也是。不过后来我清醒了。她在那里，我也在那里，我们……”

“你们怎么了？”

“我不是有意让这种事发生的，朱尔斯。”

或许的确如此。但还是发生了。

“朱尔斯？天哪，朱尔斯，求你说点什么。”

“你想让我说什么呢？”她问。现在她很难思考。她身如枯槁，仿佛和她坐着的那木头一样。一个温暖的分量挤进她的双腿，那是卡姆登沉甸甸的头。她冲着约瑟夫，喉咙深处隆隆地发出低吼。

“你可以骂我，”约瑟夫说，“跟我说我是个多么傻的傻瓜，跟我说……你有多恨我。”

“我永远不会恨你。”朱尔斯说，“但如果你现在不走，我的山猫可能会撕碎你的喉咙。”

罗兰斯城

“米拉，从窗户那儿过来。试试这一件。”卢卡说。

米拉贝拉盯着黑水两边的峭壁出了几秒钟的神，她和布里小时候常常在上面比赛竞走。布里长大以后就不玩了，但米拉贝拉没有。她爱那里的风，爱可以经常将她带去那些峭壁边缘的开阔空间。或者说，至少曾经带她去过，在每一扇门都被锁起来之前。

“为什么要试？”米拉贝拉问，“这件不好看，这件太紧了。这件还行。”

卢卡将衣服放下，这些都是米拉贝拉要在复苏大会当天晚上的庆典上穿的。衣服中间那两条黑色带子，要在煮沸的植物精油里浸了又浸，以免它们烧光她的身子。

因为在复苏大会上，她要表演的是火舞。

“乐器选好了吗？”米拉贝拉问，“弦乐，还是笛子？”

“鼓。”卢卡回答说，“是一长排巨大的皮鼓，可以击出让人觉得像是心跳的鼓点。”

米拉贝拉点点头。

“那样会很美。”卢卡继续说。她点亮一盏灯里插着的长长的尖烛，任由灯的顶盖敞着。“夜间的庆典，燃烧的橘色火焰。这座岛上所有人的目光都会聚在你身上。”

“是的。”米拉贝拉说。

“米拉，”卢卡叹了口气，“你怎么回事？”

大祭司的语气是充满怜悯的。但同时依然含着一股恼怒，就像她不懂为什么米拉贝拉不开心。就像米拉贝拉被抓回家应该很开心，应该对自己没有被拉去广场当众施以鞭刑而充满感激。

不过，尽管卢卡知道路上发生了什么，知道米拉贝拉是如何遇见了她的妹妹且向她伸出手，却并不知道一切。她不知道米拉贝拉还遇见了一个男孩，而且这场邂逅令她心碎。她也不知道，有那么一瞬，阿尔西诺伊的眼中有过信任的闪光。

“伊丽莎白在哪儿？”米拉贝拉问，“你答应过我，不会把她送走。”

“我没有，”卢卡说，“永远不会。等到她的惩罚结束，马上就会回来。”

“她回来我要立刻见到她。”

“当然，米拉。她也很想见你。她是最关心你的人。”

米拉贝拉抿起嘴。是的，布里和伊丽莎白都是最关心她的人，也是最忠诚的人。她们没有出卖她，甚至在背上挨了十几鞭子之后都没有。她早就应该想到会发生这种事。正如她早就应该想到她们找到自己，发现自己身上穿着白色斗篷的那一刻，就会判定伊丽莎白是叛徒。米拉贝拉说，自己是趁伊丽莎白不注意的时候偷的。但是没有一个人相信她。

她早就应该先想好能够保证她们安全的办法。就算伊丽莎白回来了，自己现在也很难面对她。正如她在五朔节上再见到阿尔西诺伊时，也会很难面对，不知道该怎么解释之前的一切都是误会。米拉贝拉皱着眉。一想到前面等着自己的那些事，她的胸口就抽紧。她只有在回想自己和约瑟夫共度的那两夜时，才会得到安慰，尽管那回忆因为他爱的是另一个女孩而变得不完美。

“他朝她跑过去的时候，好像有一百年没有见过她一样。”她喃喃地说，没有意识到自己已经把这句话说了出来。

“什么？”卢卡问，“米拉贝拉，你刚才说什么？”

“没什么。”她将手朝温暖的灯火伸过去，打了个响指，烛心的火苗就跳上了她的手背。卢卡看着，开心地看着火苗顺着米拉贝拉的手腕一点点向上蔓延，缠绕住她的胳膊就像一条好奇的虫子。火舞开场就是这样的，缓慢而温暖。鼓点会充斥她的耳朵。那些火会朝她蔓延而来，而她则会拥抱住，任由火焰在身上游走，她自己则张开双臂在原地舞动。她将会让火焰像锁链一样缠住自己的整个身子，恣意燃烧。或许那火还可以烧光她心中对两个妹妹的爱。

几天之后，米拉贝拉在韦斯特伍德公馆附近的森林里漫步，突然听见一只啄木鸟在树上不停地啄。她抬起头，那是一只小小的、蓝白色的小绒球，很可能是佩珀。她认为有可能是，不过对她来说，每只啄木鸟都长得差不多。

“请您回到路上来，米拉贝拉殿下。”

一名女祭司护卫轻轻推了她一下，把她推回路中间。就像她在这重重包围之下，还想要逃跑一样。现在跟着自己的女祭司一共有六名，全都年轻健壮。风吹过她们的斗篷，露出里面佩带在身上的卑鄙、带锯齿锋刃的弯刀，寒光点点。这些弯刀女祭司们之前是一直都佩带的吗？米拉贝拉不这么认为。从前佩刀的人数肯定没有这么多，也不是时时带在身上。而现在，似乎就连初级女祭司都人手一把。

“这里变化真大啊。”她说。

“的确是这样。”之前那名女祭司说，“但这是谁的错呢？”

前面，在韦斯特伍德公馆高出树冠的三角形屋顶上，避雷针到处都是，好像屋顶长了许多头发。她已经等不及要回去了。在那里，她至少还有在走廊里行走的自由。或许她还可以找莎拉坐下来一起喝杯茶，作为友好的示意。她逃跑时，莎拉简直是心惊胆战。她梳起来的发髻里，白发添了许多。米拉贝拉回来那天，她抱自己抱得那样紧。

“米拉！”

布里从后面追上来，棕色的辫子甩来甩去。她的眼睛红红的，好像刚刚才哭过。

“布里，怎么了？”

布里用肩膀撞开那些女祭司，一把拉住米拉贝拉的双手。

“没什么。”她说。但是她掩饰不住，五官全都皱在一起了。

“布里，怎么回事？”

“是伊丽莎白。”她说。布里朝周围的女祭司龇着牙，喊道：“我应该把你们的斗篷烧了才对！我应该趁你们睡觉的时候把你们杀了才对！”

“布里！”

米拉贝拉紧紧地将自己的好朋友拉到身旁。

“我们都说了她跟这件事一点关系都没有！”布里抽泣着说，“我们也说了，那件斗篷是你偷的！”

“你们做了什么？”米拉贝拉问那些女祭司。但是她们似乎跟她一样惊慌。

米拉贝拉和布里跑了起来，推开那些看守。

“不要跑，米拉贝拉殿下！”

有几名想要拉住她的胳膊，但是她们拉得并不认真，所以米拉贝拉挣了几下就挣脱开了。她们都知道她要去哪里。米拉贝拉和布里顺着剩下的路一口气跑下去，跑出树林，绕到韦斯特伍德公馆正门口。

伊丽莎白就在车道上。她站在那里，背对着她们和旁边一潭死水的大理石喷泉。米拉贝拉跑过来的时候，伊丽莎白两边的女祭司都垂下了眼皮。

米拉贝拉放下心来，呼出一口气。伊丽莎白回来了。她虽然好像身子僵硬，不过还活着。

“伊丽莎白？”米拉贝拉走了过去。

那名年轻的女祭司半转过身子。

“我很好。”她说，“其实也没有那么坏。”

“什么没有那么坏？”米拉贝拉问。伊丽莎白任由自己斗篷的袖子从肩上滑下来。

她们砍掉了她的左手。

断掉的地方用粗糙的白色绷带包着，渗出绷带的血已经干涸，变成了棕色。

米拉贝拉跌跌撞撞地赶到朋友身边，跪下来紧紧揪着伊丽莎白的裙子。“不。”她哀吟道。

“她们一直按着我。”伊丽莎白说，“不过这样最好不过。她们用身上带着锯齿的刀把它锯下来，你知道，这比用斧子直接砍要费一点功夫。所以，还是被她们按着比较好。还可以反抗、挣扎的感觉挺不错的。”

“不！”米拉贝拉喊得撕心裂肺，她感觉到布里的手落在自己后背上。伊丽莎白抚了抚她的头顶。

“米拉，别哭。”她说，“这不是你的错。”

但，就是她的错。当然是。

贪狼泉

“她很快就会原谅他。”听说了朱尔斯和约瑟夫的事以后，马德里加尔说，“她现在虽然生气、难过，但是，她更加思念他。约瑟夫说他爱朱尔斯，我相信他。我想，朱尔斯把他赶走以后，他可能一次都没笑过。”

“你怎么能肯定？”阿尔西诺伊问。马德里加尔耸耸肩。

“因为我去了船坞。”她说，“我看见他在那儿干活儿，一直愁眉苦脸。就连你的比利都没办法逗笑他。”

阿尔西诺伊嘴角上扬，但是听见马德里加尔那样称呼比利之后又恢复如初。这是一个谎言，却是很有趣的一个。而且马德里加尔说的都是真的。朱尔斯很快就会原谅约瑟夫，阿尔西诺伊也是。一想到他跟米拉贝拉在一起了，这对她自己来说也并不容易。从某方面而言，就像他也背叛了自己的感觉。

“这根本不适合他。”马德里加尔叹了口气，“桑德兰家的孩子不应该那样严肃、伤心。他们生来就是为了欢笑的，对世界上的一切都漠不关心。”

“他这么痛苦也是活该。”阿尔西诺伊说，“朱尔斯说的每一个刻薄字，可能这其中也有我说的几个，都是他自作自受。如果我输了，活不下来，谁来照顾朱尔斯呢？我一直都指望他来照顾她。”

“我会照顾她。”马德里加尔说，但是这么说的时候她并没有看阿尔西诺伊的眼睛。马德里加尔从来都不擅长照顾人，而且朱尔斯也绝对不会同意让她来照顾。

“我想我们的朱尔斯已经做好了十足的准备，自己照顾自己。”阿尔西诺伊说，此时她的怒气渐渐平息，“或许她永远不用这么做，我可能还是可以当上女王的。”

“是的，很可能。”马德里加尔说。她拿起自己那把银色小匕首，将它放在火上烤。“不过等待截止，我们现在可以开始了。”

马德里加尔拿起一个装着黑色液体的小瓶子，里面装的大部分都是阿尔西诺伊的血，有新鲜的，也有马德里加尔从之前那些浸了血的布条里挤出来的。那些布条已经拿海湾的水重新湿润过。她走到那棵弯腰树前。

“你要做什么？”阿尔西诺伊问。

马德里加尔没有回答。她将瓶子里的血泼到山坡上，泼到裸露出来的圣石板上，泼到那棵弯腰树的树干和在岩石中间、下面藤藤蔓蔓蜿蜒缠绕的树根上。她对着树干呢喃低语，那些树似乎有了呼吸。让阿尔西诺伊最为震惊的是，咖啡色的树芽顺着树枝一个一个顶出来，就像鸡皮疙瘩一样。

“我不知道它还会开花。”阿尔西诺伊说。

“并不会，至少不是每年都开。但是今晚它必须开花。把你的手给我。”

阿尔西诺伊走到树前，伸出手，等待痛的那一下。但是她没想到的是，马德里加尔抓住她的手，将她的手掌贴到树干上，然后拿起匕首直接戳在上面。

“啊！马德里加尔！”阿尔西诺伊尖叫道。那种痛从她的手臂一直钻进心里。她不能动。她被困在这里，被钉住了，而马德里加尔开始吟唱颂歌。

阿尔西诺伊听不清楚颂歌的内容是什么，或许只是因为唱得太快了。她手上插着匕首，想要听清楚任何一句话都很难。马德里加尔走回篝火旁，阿尔西诺伊一条腿跪了下来，努力压抑住想要将手拔下来的冲动。刀锋深深地插进树干里。她轻轻地拔动刀柄，随后又加大了力道，但还是拔不出来。

“马德里加尔，”她咬着牙喊，“马德里加尔！”

马德里加尔点起一根火把。

“不要！”阿尔西诺伊大叫起来，“放开我！”

马德里加尔脸上的坚毅是阿尔西诺伊从没有见到过的。她不知道马德里加尔是不是要把她的手烙在树上，不过她也不想知道。阿尔西诺伊深吸一口气，准备好用力挣脱，哪怕这意味着她的手要被从手指中间豁开。

马德里加尔用快如闪电的速度冲过来，把匕首从树干里拔了出来。阿尔西诺伊踉跄着后退，一只手握着另一只手的手腕放在胸前，看着马德里加尔将那棵树点燃。树上燃烧起熊熊的明黄色火焰，燃烧的血散发出一股臭味。

阿尔西诺伊摔倒在地，整个世界一片漆黑。

当天晚上，她躺在床上，根本不记得自己是怎么回来的。阿尔西诺伊梦见了一头熊，一头巨大的棕熊，有着长长的、弯曲的利爪和粉紫色的牙龈。那头熊在那棵被烧焦的弯腰树前咆哮。

天快亮的时候，阿尔西诺伊轻轻摇醒朱尔斯，朱尔斯和与自己同床共枕的山猫同时发出不耐烦的低吼。

“阿尔西诺伊，”朱尔斯问，“怎么了？你还好吧？”

“好得不能再好了。”

朱尔斯借着淡青色的光眯起眼睛看着她：“那你干吗这么早把我叫起来？”

“有件很重要的事。”说着，阿尔西诺伊笑起来，“快点，起床穿衣服。我还想去叫约瑟夫和比利。”

朱尔斯很快穿衣洗漱完毕，并将自己那头不守规矩的鬈发用一条很粗的带子在后面束拢。她们出了门，踏上通往镇子的路，没有惊动一个家里人。就连凯特外婆都没有察觉到。

阿尔西诺伊说还要带上约瑟夫的时候，朱尔斯并没有反对。她们走到他家以后，她很不情愿地上前敲门。

阿尔西诺伊发现自己也不想敲。她虽然很想赶去那棵弯腰树，却还是觉得这么大清早就打扰桑德兰一家的清净很不好意思。但是就在她想要捡起几块石子儿，朝约瑟夫房间的窗户扔过去时，马修从屋里走了出来。

他看见门口的两个人，吓了一跳，不过还是微笑着说：“你们两个这个时间点来这里，是要做什么？”

“没什么。”阿尔西诺伊说，“我们来找约瑟夫。他醒了吗？”

“刚醒。”马修说，“我替你们去叫他。”

“还有那个大陆人。”阿尔西诺伊看见马修转身走进屋时，在后面叫着说。

“他们出来以后，”朱尔斯靠着自己的山猫说，“你能告诉我我们来这儿干什么吗？”

“可能是个惊喜哟。”阿尔西诺伊说。她绕着朱尔斯走来走去。阿尔西诺伊热血沸腾，甚至就连她手掌心那个松垮垮包起来的洞都不觉得痛了。不过，她还是有些犹豫要不要把自己见到的说出来。她很怕朱尔斯会告诉她那仅仅是一个梦，而且她也很害怕被朱尔斯说中了。

像等了一辈子，男孩们才走出来，不明所以，无精打采。约瑟夫看见朱尔斯时，眼睛一亮。比利看见阿尔西诺伊的时候正揉着头发，阿尔西诺伊咳嗽了两声，掩饰自己的笑意。比利从拜见完凯瑟琳回来之后，就一直没有见过她，就连阿尔西诺伊自己也不愿承认，她很担心比利回来以后会投入毒物系的怀抱。

“这一幕真是叫人高兴。”比利说，“你想我已经想到我刚刚回来就必须马上来见我了吗？”

“我以为你已经回来好几天了呢。”阿尔西诺伊说，“再说我来这里不是找你的，是找约瑟夫。”

“我听见你喊我了。‘还有那个大陆人。’我又不聋。”

阿尔西诺伊没有说话。她忙着看约瑟夫盯着朱尔斯，而朱尔斯正盯着自己的山猫。

“阿尔西诺伊，你听见我说话了吗？我说，我们要去哪儿？”

“北边，”她漫不经心地说，“去森林里。”

“那我们能路过狮子头酒馆，我可以进去买点吃的。”

“中途我其实不想停。”

“可你必须要停，”比利说，“如果你希望我跟着一起去的话。你可是在早饭之前就把我们拖起来了。”

他们在早饭之前也把狮子头酒馆后厨的那个男孩拖了起来，

他花了比平时更久的时间才做好培根片煎蛋焗豆。阿尔西诺伊整顿饭吃得坐立不安，不过她还是吃光了自己的一整份外加朱尔斯的一部分。

吃完饭，阿尔西诺伊领着他们穿过贪狼泉曲曲弯弯的大街小巷，抄最短的路往那棵树走去。她弯着手臂，好竖起受伤的手。那只手已经开始抽痛了。

或许这是一个好兆头，又或许她应该也叫上马德里加尔。毕竟，那可能仅仅只是一个梦，她领着他们穿过融雪，到最后可能只是一场空。

当他们在森林走出很远之后，朱尔斯认出来他们要去的方向，停了下来。

“阿尔西诺伊，你先告诉我。”她说，“现在就告诉我。”

“什么？”约瑟夫问她，“怎么了？阿尔西诺伊要带我们去哪儿？”

“又是低等魔法，”朱尔斯看着阿尔西诺伊手上的新伤口，“对不对？”

“我还是搞不懂那个低等魔法有什么不一样。”比利看着朱尔斯说，“还有，你对那只山猫做了什么？”

“不一样的。”约瑟夫说，“朱尔斯的天赋属于她自己。低等魔法是所有人都可以用的，你、我……甚至在老家我们也可以用。但是低等魔法很危险，而且女王储是禁用的。”

“慢着，”比利说，“你刚才说在老家你也可以……”他手腕一扭，做了个阿尔西诺伊很不喜欢的动作。约瑟夫点点头，过了一会儿，比利才耸耸肩。“那不可能。”他说，“我可想象不出你做符咒的样子，你更像是我自己的亲弟弟。”

“那有什么关系？”阿尔西诺伊问。

“没关系。”比利飞快地说，“我不知道……我——我的确见过卢克、埃利斯和许多其他男人，但是……符咒？我还以为那些符咒只有女生才能做。”

“为什么只有女生才能做？”阿尔西诺伊问，不过她也不能真的怪他这样无知。

“现在先不要管这些。”朱尔斯说，“阿尔西诺伊，你回答我。为什么要带我们去那里？”

“因为我看见我的灵宠了。”阿尔西诺伊说。

朱尔斯和约瑟夫都挺直了身子，就连卡姆登向后趴下的耳朵都竖直了。阿尔西诺伊举起手，解开绷带，露出里面愤怒、红肿、穿透手心的伤口。

“我们用了我的血。我和那棵树联系起来，我们一起唤醒了我的天赋。马德里加尔……反正，她肯定一早就知道那里是一个圣地，我们的呼唤可以被听见，只要我的血能够渗进那些树根。”

这听起来有些疯狂。但是她当时在场。她感觉得到有什么东西经过自己的身子渗进了树干，渗进了那些石块，渗进了这座岛。然后，在那棵弯腰树下，正如岛上许许多多其他地方一样，那里已经不仅仅是岛上的一块土地。那里，可以呼吸，可以聆听。

“你看见了什么？”朱尔斯问，“在哪儿看见的？”

“我昨天晚上做梦，梦见了一头大棕熊。”

朱尔斯轻呼一声，非常震惊。有大棕熊作为灵宠的话，阿尔西诺伊会成为岛上有史以来最强的自然系女王储。比伯娜丁和她的狼还要强大，甚至可能比米拉贝拉和她的闪电都要强大。朱尔斯虽然不愿意相信阿尔西诺伊使用低等魔法会有用，但即便是她，也不禁期待起来。

“你确定？”朱尔斯追问道。

“我不能确定，”阿尔西诺伊说，“不过我看见的就是那样。我梦到的。”

“会是真的吗？”约瑟夫问。

阿尔西诺伊攥紧受伤的手，薄薄的结痂裂开，血又流出来，就像她是有意这么做一样。

“神殿可能会重新考虑她们对米拉贝拉的支持。”约瑟夫说。

“这跟你有关系吗？”朱尔斯问。她转头看向阿尔西诺伊：“或许他不应该在这里，或许就不应该带他来。”

“我只是想表达没有人在乎新女王是元素系还是自然系。”约瑟夫轻声说，“只要不是毒物系就好了。”

朱尔斯皱着眉。她没有动，即便阿尔西诺伊加快了前往那棵树的脚步。

“我们去一下，不会受伤吧，嗯？”比利问。他紧赶了几步追上阿尔西诺伊。

阿尔西诺伊拍了拍他的肩膀：“说对了，小少爷！咱们走！”

她飞快地在森林里穿行，在残存的积雪和大片泥泞的融冰之间挑着地方下脚。她没有回头。就算没有听见朱尔斯和卡姆登静悄悄的脚步声，她也知道她们在。无论朱尔斯是否赞成，她都绝对不会让她自己一个人前往。

他们就快走到那棵树的时候，阿尔西诺伊脑海里浮现出那头熊的画面。就算是在梦里，那也是一头庞然大物。它挡住了其他一切。在她的脑海里，只留有那油亮的棕色皮毛和一声咆哮。它的利齿雪白，弯曲的黑爪足以撕碎一只奔跑的鹿。

“那头熊很温顺吧，嗯？”比利问。

“和卡姆登一样温顺。”约瑟夫回答。

“那就是一点都不温顺喽。”朱尔斯说，“但是对朋友很友好。”

“那只山猫比我妈养的西班牙猎犬可温顺多了，”比利说，“但是我想象不出熊也会这样。”

他们绕过山顶，穿过一片山谷，才来到那棵弯腰树和古老的圣石摊前。

那棵树还是原样。昨晚之前，它似乎才在那场明黄烈焰里爆开，但此时树干上唯一留有的痕迹，就是从最低的树枝那里延伸下来一点烧焦的印子。树枝上那些阿尔西诺伊记忆中由马德里加尔绽开的花苞，此时也没了影踪，每一滴飞溅的血渍完全看不见迹象，仿佛从未存在过一样。又或者，它已经被饮用。

“这里发生了什么事？”朱尔斯神情严肃地问。她轻轻绕着残留的木炭走了一圈，手在树干焦黑地方的上空轻轻掠过。随后她在衣服上擦了擦手，虽然她根本没有碰到。

“我想……”比利说，“我想我这种人都已经感觉到了。似乎是，一种颤动。”

“这个地方感觉很疲倦，”约瑟夫说，“就像被透支了一样。”

“不，”朱尔斯说，“那种感觉更像是，一个外来者。一个和这里其他树格格不入的外来者，一个和这块土地其他地方都不一样的外来者。”

“是的。”阿尔西诺伊屏住呼吸，“正是这样。”

阿尔西诺伊后脖子上的汗毛竖起来。这里前所未有的寂静，就像朱尔斯的忧虑和比利的紧张渗进了空气中。

“那头熊是应该出现在这儿的吗？”约瑟夫问，“你看见它在这里？”

“是的。”

就在这里，在那棵树前。它咆哮着，身后是熊熊燃烧的树枝。

可是那些树枝并没有燃烧。她领着他们走了这么远，最终却一无所获。

“我们要等多久？”比利问，“我们是不是……应该吹声口哨？”

“那又不是狗，”阿尔西诺伊叱责说，“不是宠物。我们……再等一会儿。求你们了。”

她转身，在森林中搜寻。没有一点声音。风声、鸟鸣，全都没有。一如既往的沉默寂静。

“阿尔西诺伊，”朱尔斯轻声说，“我们不应该来这里。这不过是一个误会。”

“不，不是的。”阿尔西诺伊坚持道。

朱尔斯当时不在这里。她不是那个被钉在树上、血祭它的人。她没有感觉到空气中的变化。马德里加尔说过，女王储的鲜血是真的能够换回什么东西的，她说得对。阿尔西诺伊的低等魔法已经很强了。

“那头熊会来的，”她喃喃地说，“会来的。”

她抬脚往北走去。

“阿尔西诺伊？”朱尔斯喊着也迈出脚，但是比利伸手拦住了她。

“给她点时间。”比利说。他自己却跟了上去，在阿尔西诺伊寻觅时远远地跟在后面。

当它出现时，你一眼就能看见。那头大棕熊身形庞大，正懒懒散散地顺着山坡往下走。它的肩膀有规律地起伏着，显出一个阴郁的弧度，就像它正试图在密林之间找到一条通往阿尔西诺伊的路。

阿尔西诺伊差点儿就叫出声来了，但是有什么又让她憋了回去。这头熊看起来和她梦里的不太一样。它的爪子拖过泥巴地，垂着头，看起来像是有人将它从死水沟里拖出来，强迫它撑起腐烂的脚站起来一样。

“它会认出我的。”阿尔西诺伊悄声说，并且逼着自己往前迈了一步，接着又一步。

她闻到了某种腐烂的气味。那头熊的皮毛摆动的样子，就仿佛是死尸的皮毛因为被蛆虫和蚂蚁占据而搅动的样子一样。

“朱尔斯。”阿尔西诺伊小声叫着，却不敢回头看。但是朱尔斯离得太远了，她看不见。

“阿尔西诺伊，这边，离它远一点。”比利说，“这太疯狂了！”

但是她不能。她要召唤它，它是她的。她伸出手。

起初，它似乎并不知道她在这里。那头熊继续溜溜达达，像为了给它的不对劲清单里再添一条，它走路的姿势也不太对劲：它的左肩陷落的要比右肩厉害。她看见它的爪印中带着红色的条纹。它生长过快的爪尖倒嵌进它的熊掌里，这在非常年迈的熊或是病熊之中是很常见的。

“是它吗？”比利问，“这是你的灵宠吗？”

“不是。”她说。此时那头熊突然变得愤怒，它视线模糊的眼睛终于对上了阿尔西诺伊的眼睛。

“跑呀！”听见熊发出怒吼，她大喊着转身就跑。熊朝她追过来，大地在它脚下颤动。

他们朝山下跑去，时间变得越来越慢。许多年以前，她和朱尔斯还是孩子的时候，有一个农夫将自己死去的猎犬带到广场上，警告人们山上有一头凶猛的熊。过了几天，人们组了一支狩猎队，上山寻找并且杀死了那头熊。那熊看起来就是一头普通的黑熊，但是那些猎犬已经没有了猎犬的样子，它们被黑熊的利爪从头到尾撕成两半。这么多年过去了，阿尔西诺伊还记得其中一条猎犬的爪子耷拉下来，只有一点点皮跟身子连着。

那头熊溅起的泥巴甩过她的肩膀。她可能逃脱不了。

朱尔斯尖叫着朝阿尔西诺伊跑过来，约瑟夫却拦腰将她抱起。

好小伙儿。他不能让她去冒险。他必须要照顾她，阿尔西诺伊一直都知道他会像这样好好照顾她。

阿尔西诺伊的脚在泥地里一滑，整个人脸朝地扑出去。她闭上眼睛。下一秒，那只爪子就会将她的小腿肚穿透。而她剩下的这点血将会染红大地。

“嘿！”比利喊，“嘿！嘿！”

那个傻瓜跑了过来，正好闯进熊的视野中。他挥动双臂，手中握着冰和泥巴团成的雪球，朝那头熊砸过去。雪球砸中了熊，没有任何作用，就那样被弹开，但是这给阿尔西诺伊争取到了爬起来的时间。

“跑啊！”比利叫道，“跑啊，阿尔西诺伊！”

可是，比利是拿自己的命换她一命。那头熊很快就能追上他。或许比利认为这个交易很划算，但是阿尔西诺伊自己却并不这样认为。

阿尔西诺伊冲过去，拦在比利和那头熊中间。它伸出爪子往前重重一挠。这一下的力道轻轻松松就将她的肩膀撞得脱了臼，其余的利爪她用自己的脸扛了下来。

鲜血滴滴答答染红了雪地。

卡姆登大吼一声，冲上山坡，像一团金色的毛球冲向那头大棕熊。

比利的长臂一把揽住阿尔西诺伊的腰，将她抱起。

“又冷又烫。”她咕哝着，但是嘴巴已经没办法正常张开。

“快走。”比利说。而朱尔斯则大叫一声，卡姆登痛苦地哀号了一声。她被甩出来狠狠撞上一棵树，突然就不动了。

“不！”阿尔西诺伊痛苦地尖叫。但是朱尔斯的尖叫连续不断，一声大过一声，到最后听上去根本不像她的声音，完全盖过了阿尔西诺伊的声音。大棕熊晃着头，随后伸出爪子挠着它自己。它挠着自己的胸膛，像是要把自己的心挖出来。

有那么一瞬，在朱尔斯的尖叫声中，那头熊似乎在空中停顿了一下。

随后它落下来，死了。

汗大滴大滴从朱尔斯身上滚落，就像此时是贪狼泉的仲夏，她一条腿跪在地上。那头熊死了，硕大的四肢摊在身体两侧。它静静地躺在地上，看起来几乎是安息而去，不复衰老病弱的模样，彻底从苦痛中解脱出来。

“朱尔斯。”约瑟夫蹲守在朱尔斯身边。他伸出胳膊揽住她的肩膀，将她转过来看着自己。“你还好吗？”

“是、是的。”她深吸一口气。她很好。无论她刚才用来杀死那头熊、让它的心脏在胸膛里爆炸的力量是什么，此时都已不见。或许重新回到了那棵长着树瘤的弯腰树的心脏里。

“卡姆。”她说，“阿尔西诺伊。”

“我知道。”约瑟夫说。他跑过树林，跑到山上来到阿尔西诺伊和卡姆登躺着的地方。比利已经扯下自己的衣袖，一圈一圈缠住了阿尔西诺伊的上臂。他用剩下的衣服紧紧捂着她的脸。

“她的血可不够这么流的。”他咆哮道，“我们必须给她找个医生。马上！”

“这里没有医生。”约瑟夫小声说，“只有治愈者。”

“哦，随便是谁叫来就好。”比利暴怒地喊道，“她需要他们。”

“那些人都在神殿。”朱尔斯说，她几乎是半跪着蹲在他们旁边，“或者是镇上自己家里。哦，天哪！这些血……”

“那些人住的地方更近一点吧，嗯？你现在不能慌，朱尔斯。你必须要听我说。阿尔西诺伊脸上伤口的血流得太疯狂了，地上的雪还会让她失血更快。你能帮忙吗，还是要晕过去？”比利问。

“我不会晕过去的。”

“我们能冒险把她抬回去吗？”约瑟夫问。

“我们别无选择。”比利说，“失血太严重，我止不住。”

他和约瑟夫隔着阿尔西诺伊，面面相觑，神情凝重。朱尔斯看不到，她的泪水冒出来的太快了。比利说她不能慌，可是她控制不住。阿尔西诺伊的脸色太苍白了。

“好吧。”比利说，“你来抬她的腰和腿，我抬肩膀，因为我还必须捂着她脸上的伤。”

朱尔斯按吩咐照办。温暖的血几乎立刻就覆盖了她的双手。

“约瑟夫，”她说，“卡姆登。拜托你不要丢下卡姆登。”

“我不会的。”说着，约瑟夫轻轻吻了她一下，“我保证。”

朱尔斯和比利抬着阿尔西诺伊穿过森林，顺着原路返回。约瑟夫跟在后面，肩上扛着卡姆登。那只大猫轻轻呻吟。朱尔斯回头瞥了一眼，卡姆正在舔约瑟夫的耳朵。

等他们回到贪狼泉，所有人都精疲力竭。第一个治愈者的家离他们还有不到四条街，可是谁都走不动了。

“贪狼客栈。”说着，比利用下巴朝那里点了点。他用脚踢了好几下才把门踹开，随后大叫着卡斯特尔太太的名字，直到整个客栈都响起奔跑的脚步声。

“这个镇子上有能用的人没有！”比利怒了。

他们将阿尔西诺伊放在门口旁边的沙发上，等着。治愈者终于带着两名女祭司匆匆赶来。他们要先将伤口燎一下，让它收缩，然后再用绷带缠起来，挡道的朱尔斯和比利被推开。

“这是怎么回事？”其中一名女祭司问，“她怎么受了这么重的伤？是不是有罗兰斯城的人偷袭？米拉贝拉又穿过森林来了这里？”

“不是，”朱尔斯说，“是一头熊。”

“熊？”

“我们——”朱尔斯开头，又停下。刚才的一切发生得太快。但是她早就应该想到，她应该保护好阿尔西诺伊的。

“我们当时正在散步，”约瑟夫在朱尔斯身后说，“然后离开了小路。那头熊突然就冲了出来。”

“在哪儿？”那名女祭司问，伸手握住腰间挂着的锯齿弯刀的刀柄，“我会派一支狩猎队过去。”

“不必了。”朱尔斯说，“我已经把它杀死了。”

“你？”

“是的，她。”约瑟夫用一种宣告一切结束的语气说，“哦，她，还有她的山猫。”

他伸手揽着朱尔斯的腰，将她带走，避开了更多的追问。他们慢慢走到一旁，站在比利身边，比利正一下一下抚摩着卡姆登的头。这只大猫还是没法儿走路，但是已经可以呼噜呼噜叫了。

“约瑟夫，”朱尔斯问，“她们不会死，对吧？”

“你把卡姆登养的很强壮。”他紧紧揽住她，“而你和我都知道，阿尔西诺伊比任何一头熊都要更坚强。”

格瑞福斯德雷克庄园

格瑞福斯德雷克庄园里永远不会缺毒药。打开任何一个橱柜或抽屉，总能找到一些粉末、酊剂或是装有毒根的瓶子。因德里得山的大街小巷有传言说，等到爱伦家族搬出去，韦斯特伍德家族会将整个庄园毁掉。他们害怕那里的每一堵墙都有毒。一群傻瓜。说得仿佛爱伦家族对自己的珍藏满不在乎，好像他们对所有事都满不在乎似的。

娜塔莉亚站在毒药房的壁炉前，同吉纳维芙一起喝上午茶。凯瑟琳在她们身后的桌子上忙碌着，戴着那双防护性的黑手套，将各种毒药混合搅拌。

“终于还是发生了这种事。”吉纳维芙说，“天气已经转暖，壁炉的火烧得太热了。你应该动手开开窗户了。”

“这里的窗户不行。”娜塔莉亚说。这里的窗户永远不能开。在这个房间内，合适的微风可能会吹起错误的药粉，那就意味着立刻会有一位被毒死的女王储。

吉纳维芙在椅子里半转过身子，阴沉着脸问：“她在后面捣鼓什么呢？”

“配毒。”娜塔莉亚回答说。凯瑟琳制毒总是很有一手。从还是孩子时，她就满怀热情地弯腰站在这些桌子和药瓶旁，吉纳维芙必须将她拖走或是扇她耳光，试图以此逼迫她能更严肃一些。后来是娜塔莉亚出面制止了这种事。凯瑟琳能在这些珍藏的毒药中找到乐趣，是她身上娜塔莉亚最爱的一点。

吉纳维芙叹了口气，问道：“你收到那个消息了吗？”

“是的。我想这就是你回来的原因？为了确认我收到了那个消息。”

“不过很有意思，对不对？”吉纳维芙说。她放下茶杯，轻轻拂去指尖的饼干屑，抖在盘子上。“先是在桅杆森林遇袭，然后此刻阿尔西诺伊躺在床上奄奄一息？”

她们身后，叮叮当当的声音安静下来，凯瑟琳停下手里的事，仔细听着。

“他们说是一头熊突然冒出来。”娜塔莉亚说。

“一头熊会攻击一个自然系的女王储？”吉纳维芙眯起眼睛，“还是说，米拉贝拉比我们预想的要聪明？一种这样的‘偶然’袭击导致的死亡，不会引起别人反对她。”

“她离开罗兰斯城，想要在森林对阿尔西诺伊下手的时候，就没有考虑过众人反对她会怎么样。”娜塔莉亚说。她瞥了一眼凯瑟琳。那次偷袭令所有人都很恼火。桅杆森林离因德里得山只有半天路程，那个自命不凡的元素使凑得太近了。

娜塔莉亚离开壁炉，走到房间后面，伸出手搭在凯瑟琳纤瘦的肩膀上。桌上乱糟糟的，她似乎把每一个架子和每一个抽屉的药都拿出来一点点。

“你配了什么毒，凯特？”娜塔莉亚问。

“还没有完成。”年轻的女王储回答，“这药水必须要先煮沸然后再浓缩一下才可以。还需要拿去测试。”

娜塔莉亚低头看着玻璃瓶，里面装了两英寸高的琥珀色液体。这里能配出的新奇毒药数不胜数。在许多方面，格瑞福斯德雷克这间毒药室甚至比沃洛伊堡的那间更高级。比如，对药品的管理更有条理，而且还储藏了许多娜塔莉亚自己的独家配方。

娜塔莉亚的手爱怜地抚过木桌。她在这张桌子上送走过多少条人命？送走过多少讨厌的丈夫和麻烦的情妇？有很多桩大陆的问题，都是在这里解决的，只为了向联姻家族和王夫的利益表示致敬。

她伸手去拿那瓶子，凯瑟琳紧张起来，好像娜塔莉亚需要别人操心似的。

“别把它洒在桌子上，”凯瑟琳红着脸解释道，“这药水有腐蚀性。”

“腐蚀性？”娜塔莉亚问，“这种毒药是下给谁的？”

“当然不是阿尔西诺伊。”凯瑟琳说，“她现在或许还有一丝良心。”

“良心。”吉纳维芙坐在壁炉边的沙发里听见，嘟囔着说。

“那就是给米拉贝拉的喽？”娜塔莉亚问。

“他们总说她长得特别美，”凯瑟琳说，“但只是流于表面。”她抬头看着娜塔莉亚，样子非常羞怯，娜塔莉亚哈哈笑着，吻了吻她的头顶。

“娜塔莉亚。”

说话的是她的男管家埃德蒙，他身子笔直地站在门边。

“有客人想要见您。”

“现在吗？”她问。

“是的。”

凯瑟琳的目光从自己的药水上移开，转向吉纳维芙。她还没有配完，但是也不想继续留在一个只有吉纳维芙而没有娜塔莉亚的地方。

“今天就到这里吧。”娜塔莉亚说。她熟练地将药水倒进一个玻璃瓶，塞好瓶塞。做完之后，她将瓶子抛起来，又接住。她摊开双手手掌给凯瑟琳看，药瓶已经不见了，消失在她的袖子里。这是一种很简单的小把戏，毒师学会了总是有好处的。她希望凯瑟琳能够做得更加熟练。

“我先替你保管，等你稍后完成。”

娜塔莉亚的访客正在她的书房等她。这不是一张陌生的面孔，却是没想到的。来的人是威廉·查特斯沃思，第一位求婚者的父亲，他已经在娜塔莉亚的一张摇椅上坐了下来。是她最喜欢的那张。

“需要我给你拿点喝的吗？”她问。

“我自己带了。”他说。他把手伸进外衣里面，掏出一个小银壶给她看。他轻蔑的目光掠过她的吧台，在她的白兰地上流连了一会儿，她的白兰地里加了毒芹，在靠近酒瓶底部的地方还漂着一只漂亮的黑蝎子。

“没有这个必要，”娜塔莉亚说，“我们一直有为客人准备的无毒的食物。”

“那么，其中有多少个被你们不小心毒死了呢？”

“没有这种事发生。”她笑着说，“我们和大陆人已经合作了整整三代，从来没有毒死过任何一个人，除非他自己已经提前中了毒。无须太过担心。”

查特斯沃思坐在摇椅里，带着一种熟悉、随意的气息，就好像这里是属于他的。他和他们许多年前第一次见面时一样英俊、自负。她俯下身，手贴着他的肩膀往下滑，一直滑到他的胸膛。

“不行，”他说，“今天不行。”

“这么说，是为了公事了。我想我是空欢喜一场了。”娜塔莉亚坐进他对面的椅子里。威廉是一个非常好的情人。但是每一次和他欢好，他总是很少顾及她的感受。就仿佛她在床笫之间给予的东西，是她事后无法收回的。

“我真的很喜欢你讲话的方式。”他说。

她轻啜自己的杯中酒。或许他爱自己讲话的方式，也爱她的这副容颜。他的目光从来不曾停止在她身上游移，即便是现在，在谈论公事的时候也是如此。对一个大陆人而言，和女人共处的所有道路，到最后，不知怎么都会通往她们的两腿之间。

“你觉得我儿子如何？”他问。

“一个很优秀的年轻人。”娜塔莉亚说，“和他父亲一样，魅力十足。他似乎很迷恋贪狼泉。”

“无须担心。”查特斯沃思说，“他会听从我的吩咐。我们的协议依然有效。”

他们的协议。那可是很久以前的事了呢，当时娜塔莉亚需要一个地方流放约瑟夫·桑德兰。他的好友兼情人是一个非常容易想到的选择。她不能随自己的心意杀了那个桑德兰家的男孩，但是她也不能全盘接受。只要人下足力气，总会得到些什么的。

“很好。”她说，“对他来说，乖乖听话能带来许多好处。单只通商协议这一项，就能给你的家族带来不可估量的好处。”

“是的。”他说，“那么其他的呢？”

娜塔莉亚喝光杯中的白兰地，又倒了一杯。

“你真是太谨慎了。”她咯咯笑起来，“你可以说出来。‘行刺’‘谋杀’‘下毒’。”

“别讲的这么低俗。”

这些说法一点都不低俗。不过，她还是叹了口气。“好吧，”娜塔莉亚说，“其他的。”她会杀了所有有必要杀掉的人，悄无声息地，从难以置信的遥远的地方遥控，只要他们的联盟还在。正如她之前那样，正如爱伦家族之前那样，为了每一位王夫的家族利益。

“可你为什么来？”她问，“还这么急，一声知会都没有？你不可能只是为了重提那些古老的协议。”

“是的。”他说，“我来这里是因为得知了一个我不喜欢的秘密，一个可能会毁了我们所有美好未来计划的秘密。”

“是什么？”

“我刚刚从罗兰斯城过来，替我儿子和米拉贝拉女王储安排会面。莎拉·韦斯特伍德告诉了我一个秘密，我觉得你可能不知道。”

娜塔莉亚对此嗤之以鼻。这不太可能。这座岛或许还隐藏着许多秘密，但是不可能有瞒过她的。

“如果是莎拉·韦斯特伍德说的，你就白白浪费了你的马跑腿。”娜塔莉亚说，“她除了是个甜姐儿，什么都不是。虔诚的甜姐儿。还有两个我从未听过的没用的词可以用来形容她。”

“芬伯恩岛的大部分人都很虔诚。”查特斯沃思说，“如果你曾在神殿安插了耳目，就无须听我来跟你讲这件事了。”

娜塔莉亚眼中闪过一道光。只要她将自己的拆信刀放在酒杯里蘸一下，就可以直接刺进他的脖子。倒是要比一比，他是中毒死得快，还是因为失血过多死得快。

“她们计划要干掉女王储。”他说。

有那么一刻，这句话听起来荒唐至极，娜塔莉亚根本无法接受他话里的意思。

“什么？”她问，“他们当然会这么做。我们全都会。”

“不。”查特斯沃思说，“我指的是神殿，女祭司。等你们五朔节的庆典结束，她们就会伏击我们。她们准备杀死我们的女王储，还有贪狼泉那个。她说今年是‘献祭年’。”

“‘献祭年’。”娜塔莉亚重复道。一个天赋特别强，两个天赋特别弱的一代三胞胎。没有人质疑这种说法的真实性。但是她从来没有听说过，天赋弱的女王储要在复苏大会上被女祭司屠杀。

“卢卡，”她喃喃地说，“你倒是很聪明啊。”

“怎么？”说着，查特斯沃思从椅子里直起身子往前探，“我们要怎么做？”

娜塔莉亚摇摇头，脸上浮现出一抹灿烂的笑容。

“我们什么都不做。你已经完成了你的部分，就让爱伦家族搞定神殿吧。”

“你确定？”他问道，“你凭什么觉得你们能搞定？”

“就凭过去这一百年里，我们一直都能搞定。”

贪狼泉

阿尔西诺伊醒来时，立刻明白过来自己脸上不太对劲。一开始她以为是自己睡姿不对，或许是压在枕头上太用力了。只是，她现在明明是平躺在床上的。

房间里静悄悄的，正午的阳光明媚。她不知道自己睡了多久。蓝白相间的窗帘紧紧地合拢，写字台上堆满了一盘盘原封未动的食物。

“那头熊。”她呢喃说。

很显然，朱尔斯就在她身边，疲倦，褐色的鬈发乱糟糟缠在一起。

“别动。”朱尔斯说，但阿尔西诺伊还是用胳膊肘撑起身子。这样做的时候，她的右肩膀传来一阵钻心的痛。

“至少让我扶你起来。”朱尔斯扶起阿尔西诺伊，在她背后垫了几个枕头。

“我怎么没死？”阿尔西诺伊问，“卡姆登在哪儿？”

“她很好。”朱尔斯说，“就在房间里。”

朱尔斯朝躺在自己床上的山猫仰起下巴。相比较而言，大山猫显然是懒洋洋地躺在那里休息。她身上有几道伤口，有条前腿缠了绷带吊起来，不过本来的结果预计更糟糕来着。

“她的肩膀骨折了。”朱尔斯小声说，“等到他们有时间想起来看她……永远都没法儿恢复成原样了。”

“都是我的错。”阿尔西诺伊说。朱尔斯看着地板。

“你差点儿就死了。”朱尔斯说，“马德里加尔就不应该教你。”

“她是唯一一个试着帮我的人。就算出了什么差池，也不是她的错。我们都知道，使用低等魔法的话，有时候是会出现这种情况的。我们都知道它是有风险的。”

“你说得好像无论如何，你还是会再用。”

阿尔西诺伊皱着眉。或者说，她试图想要皱眉。她的嘴巴没办法恰当地张开。她的脸颊很奇怪，感觉沉甸甸的。而她的脸有一部分她完全感觉不到，就像皮肤底下长的是石头。

“你能帮我打开窗户吗，朱尔斯？”

“当然。”

朱尔斯走到房间另一边，拉开窗帘。新鲜的空气是一种抚慰。房间闻起来有些污浊，像血味，和睡了太多的味道。

“卢克也在，”朱尔斯说，“他带了曲奇。”

阿尔西诺伊伸手去摸自己的脸，撕扯绷带。

“阿尔西诺伊，不要！”

“给我镜子。”

“你必须要躺在床上。”朱尔斯说。

“别说废话，把马德里加尔的镜子拿一面给我。”

有那么一会儿，朱尔斯似乎想要拒绝。就是这时，第一丝真正的恐惧才缓缓渗透进阿尔西诺伊的心底。但是到最后，朱尔斯还是去翻马德里加尔的梳妆台，终于找到一面把手泛着珠光的漂亮镜子。

阿尔西诺伊伸出好的那只手扶着后脑勺，梳着因为睡了太久爹起来的头发。然后她举起镜子，照了照。

她的眼睛没有眨，甚至就连朱尔斯在她举着镜子的手后面开始哭的时候都没有。阿尔西诺伊必须要自己亲眼瞧一下。把那缝起来的红肿的伤口每一英寸都看仔细，把每一条将她剩余的脸拼凑在一起的愤怒的黑色针脚都看清楚。

她的右脸大部分不见了，本应鼓起的地方全都凹陷下去。黑色的缝线从嘴角一直延伸到外眼角。而另外一条更粗的缝线整个覆盖住她凹陷下去的颧骨，一路延伸到下巴。

"嗯，"阿尔西诺伊说，"要是再高一丁点儿，我可能就需要戴眼罩了。"她开始大笑。

"阿尔西诺伊，不要笑了。"

阿尔西诺伊看着镜子里那些缝线，直到血喷溅出来流到她的下巴上。朱尔斯想要让她安静下来，大声叫着凯特外婆和埃利斯外公，阿尔西诺伊却只是笑得更厉害。

伤口被扯开了，眼泪里的盐分腌的伤口火辣辣。幸运的是，她从来都不在乎自己的容貌。

朱尔斯在桑德兰家的船坞里找到了约瑟夫，他正忙着将一堆乱七八糟的绳子收拾好，缠起来。今天很暖和，他脱了外套，挽起衬衫的袖子。朱尔斯闷闷地看着汗珠从他的眉毛上滚落。他就属于那种帅的可以吸引每一双眼睛的人。

“朱尔斯。”约瑟夫看见她之后打招呼，同时放下手里的一卷绳子，“她怎么样了？”

“她是阿尔西诺伊。”朱尔斯说，“她把绷带全扯了下来。他们现在正忙着帮她重新缠好。我待不下去了，我再也忍受不了了。”

他拿起手绢把手指擦干净。他想如果朱尔斯同意的话，自己或许可以握住她的手。

“我本来打算给她带点花过去。”他咯咯笑起来，“你能想象吗？我很想见她，但是我不知道她是不是愿意见我。如果她愿意被人看见的话。”

“她会愿意见你的。”朱尔斯说，“阿尔西诺伊从来都不会躲起来。”

朱尔斯转头看向海面，海上黑压压的全是破败的船只，几乎看不见码头的边缘。

“我觉得很奇怪。”她说，“没有了卡姆登，没有了阿尔西诺伊，就像我自己没了影子一样。”

“她们会回来的。”约瑟夫说。

“但不会再像从前一样了。”

约瑟夫用紧张地手指扣住她肩头，直到她向后依偎进自己怀里。有那么一瞬，他似乎可以把她拎起来，一只手就能负担她全部的重量。

“我也爱她，朱尔斯。”约瑟夫说，“几乎就和爱你一样多。”

他们两个一起看向海湾。海湾寂静，除了微微的海浪和风什么都没有，就好像你永远无法驶出去。

“约瑟夫……我真希望我们五年前能带她离开这座岛。”

比利进到房间的时候，脸上没有笑容，这样很好。至少，这比那些治愈者和米兰一家想要露出的那种内疚、迟疑、强挤出来的微笑要好。他扬起手。他给她带来了鲜花。这些充满生机的、橘黄色的怒放花朵，是贪狼泉任何一个温室都培育不出来的。

“我爸爸派人送来了这些。”比利说，“全都是从我妈妈最喜欢的花店买的。一听说这件事，他就派人将花送了来。那时我们都还不知道你是死是活。他说反正这些花总会派上用场，要么用来求婚，要么用来哀悼。我能把它们踩烂吗？”

“在自然使法师的家里？”

阿尔西诺伊接过花。这些花的花瓣小小的，像天鹅绒一样，闻起来有一点夏天进口过来的柑橘味。

“这些花真漂亮。”她说，“朱尔斯可以让它们的花期持续很久。”

“可是你不行。”他说。

“是的，我不行。”

她将花放在床头柜上，靠近窗台和那些在冬天冻死的干枯、卷曲的蕨类残骸旁边。比利将外套搭在椅背上，但是他自己没有坐上去，而是坐在了她的床脚。

“你一定要来这里吗？”他问，“如果你真的没有……天赋……为什么要把你送到米兰家？他们是中了彩票那类东西吗？还是赌输了？”

阿尔西诺伊咯咯笑起来，她的半张脸抽痛起来。比利看她捂着脸，于是凑近身子，但是他什么也做不了。再说，这是笑的人自找的。

“从来没人说过我没有天赋。”阿尔西诺伊说，“至少，当时没有。我们三个谁都没有被打上没有天赋的烙印。”

“烙印？”

“女王一生下孩子，就知道自己的孩子什么样。”阿尔西诺伊说，“然后她就把我们留给助产士，抚养长大。等我们长到一定岁数，各自的辅臣家族就派人来把我们接走。

“来接我的人是朱尔斯。她是我唯一不害怕的人。她来的时候，一只手拉着卡拉小姨，另一只手拉着马修。”

“啊。”说着，比利靠了回去，“卡拉小姨和约瑟夫的哥哥马修。就我听到的来说，他们两个是相当古板的一对儿。”

“是的。”阿尔西诺伊说，“有人说卡拉小姨对马修来说，太古板了。而且马修太年轻。但是我永远忘不了，他们把卡拉小姨带走时，马修的表情。”

阿尔西诺伊清了清喉咙。她的样子看起来一定很可笑，卧床不起，脸上缠满绷带，讲着那对分散恋人的事。

“你为了我冲到了那头熊前面。”比利说。

“你先为我冲到那头熊前面的。”

他微微笑了。“然后朱尔斯杀死了它。”他说，“我本来以为她那么强大对人没有好处。不过我们真是走运，她当时在那儿。”

“是的。”阿尔西诺伊说，“我确定，等我再去试的时候还会带上她。”

“再去？阿尔西诺伊，你差点儿就没命了。”

“如果我不再去试一次的话，肯定会没命。”

他们目光相交。比利先转过头。

“另外两个女王储也知道，你是什么样的。”说完，他摇摇头，“你们真是太奇怪了，在许许多多方面都是。”

“你一定听过一种说法，说女王储其实不是真正的人类。”她说，“所以当我们互相残杀时，杀死的并不是一个人。”阿尔西诺伊低下头，“他们是那么说的。我已经不知道到底是不是真的了。”

但无论真假，都无关紧要。这就是这座岛的方式，而且那个时候就快要到来。随着冰雪消融，五朔节即将来到。很快，这座岛就会蠢蠢欲动，从外向内，朝向心脏的地方。所有的大家族都要聚在一起，在因尼斯夫山谷度过三个夜晚。

“昨天我收到一封我父亲寄来的信，”比利说，“但是还没有拆开看。我知道信上说的肯定是我要去见米拉贝拉的事，可我不想去。”

“你希望我赢。”阿尔西诺伊说，“你希望能和我结婚。”

比利笑了：“我不想和你结婚，你身上没有一个地方适合做妻子。不过我也不希望你死。你已经是我的朋友了，阿尔西诺伊。”

他拉起她的手，握住，阿尔西诺伊很惊讶这一握里承担的那许多的含义。比利的话真心实意，虽然她知道无论如何，到最后他还是要去见米拉贝拉。

“你想要看一下吗？”她摸着自己的脸。

“我们现在是小男生吗？”他问，“在比赛谁伤疤多？”

“如果是的话，一定我赢。”

她转头，拆掉绷带。那些缝线扯动她的脸颊，但是没有流血。

比利花了点时间，仔仔细细全都看清楚。

“我是不是应该撒谎，跟你说我还见过更糟糕的？”他问。她摇摇头。“你知道吗，有一首关于你们的歌谣。”他说，“在我老家，小女孩会一边跳绳一边唱。

暗黑三女储，
诞于幽谷地。
生就伶俐兼可人，
永难成知己。

暗黑三姊妹，
众目睽睽无恩义。
落败二人命遭噬，
余者称王矣。

“他们就是那样叫你们的，在大陆。女巫。我父亲也是这样叫你们。怪物。野兽。可你并不是怪物。”

“是的。”她小声说，“另外两个也不是。但是这并不能改变我们必须要做的事情。”她握住比利的手，轻轻捏了一下，“回桑德兰家吧，小少爷。回去看你的信。”

因德里得山

皮埃尔·雷纳德从未受邀进入过沃洛伊堡，但是他一直梦想着这一天。从孩提时起，父亲就给他讲了许多沃洛伊堡的故事。他说，那里的走廊不允许发出任何声音，沃洛伊堡鄙视一切装饰品，仿佛那里有许多更加重要的东西，根本不屑摆一些陈设。只有议会开会的房间例外，那里黑色的墙表非常光滑，陈列着一些浮雕，描绘的是自然系的开花、元素系的火、毒物系的毒和战斗系的大屠杀。他曾经画了一部分毒物系的草稿给皮埃尔看，炭笔画在雪白的纸上，那是一窝盘绕纠缠的毒蛇聚居在夹竹桃花瓣的温床上。他答应一旦皮埃尔长到合适的年龄，就带他去。但那是在他自己隐居乡野、新娶了一任妻房之前的事。

“请这边走。”一位随从说。他领着皮埃尔顺着东塔的楼梯往上走，引他去娜塔莉亚等着的地方。

他其实不需要人领。在自己的想象里，皮埃尔已经把整个沃洛伊堡走了一千次。

他们经过一扇窗户，他望向外面的西塔。高大且笨重，将所有的风景都挡住。在上面这么近的地方看，它没有在远处看时那种宏伟的印象，不再是一把直指天空的石雕匕首。从这里看去，只觉得西塔黑漆漆的很难看，它被紧紧封锁起来，直到迎来新一代女王入住。

随从停在一扇小门外，鞠了一躬。皮埃尔敲敲门，走了进去。

这是一间很小的、圆形的书房，看起来很像是女祭司的住处——在一块岩石中掏出一个奇怪的狭小空间。娜塔莉亚站在那孤零零的窗户旁边，看起来似乎身形过于庞大。

“过来。”她说。

“我很惊讶您居然会在这里召见我。”他说。

“我知道你一直都在等这一天。”她说，“来看看你自己的奖励。和你想象中的一样吗？”

皮埃尔看向窗外，吹了声口哨。

“我必须承认我一直都认为这里应该是三座塔，而不是两座。三座，代表三位女王储。不过我现在明白了。这栋建筑真令人震撼！就算只有两座塔，也是非常了不起的成就。”

娜塔莉亚走到房间尽头，在一个小橱柜前弯下腰，她的脚步声大得像马蹄踏在鹅卵石路上。这里很少有铺地板的地方，仆人的腿一定走得很痛。

娜塔莉亚倒了两杯淡黄色的液体，是五月酒，皮埃尔站在窗边都能闻到酒香。真是个奇怪的选择。

这是为毒物系的孩子准备的饮料。皮埃尔接过来，闻了闻，没有发现任何掺了毒的迹象。

“这是为什么？”他问，“我已经好多年没有喝过五月酒了。我继母曾经在夏天，为我和我的几位堂兄弟调制过，加了蜂蜜和草莓汁，很甜。”

“我过去常常替凯瑟琳调制。”娜塔莉亚说，“她一直都很喜欢喝。不过一开始，她喝完以后就变得像条病狗，可怜的小家伙。”

皮埃尔啜了一口。很好喝，哪怕并不甜。

“这是用贪狼泉的葡萄酿的。”娜塔莉亚有些不屑地说，“自然系的人或许很粗鄙，但是他们知道怎么种葡萄。他们说，要保证每一颗果子上都享有一点阳光。”

“娜塔莉亚姑母，出了什么事？”

她摇了摇头：“你是一个虔诚的信徒吗，皮埃尔？你对神殿的了解多吗？”

“不是很多。”他说，“玛格丽特在嫁给我父亲之后，试过带我去神殿。但是太晚了。”

“永远都不会太晚。也是她劝你父亲退出议会的吧，对不对？放弃首府和他自己的家族。”她叹了口气，“我真希望宝琳娜还活着。克里斯托弗娶了玛格丽特，对她来说真是极大的侮辱。”

“是的。”皮埃尔说，“但这并不是您叫我来这里的原因。”

娜塔莉亚笑起来。

“你和我真是太像了，这么直接。你说得对。我找你来这里，是因为神殿要反抗我们了。你有没有听过一个叫作‘献祭年’的传闻？”

“没有。”皮埃尔说。

“我一点不觉得惊讶。你和凯瑟琳在一起，消息太闭塞了。献祭年指的是出现一代三胞胎中，有一位特别强，而两位天赋特别弱的女王储的情况。”

“就像如今这一代。”

“是的。”她说，“而这个传言基本上是真的。我自己也记得——是我外婆告诉我的，她也是听她自己的外婆说的。但是神殿准备在这上面动点歪脑筋。”

“怎么做？”

“她们说在献祭年，两位天赋弱的女王储要在复苏大会之后，被暴徒撕碎。”

“什么？”皮埃尔难以置信。他放下酒杯的时候手有些抖，杯子里的酒溅到了窗台上。

“她们说要聚集起一大批暴徒，将另外两位女王储的胳膊和头从身上扯下来，再将她们丢进火里。她们正准备这样对付凯瑟琳和阿尔西诺伊。她们想让米拉贝拉成为清白女王。”

皮埃尔屏住呼吸。清白女王是非常受人爱戴的，仅次于蓝女王。但是两百年间，也只出现过一任。

“而献祭年的这部分传说并不是真的，”娜塔莉亚说，“至少我从来没有听说过。”

“这么说，这是老卢卡孤注一掷了？”他说，“元素系内部一定出了问题。”

“或许吧，又或者神殿只是想要抓住这个机会，这都不重要。重要的是这件事被我们知道了。”

“我们是怎么知道的？”皮埃尔问。

“大陆来的一只傻鸟告诉我的，他在我耳边轻声低语。”

皮埃尔用手捂住脸。凯瑟琳，甜美可人的凯瑟琳。她们想要扯下她的胳膊和头，她们想要烧死她。

“为什么这里只有我一个人，娜塔莉亚？吉纳维芙、卢西恩，还有爱兰歌娜呢？”

“我没有告诉他们，他们也帮不上什么忙。”她看着窗外，眺望这座城，眺望城外的郊野。“这岛上发生的事没有我不知道的。或者说，我是这么认为的。不过有一件事我很肯定，那就是神殿的女祭司人手一把礼仪佩刀正在前往因尼斯夫的路上。每一名女祭司都是全副武装。”

“所以，我们自己也要武装起来！”

“我们不是战士，贤侄。就算我们是，也来不及了。我们需要这城里的每一名毒师。在因尼斯夫，元素系的人和神殿的女祭司加起来，和我们的人员比例是三对一。”

皮埃尔握着姑母的手臂，紧紧攥住。他在成长过程中或许并不经常见到她，但是从父亲讲述的故事里他已经了解很多，当娜塔莉亚不再是她自己时，他能立刻意识到。这位爱伦家族的女族长不可能就这样接受自己被人打败。

“我们不能干站着任由她们砍掉我们女王储的头。”皮埃尔松开手，声音也柔和下来，“不能让她们这样对待我们的凯瑟琳，我们的小凯特。”

“你要怎么救她呢，皮埃尔？”娜塔莉亚说道，“等五朔节到了，我们就基本上没有什么权利了。女祭司监管一切，从狩猎大会到复苏大会。想要对付她们，几乎没有可能。”

“是几乎没有可能。”他更正道，“不是不可能。而我会做一切必须要做的事，任何事都可以。”

她嘴角上扬。

“你爱她。”

“是的。”皮埃尔说，“你也是。”

贪狼泉

埃利斯外公给阿尔西诺伊雕了一副面具，遮住她愈合中的伤口。那面具很薄，而且非常贴合，可以只凭她的鼻子就戴在脸上，不过他还是在面具两边打了几个洞，拴上黑丝带，好让她系在脑后。面具被漆成黑色，描绘出完美的颧骨线条，从她没受伤的半张脸延伸过去，顺着鼻梁往右脸的下巴逐渐变细。他还按照她的要求，在上面画了大红色的斜杠，从眼睛一直到脸颊。

“这一定会给求婚者留下深刻印象。”埃利斯外公说，“当他们走下自己的船，一定会好奇你是谁，好奇这副面具背后的样子。”

“然后等他们发现，就会吓死。”说完，阿尔西诺伊碰了碰埃利斯外公的胳膊，眉头微蹙，“这面具真漂亮。谢谢您。”

“让我帮你戴上。”朱尔斯说。

“不，”阿尔西诺伊说，“最好还是先留着。就像埃利斯外公说的那样，等到登岛大典的时候再戴。”

凯特外婆坚定地点点头：“好主意。没有任何理由就戴上这样的东西，有点太牵强了。”

凯特外婆拍了拍手，面粉四处飞散。她刚才一直在擀面团，好把秋天密封的最后一罐苹果做成苹果馅饼。朱尔斯已经在饼皮上划好道子，等着送进烤箱。马德里加尔本来也应该来帮忙，但是一大早她就不见了人影。

外面，有人在房子的一角紧挨鸡笼的地方鬼鬼祟祟。朱尔斯往窗外看去。

“是比利。”她说，“他被伏牛花丛剐住了。他一定是从果园穿过来的。”

“我出去吧。”说着，阿尔西诺伊推开桌子站起来。能下床重新站起来，真让人松了一口气。或许自己应该带着他顺着山路上山。又或者算了。这条山路离那棵弯腰树太近，米兰家没人愿意再让她去。不过，哦，她真的恨不得现在就去。

屋外，比利正在踢那些灌木荆棘：“这些邪恶的植物到底是什么？”

“是伏牛花。”阿尔西诺伊说，“凯特外婆在鸡笼外面种这些，是防狐狸的。你在这里做什么？”

他停止了挣扎：“这真是一个不太热情的欢迎。我是来见你的呀，除非你现在还处于黑色心情。”

“‘黑色心情’？”

“就是情绪低落。”比利说，“绝望、黑暗、难过。”他又呵呵笑起来，“天哪，你有时候真的是很奇怪，你们这些人。”

比利伸出手，阿尔西诺伊把他从灌木丛拉出来。

“我还以为你或许想要离开这里，”他说，“离开你的病床。”

“现在，这是个好主意。”她说。

他拉着她朝海湾跑去，朝桑德兰家的一条滑规跑去。滑轨里停着一条美丽的小帆船，船帆是浅蓝色，船身被漆成黄色。阿尔西诺伊没打算真的驾船出海。自从试图逃跑那次之后，她就再没想过。但是，她坐船出海并没有被明令禁止。

今天是一个适合出海的好天气，海湾风平浪静，和她平时见到的一样，几只长得一模一样的海豹从附近的礁石后面伸出头来。

“来吧。” 比利说，“我问过桑德兰太太能不能帮我们准备午饭了。”他举起一个用布盖起来的篮子，“炸鸡和小鱼土豆块，还有酸奶油。她说这是你最喜欢的食物。”

阿尔西诺伊看了看篮子，同时也看见布科夫先生和市集上两个商家讨价还价时暗暗瞥过来的目光。他们这些天都在背后怎么说她？脸上有疤的女王储。被自己的姐姐在森林里偷袭，还差点儿被一头熊杀死。现在，连之前对她忠心耿耿的人，也开始产生怀疑。就连卢克都是。

“炸鸡？”她踏上船，问道。

比利解开缆绳。他们没驶出多远就从那群海豹旁边经过，随后一直向北，顺着岛的西岸航行。

“如果我们再往远处去一点，或许能看见喷水的后背。”阿尔西诺伊说，“那些是鲸鱼。我们应该叫上朱尔斯，她可以命令它们拉船，我们就可以把船帆收起来了。”

比利哈哈大笑：“你知道吗，你的话听起来几乎就是羡慕嫉妒恨。”

不是几乎，而是就是。有多少次她都希望自己能分得朱尔斯的一点点天赋。阿尔西诺伊伸出手，摸着脸上缠着绷带的伤口。这些伤口到五朔节的时候，甚至都没法儿变成伤疤，依然还是又红又肿又难看。

“你什么时候出发去参加登岛大典？”阿尔西诺伊问。

“快了。”比利说，“朗莫湾离这里并不远。我父亲说我们连夜赶路的话，如果没有风，甚至可能会提前到。再说，我们只需要赶到桑德港，然后慢慢游行驶进海湾就可以。约瑟夫告诉我的，我只记得这么多。”

“我还以为他把所有事都告诉你了呢。”阿尔西诺伊说。

“我当时听得更专心一点就好了。”比利说，“但是这些东西对我来说，在穿过迷雾亲眼看见芬伯恩岛一点一点出现之前，都是不真实的。”

阿尔西诺伊回头看着芬伯恩岛。从海上望过去，那岛变得很不一样。更安全——就像它不会呼吸，也没有渴求鲜血。“求婚者不能参加狩猎大会，我有点失望。”比利说，“那是整个庆典唯一一个听起来真的有趣的环节。”

“不用太难过。等你当上王夫，每年都要领头主导狩猎大典。就算你当不上王夫，求婚者也可以参加第二年的猎鹿大会，在结婚大典之前。”

“你去过我们要去的地方吗，因尼斯夫？”

“没有。”阿尔西诺伊说，“不过那里离黑暗乡舍非常近，就是我出生的地方。”

“也是朱尔斯的小姨卡拉现在住的地方。”比利想起来，“那样的话一定很难熬，她离得这么近。你说，朱尔斯和马德里加尔会去看她吗？”

“朱尔斯可能还有这个念头，不过她不能违背议会的判罚，无论那有多不公平。至于马德里加尔，她和卡拉从来都没有真心关心过对方。”

“这座岛上的姐妹是不是都彼此漠不关心？”比利问。阿尔西诺伊哼了一声。

“提起姐妹，你不是应该去见我姐姐吗？为什么你没有去罗兰斯城，和米拉贝拉待在一起？”

“我不想去，尤其你又受了伤。我可以等到五朔节再见她，和其他人一样。”

比利的话让阿尔西诺伊从心底感受到一股暖意。他很好，这个大陆人。虽然他当时跟自己说她可能会是一个很差劲的妻子时，不算在说谎，但是他是一个适合自己姐妹的好王夫。阿尔西诺伊不敢去想他会成为自己的好王夫，那样的希望太危险。

比利放下船帆，将小船驶离这座岛，朝更加开阔的海域驶去。

“我们不应该走得太远。”阿尔西诺伊说，“不然等我们回来，天就黑了。”

“我们不回贪狼泉了。”

“什么？”她问，“那我们去哪儿？”

“我要做一件任何文明人都必须做的事。我要带你离开这座岛，直接往南，回家去。如果你愿意，可以选择消失，或者和我在一起。我可以给你你所需要的一切，但是你不能留在这里。”

“和你在一起？”

“确切地说，不是和我。我还是要回来参加节日庆典的。如果不回来的话，我父亲肯定会剥了我的皮。但如果我没有中选成为王夫，就回来找你。我妈妈和姐姐在这期间都会来帮忙。”

阿尔西诺伊静静地坐着。她没有想到这些。比利是想要救她，强行把她从危险中带走。这完全是大陆人的行事作风，为朋友做的一件勇敢事。

“我不能让你这么做。如果我走了，你会受到惩罚的。”她说。

“我会做的像是你逼我跳船，让我自己游回去。”比利说，“你之前曾经试过一次；没有人会怀疑我。”

“小少爷，”阿尔西诺伊望着大海，半怀希望地想要看着那片雾网升起，“这座岛不会放我走的。难道约瑟夫没有告诉过你吗？”

“这次不一样。”他说，“这条船不是芬伯恩岛上的，而是我的，可以想来就来，想走就走。”他摸了摸桅杆，像是在一下一下抚着马脖子，“我派人去拿的。上次我爸爸回家，我让他把船给我拖了回来。我说，这是送给约瑟夫的礼物，我和他可以坐着出海。”

希望已经升到了阿尔西诺伊的嗓子眼儿。他的话听起来充满可能。

“比利，你真是我的好朋友，和我之前的朋友一样好。但是我不能走。再说，你应该要有自信。就算脸毁了，我或许还是能赢。”

“不，你赢不了。”他厉声说，“阿尔西诺伊，她们要杀了你。甚至等不到明年的五朔节，不是几天之后——甚至几个月之后。而是现在。我父亲把她们的计划都告诉我了，所以才寄了那封信。这座血淋淋、倒霉岛上的女祭司，她们想要把你和凯瑟琳撕成碎片。她们要把你们撕碎的身体扔进火里，然后在第二天黎明之前，就给米拉贝拉戴上王冠。”

“这不是真的。”她说。接着她又听比利跟自己讲，他知道的那些细节和关于献祭年的事。

“阿尔西诺伊，你相信我吗？我不会骗你。我自己肯定编不出来这些。”

阿尔西诺伊静静地坐着。她的右边就坐落着那座岛——永恒亘古，不受海浪侵袭。它深深地固定在这里。要是能有办法将它从海底掰开，让它漂走就好了。要是这座岛只不过是一条漂亮的、沉睡的狗，爪子上覆着沙子，肩膀上背着峭壁，等待醒来把她撕裂的话，就好了。

“你父亲可能弄错了。”她说。

但是他没有。比利说的都是真话。

阿尔西诺伊想到卢克和米兰一家。她想到了约瑟夫。她想到了朱尔斯。

“我们必须要战斗。”她说，“就算这是一场注定会输的战斗。但是，我想我还有时间。我不想死，小少爷。”

“别担心，阿尔西诺伊，我不会让你死的。现在，抓住绳子，帮我把船开快些。”

五朔节

因尼斯夫山谷

韦斯特伍德营地

“他们什么都没找到。没有她的踪迹。她也没有躲在贪狼泉某处的阁楼里，派出去打捞的船，渔网里除了鱼什么都没捞上来。阿尔西诺伊不见了。”

“她不可能不见。”米拉贝拉说，布里也抿起嘴唇。

“可能，只是可能。”布里说，“但她就是不见了。”

“那样很好啊。”伊丽莎白说，“如果她逃了，就没有人能逼你伤害她。而她也不能来伤害你了。”

伤害——这个词对她们必须要做的事情来说，太温和了。但是，米拉贝拉也不想从伊丽莎白嘴里听到更严苛的词。

米拉贝拉站在一面高高的穿衣镜前，让布里帮她系好长长的黑礼服裙。这条裙子很舒适，松松垮垮，又不很重。特别适合一天活动中，她不必出现在人前休息的时候。

伊丽莎白跪在地上，在她们带来的诸多行李箱中翻找一把柔软的梳子。她找到以后，忘记自己还受着伤，断腕的地方撞到了其中一个箱子的箱角。她紧紧抱着自己的胳膊，咬住嘴唇。啄木鸟佩珀飞快地飞过来落在她肩头。

“伊丽莎白，”米拉贝拉说，“你不必去做这种事。”

“不，我要做。我必须学会怎么用这只胳膊。”

外面闪过人影。那些女祭司，总是紧跟在侧，总是在旁边监视。米拉贝拉宽敞的黑白色帐篷里，铺着厚厚的地毯，地毯上摆了一张床、柔软的垫子、各式桌椅，很容易便叫人忘记这里其实是用帆布和丝绸围起来的房间，而不是四壁坚实的那种，她们的谈话也很轻易就能被人偷听去。

布里系好裙子，站在米拉贝拉旁边，和她一起看着镜子。

“你刚才看没看见在这里的那几个男孩？”她大声问，“脱光了膀子，在太阳底下搭帐篷那几个？你觉得自然系的男孩真的有他们说的那么野性十足吗？”

米拉贝拉屏住呼吸。自然系的男孩，比如约瑟夫。她没有告诉布里和伊丽莎白，自己跟约瑟夫之间发生的事情。虽然米拉贝拉很想说，但是她害怕把这件事讲出来。约瑟夫也会来参加庆典，她可以再见到他。但是他一定是和朱莉·米兰在一起。无论米拉贝拉和约瑟夫在海滩、在森林发生了什么，无论他们两个当时彼此纠缠得多么激烈甚至都听不见暴风雨，米拉贝拉知道，自己才是他们故事中的闯入者。

“大概没有吧。”米拉贝拉平静地大声说，“不过我相信，你一定能找到答案，回来告诉我。”

人影走开，布里紧紧握着米拉贝拉的肩膀。在长途跋涉了整整两天之后，还要在帐篷里度过漫长的一天。坐着颠簸的马车从罗兰斯城赶来这里，她们所有人的胃都被颠得很不舒服，特别是走到桑德港口附近的那片开阔地带，闻起来一股咸味，温热的海滩上还扔着好多鱼。

米拉贝拉从帐篷的门缝里偷偷往外望去。外面有很多人，在太阳底下说说笑笑地干着活儿。她没怎么看见山谷的样子。她们一直让她待在马车上，等到帐篷搭好了，她们就立刻带着她进了帐篷。她只看见了黎明前的峭壁和开阔谷底四周黑压压的森林。

女祭司说，等她到了岛中心，等靠近布雷切亚圣域深邃、黑暗峡谷深处女神脉动的地方，她就会感觉到更多的自己，表现得更像一位女王储。但是她没有。米拉贝拉只觉得这座岛在自己脚底嗡嗡叫，而她一点都不喜欢这种感觉。

“卢卡呢？”她问道，“我好像都没看见她。”

“她正忙着找人呢。”伊丽莎白说，“我从来没见她这样焦躁、愤怒过。她完全不敢相信你妹妹会这么桀骜不驯。”

可那就是阿尔西诺伊。她一直是这样的脾气，似乎在贪狼泉长大让她这一点更加恶化了。那天在森林里，米拉贝拉从她眼中看到了这点。她也从约瑟夫的眼中看到了这点。贪狼泉长大的孩子，都是桀骜不驯的。

“卢卡还忙着监督她们搬来的那些箱子，谁知道里面放了什么。”布里说，“一箱一箱接一箱的。没人知道那些箱子里装了什么。你知道吗，伊丽莎白？”

女祭司摇了摇头。这并不奇怪。神殿不再信任她，而且她只有一只手，也没办法叫去搬东西卸东西。

“你说，他们会找到她吗？”伊丽莎白问，“她真的能逃走，活下去吗？”

“不会有人这么认为的。”布里轻轻说，“不过，她这样的死法总比另一种要好。”

爱伦营地

毒物系是夜里到的，整队人马突然出现在庆典举行地，就像蚂蚁一样。他们借助月光和一点点微弱的灯光搭建帐篷，整个过程静悄悄的，等到天明时分，一个牢固的营地已经搭建完成，许多睡觉很沉的女祭司起来看到，目瞪口呆。

凯瑟琳在自己的帐篷里来回踱步。皮埃尔说去给她拿早饭，但是去了很久都没回来。这真是太不公平了，他可以自由自在地在这片平原出入，自己却只能待在帐篷里一直到登岛大典。或许她可以去找娜塔莉亚，然后跟她一起去散散步。

她走出帐篷，与伯特兰 · 罗曼撞了个满怀。

“我的小殿下，您最好还是待在里面。”说着，他将自己戴了一副巨大手套的手搭在她的肩头，将她向后转，推回到门帘里。

“把你的手从她身上拿开。”皮埃尔强行介入两人之间，一把推开伯特兰。他虽然动作粗鲁，却没有把人推开太远。

“我这是为了保证小殿下的安全。”

“我不管。你不能再这样碰她。”

他伸手揽住凯瑟琳的腰，将她带进帐篷里。

“我不喜欢他。”皮埃尔说。

“我也不喜欢他。自从小时候他给我演示怎么用夹竹桃奶下毒之后，我就再没有见过他了。”凯瑟琳说，“我觉得他根本不需要拿整整一窝小奶猫来演示！”

“不过他倒是可以率领一支很好的武装精良的护卫队。”皮埃尔嘟囔着说，“你的安全我们可不能掉以轻心。”

可是能担任这个任务的还有其他人选，挑中粗鲁的伯特兰·罗曼一定是吉纳维芙的主意。对此，凯瑟琳深信不疑。

皮埃尔爬上她的临时睡床，将自己找到的食物全都放了上去。大部分食物是没有拆封的，或是被仔细储存好留到宴会时再吃的。但他还是设法弄来了一些面包和黄油，还有几个煮熟的鸡蛋。

“皮埃尔，”凯瑟琳说，“你头上还有一朵花。”

他伸手从自己耳朵后面把花取下来。那只是一朵田野间最普通不过的小野菊。

“这花是从哪儿找到的？”

“某名女祭司那儿吧。”他说。凯瑟琳抱住胳膊。“凯特。”皮埃尔站起来，伸出双臂搂住她，不停亲吻她的脸，一直吻到她咯咯笑起来。他吻着她的唇，吻着她的脖子，吻到她将双手滑进自己的衣服里面。

“我吃醋好像对你很不公平。”凯瑟琳说。

“这不重要。”他说，“这就是我们的命运，用妒意让彼此疯狂。你可以吻求婚者，我可以吻女祭司，这会让你对我的爱火燃烧得更旺。”

“别开玩笑。”她说。皮埃尔听了笑起来。

帐篷外面，毒物系的人一边走来走去打开行李，一边闲聊。为狩猎大会当晚的准备已经开始。每一名来到因尼斯夫的毒师，很快便会安好弓弦，备好十字弓，将箭头和弩箭放进稀释过的剧毒冬蔷薇水里淬上毒。

“真希望我也能参加狩猎大会。”凯瑟琳说。她走到床边，跪下来把黄油涂在一小块硬皮面包上。“能骑马在山间驰骋，冲过叽叽喳喳的鹌鹑和野鸡，感觉一定很好。你会骑马吗，还是走路？”

“我根本就不会去。”他说，“我要和你在一起。”

“皮埃尔，你不需要这么做。你这样只会让我成为一个让人讨厌的人，总是担心暗黑饕餮和登岛大典。”

“不，”他说，“你不必担心任何事。”

“我很难再想着别的事。”

“那么，我来帮你。”

皮埃尔将凯瑟琳拉进怀里，再次亲吻起来，直到最后两个人全都喘不过气来。

“不要想了，凯特。不要担心。”他将她放到床上，“不要害怕。”

他覆上她的身子，温暖的气息喷进她耳朵里。皮埃尔身上好像有什么变了；他的爱抚绝望又带有一丝忧伤。凯瑟琳想这是因为他知道他们很快就会被某一个求婚者分开，而她一个字都没有说，生怕他会停下。他的吻令自己眩晕，他的手指顺着她的皮肤游走，她此时已经无法思考。皮埃尔的手指先是停留在她的腋窝，随后在她的喉咙上划了一道看不见的线。

米兰营地

朱尔斯高高举起木槌，对准帐篷的桩子。她的本意是要将桩子敲进地里。但是她的手落下，一下就将木桩劈成了两半。这样好的一根木桩浪费了，但至少也震慑住了围观的人。阿尔西诺伊失踪以后，朱尔斯就不得太平。所有人都认为她一定知道阿尔西诺伊去了哪里。

就连比利的父亲都这样想。那天，那条船不见了之后，威廉·查特斯沃思终于来拜访了米兰一家，但他只是敲了敲门，站在外面要一个答案。要一个惩罚。可是，他们不知道要惩罚谁。女王储不见了，比利也跟着一起不见了。

埃利斯外公弯下腰，旁边是他的那条白色西班牙猎犬杰克。

“我不是故意把它劈了的。”朱尔斯说。

“我知道，”埃利斯外公说，“不用担心。杰克可以把它刨出来，反正车上还有。”

朱尔斯擦着额头上的汗，看着那条狗把木桩刨出来。

他们的主帐篷躺在草地上，就像一条死蝙蝠的翅膀，闻起来有一股酸味。这顶帐篷和米拉贝拉还有凯瑟琳住的那种精美帐篷完全没法儿比。不过这也无所谓。他们又不是真的需要把它搭起来。阿尔西诺伊不在，他们其实根本不必来因尼斯夫。

朱尔斯踮着脚走到帐篷边，那里有一个洞需要修补。

“太丢脸了。”她说，“我们应该更仔细一点，我们应该像对待一位真正的女王储那样对待她。”

“我们是这样做的。”埃利斯外公说，“我们待她就是自然系女王储的样子。鼻子伸进大地，和我们一起奔跑，一起捕鱼。自然系的女王储是人民的女王储。因此，等她强大到能够管理国家，才会成为一名优秀的女王。”

“嘘嘘！”

朱尔斯和埃利斯外公转过身，看见凯特外婆追着卡姆登从自己住的帐篷里跑出来。伊娃嘎嘎叫着，拍着翅膀围着山猫的头顶飞。

“怎么回事？”朱尔斯问。

“没什么。”凯特外婆说，“她只是想偷吃培根。”她仰起下巴，“约瑟夫来了。”

他挥挥手打了个招呼，走过来的时候微微缩着脖子。自从比利和阿尔西诺伊失踪之后，岛上的眼睛也都在盯着他。

“你好，约瑟夫。”埃利斯外公说，“你和你的家人已经安顿好了吗？你们的帐篷扎在了哪里？”

“就在那边。”他往东边比了比，“不过我父母决定和约拿留在家里，所以只有我和马修来了。”

“你们去为狩猎大会侦察地形了吗？”凯特外婆叫道。

“没，还没有。”

“那你们最好赶紧去，你和朱莉两个人。如果你们速度够慢，还可以带上这个家伙一起。”

卡姆登听见提到了自己，期待地看着朱尔斯。她的前左腿和肩膀勉强算是长好了，她黄绿色的眼睛亮闪闪。我不是没有用处，那双眼睛这样说，我还活着，而且有热情。

“我们走吧。”朱尔斯小声说，那只大山猫用三条腿在前面慢慢跑。

“你们好好做。”凯特外婆说，“今年可能会有更多的伤亡，被那些乱冲乱撞的马踩死。”她望着辽阔的草原，“用不了多久，这些帐篷就会蔓延到海滩上去了。”

而且还会有更多重要的人到来。有些人根本没有帐篷住，只能睡在星空下。

“朱尔斯。”两个人走进森林后，约瑟夫说。

“这里的灌木丛并不密。”朱尔斯说。这可以让路变得好走一些，但是深夜在森林里狩猎从来都是很危险的。人们可能会被绊倒，随后被人肆意踩踏。他们可能摔倒在不平的地上，摔断骨头。又或者被不长眼的匕首、飞箭打中。

“朱尔斯。”

他握住她的肩膀。

“你还好吗？我是说，在经历了这一切之后。”

“难道我们不应该高兴才对吗？”她耸肩甩掉他的手，反问道，“我们不是一直都希望她能够找到办法离开这座岛吗？”

“是的。”他说，“可我不认为应该这么突然，甚至一句话都没有。我不认为她会不带我们一起走。”

朱尔斯的眼睛有些刺痛：“那的确很伤人，可我不怪她。她一定是看见了机会。”

卡姆登在前面侦察，站在一条湿滑的冲刷滩旁边咕噜咕噜叫，顺着冲刷滩往前，是一条小溪越来越宽阔的岸。狩猎大会期间，卡姆要和其他灵宠一起留在营地里。虽然她非常愿意跟着一起去，但是这里不是那些能够咬断人骨头的猎犬和飞禽来的地方，它们很有可能被误认为是猎物。

“米拉贝拉已经到了。”说着，朱尔斯用余光瞥见约瑟夫立刻紧张起来，“你看见她来时的那些马车了吗？镀着金，一尘不染。马身上一根白色的杂毛都没有。如果不是身上的马鞍是银色的，那些马看起来就像影子一样。”

“我没有看见。”约瑟夫说，“我没有去见她，朱尔斯。”

“我是说，阿尔西诺伊走了是好事。”朱尔斯继续说，“她永远都不可能赢。或许她可能，如果在她身后支持她的是韦斯特伍德家族或是爱伦家族，而不是我们。如果我们有能力能够给她……点什么……”

“阿尔西诺伊很幸福。”约瑟夫说，“她是我们的朋友，而且她走了。是你让她强大到可以离开。”

卡姆登听见树枝被一只脚踩断的声音，耳朵向后转。还有其他猎人在森林里侦察地形。约瑟夫举起胳膊打招呼。来的人他们不认识。这些人可能是自然系的，却没有天赋。在五朔节当天，所有人都混在一起，但是扎营并不是这样。自然系的人会在其他自然系的人旁边扎营，而因德里得山的和普林的帐篷靠在一起。就算是在狩猎大会上，也只有那些拥有战斗天赋的人会冒险离开自己的阵营，这是因为他们人数太少，还因为他们知道自然系的天赋可以给他们提供更好的机会去杀死猎物。

“时间差不多了。”约瑟夫说。他眼神明亮。虽然因为阿尔西诺伊的事难过，但他还是一匹年轻的狼，这是他第一次随狼群奔跑。

“我想你在大陆时，没有参加过这样盛大的狩猎吧。”朱尔斯说。

“没有。我们也打猎，但和这种完全不一样。比如，狩猎是在白天进行，那样能够看得更清楚。”

远处，营地的方向，有人敲起了鼓。在不知不觉间，天色已经渐晚。很快，火焰便会熊熊燃起，人们将在其中穿梭。自然系的人会用自己的衣服去换鹿皮，然后在身上涂上黑白相间的条纹。

等他们回到草原，太阳已经沉到树后，光线变得昏黄。凯特外婆说得没错。在他们离开期间，因尼斯夫已经快被人挤爆了。帐篷和帐篷挤在一起，两个帐篷之间只有一只脚的距离，而路上和篝火旁，全都是激动的笑脸。

他们来到约瑟夫的帐篷，他脱下自己的衣服。

“你要穿这条裤子吗？”朱尔斯指着他那条棕褐色的大陆样式的裤子问。

“我看不出为什么不能。”他说，“反正所有人都知道我是从大陆回来的。”

他帮朱尔斯脱掉衣服，只剩下柔软的皮束腰和紧身裤。朱尔斯现在没什么心情去打猎，但是她血管内流淌的自然系血统让她无法留在后面。血缘已经拉着朱尔斯朝森林跑去。

“你能帮我涂吗？”约瑟夫问。他举着一罐黑颜料。

起初，朱尔斯没明白要涂什么。后来她反应过来了。

她伸出四根手指蘸了颜料，顺着他的肩头往下抹。然后她又蘸了一次，在约瑟夫的右脸涂抹，之后才在自己身上照做。

“为了阿尔西诺伊。”她说。

“涂得不错。”他说，“但是还差一个。”

“还差一个？”

他拉住她的手腕。

“我要在我心脏的位置，盖上你的手印。”

朱尔斯的手停留在他胸口上方。随后她将整个手掌涂满颜料，盖在他心脏跳动的地方。她这样做的时候，也将自己的唇印在了他的唇上。

她想念他的抚摩，想念他手心的热度，以及他搂着自己的有力的手臂。因为米拉贝拉，有时候她觉得约瑟夫好像根本就没有回到岛上。但是，他就在这里，哪怕阿尔西诺伊不在了，哪怕他们彼此承诺要在五朔节的时候进行两个人的第一次的誓言，已经被破坏了。

约瑟夫紧紧搂着朱尔斯。他吻着她，好像害怕自己会停下来。

她举起双手抵住他胸口，将他推开。

“约瑟夫，我刚才做错了。”

“不，”他气喘吁吁地说，“你没有。我们可以一整晚都待在这里，朱尔斯。我们不必非得去打猎。”

“不可以。”

他轻抚她的脸庞，但是她却不敢看他的眼睛。如果她看见那双眼睛里的东西，或许就会改变主意。

“你是不是永远都不会原谅我？”他问。

“现在还没有。”朱尔斯说，“我不希望感觉我们两个之间的一切都被毁了。我希望能再找回对的感觉，让一切都回到从前那样。”

“如果永远都回不去了呢？”他问。

“那我们就会知道，我们两个注定不能在一起。”

布雷切亚圣域

“这里太黑了。”凯瑟琳说。

“是的。”皮埃尔说，“但是你作为一位女王储，应该知道黑是什么样的。”

他的声音自她身后很远的地方传来。他拒绝走到悬崖的最边缘。但是当凯瑟琳见到布雷切亚圣域的那一刻，她趴下来，像蛇一样蜿蜒前行。

布雷切亚圣域是这片被称为“全岛心脏”之地中的一个深坑。这里是一个圣地。他们说这个深坑没有底，而凯瑟琳见到之后，无法描述它的黑暗。下面太黑了，看起来几乎是蓝色的。

娜塔莉亚和吉纳维芙被狩猎分走了心思，皮埃尔立刻带着凯瑟琳偷偷溜出来。他们悄悄地溜进因尼斯夫南边的深林，那里禁止狩猎，除非那些荒凉灰岩上的森林分开一条路，岛上的大地裂开，就像被锯齿弯刀劈开一道伤口那样。

“你到我边上来。”凯瑟琳说。

“不了，谢谢。”

她哈哈大笑，将头探出悬崖边。皮埃尔感觉不到她作为女王储感觉到的东西。这个地方是为她这样的人准备的。

凯瑟琳又深深地吸了一口气。

布雷切亚圣域感觉到了。布雷切亚圣域和芬伯恩岛上其他许许多多的圣地一样，是有感觉的，但是圣域是所有其他圣地通往的地方，是源头。凯瑟琳如果像米拉贝拉那样在神殿长大的话，或许能够想出更精准的词来描述空气中嗡鸣的感觉，以及自己因这里而后脖颈汗毛竖起的感受。

冰冷、凝重的空气冲进她的血液里，让她整个人轻飘飘的，甚至大笑起来。

“凯特，现在快过来。”皮埃尔说。

“我们必须这么快就回去吗？我喜欢这里。”

“我不明白为什么不回去。这里不过是一个处于莫名其妙之地正中的变态地方。”

她将头枕在手上，继续向下看着那一片虚无。皮埃尔说得对。她不应该这么喜欢这里。一代又一代，圣域是那些没能在竞选年活下来的女王储的抛尸之地。吉纳维芙说，在这个深渊的底下，她们一摞一摞躺在那里，粉身碎骨。

但是此刻，凯瑟琳却不这么认为。布雷切亚圣域那样大、那样深。那些女王储不可能摔到渊底粉身碎骨，她们一定还在不停往下掉。

“凯瑟琳，我们不能整夜都在这里。我们必须在狩猎结束前赶回去。”

凯瑟琳最后朝那黑洞洞的深渊恋恋不舍地看了一眼，叹了口气。随后她站起来，掸掉身上的土。他们最好还是回去。天亮之前，她还要小憩一会儿。

明天，她们要参加日出时举行的登岛大典，界时她和米拉贝拉将第一次见到前来的求婚者，当然也是彼此第一次见面。她很好奇，不知道那位美丽的元素系姐姐，看见自己柔弱的毒物系妹妹那样健康，会不会惊讶。

“真是浪费了。”凯瑟琳说，“和那个大陆家来的比利·查特斯沃思玩亲亲。结果只让他跟阿尔西诺伊一起私奔了。”

“你是说你吻了他？”皮埃尔问，“你吻了他？”

“当然啊。”她说，“不然你以为我为什么要离开客厅？这样你就不必亲眼看见了。”

“真是贴心，不过很快我就没办法避开了。”他说，“你必须要假装我不在场，凯特。你必须要假装我根本就不存在。”

“是的，可我也只能假装。五朔节上，他们没有一个人会碰我。我要等复苏大会之后，才能和他们单独相处。”

皮埃尔转过头，凯瑟琳走到他身边，飞快地吻住他。今晚，还有明晚，她必须避开吉纳维芙不赞成的目光，再从他身上偷取更多的吻。

“我们不会分开。”她抵着他的唇瓣，呢声说，“哪怕我们以后不得不总是躲躲藏藏。”

“我知道，凯特。”说着，皮埃尔伸手搂住她。她将头枕在他胸口。

虽然那很难，但并非不可能。他们两个都很擅长躲躲藏藏。

狩猎大会

狩猎开始，朱尔斯紧挨着约瑟夫，两个人的身子差一点就碰上了。鼓声响起，倒数开始，他们站在自然系部队的最前排。大祭司吹响号角，他们和其他人一起跑出去，耳中唯一的声音就是其他猎人的叫喊，以及脚下青草被踩踏的声音。

他们两个人一起往前跑了一阵，自然系的天赋带领参与狩猎的人心甘情愿地跑进森林中。朱尔斯再往右看时，约瑟夫已不见了。

她去每一个自己能想到的地方找他，甚至还拿来一支火把在地上看，生怕约瑟夫跌倒了。然而她没有找到，而此时，森林里已经变得静悄悄。

“约瑟夫？”她喊。有几个自然系和少许战斗系的人在她身后很远的地方。有那么一会儿，她听见他们胜利的欢呼，然而现在，甚至连那个声音也消失了。毒物系的人带着淬毒的匕首和弓箭，占领了峭壁下的几个山丘，在上面追逐猎物追得兴高采烈，而快速轻盈的元素系将会如洪水一般拥进他们宝贝女王储大帐的后面，北部的那片森林。

“约瑟夫！”朱尔斯又喊了一声，等待着。

他会没事的。他是一名健壮、有能力的猎手。在这种拥挤奔跑的人群中，和同伴跑散是很常见的事；或许最开始就是他们两个人犯傻，居然想要一直待在一起。

朱尔斯伸出火把，往黑暗的地方照。她不再继续奔跑，拂过皮肤的夜风顿觉寒凉。过了一会儿，她往和人群相反的方向跑去。她已经跑出来这么远，不应该一个猎物都没发现。

米拉贝拉坐在一盘冰冷的水果和奶酪前。帐篷外面响起咚咚的声音，她飞快地站起来。过了一会儿，布里和伊丽莎白将她已经失去意识的护卫拖进帐篷里。

“这是怎么回事？”米拉贝拉问。

布里身穿黑色的滚银边束腰外衣，脚上一双柔软的高筒皮靴，看起来漂亮极了。她和伊丽莎白两个人都披了深灰色的羊毛披风——狩猎时穿的披风。

米拉贝拉仔细打量着昏迷的女祭司。至少，她认为她们俩是昏过去了，两个人全都一动不动。

“你们做了什么？”米拉贝拉问。

“我们没有杀人。”布里说的口吻就像就算她们杀了人，她也不介意，“她俩只不过是被下了药。我知道，这是毒物系的把戏，但是如果你连一杯简简单单的安眠水都弄不到，那么待在全是毒师的草原上又有什么好处呢？”

伊丽莎白举着一件叠好的灰披风，这是给米拉贝拉的。

“我们会被人发现的。”米拉贝拉说。她低头看着伊丽莎白的身侧，那里本应该是她的手。“我们不能冒险。”

“不要拿我当借口。”女祭司说，“或许我是在神殿供职，但是她们不能控制我。”伊丽莎白那张藏在兜帽之下的橄榄色小脸因为激动而变得通红。

“总有一天你会变成一名特别坏的女祭司。”说完，布里邪恶地哈哈大笑，“为什么你不干脆留下来？你可以和我们一起生活，你不属于她们那些人。”

伊丽莎白将披风塞进米拉贝拉怀里。

“当个贱民也没什么不好。”她说，“但是，女祭司讨厌我不代表女神也讨厌我。现在，快走吧。我们不用离开很久。只要能去看看那些自然系的人就好了。他们是真正的猎人，把羽毛和头发编在一起，脖子上还挂着骨头。”

“而且他们还打着赤膊。”布里说。

“我们回来的时候，再把这两个人送回到她们的岗位上去。”伊丽莎白说，“或许她们醒了以后，还会觉得羞耻，不肯承认她们两个人睡着了。”

布里的束腰里掖着一把匕首和一把弹弓，伊丽莎白的肩头背着一把十字弓。这不是为了打猎，而是为了安全。米拉贝拉的目光扫过自己朋友那没有手的位置。伊丽莎白需要帮助，需要重建信心。

“好吧。”米拉贝拉披上披风，“我们快去快回。”

朱尔斯还没看见山坡上的熊洞，就听见了他的声音。她将火把伸进去，让火光照亮洞口，那头熊看着她，一双眼睛明亮，映衬着火光。

这是一头大棕熊。朱尔斯并不是专门来找他的。她本来是寻着踪迹去追一头牡鹿，等她翻过下一个山头，就可以追上自己的猎物了。

熊不想找麻烦。他似乎更像是专门回到自己冬眠的洞穴里，就为了避开猎人。

朱尔斯抽出匕首。这匕首长而锋利，可以轻轻松松捅进熊皮里。但是这头熊如果决定反抗的话，也可能会杀了她。

那头熊看着匕首，嗅了嗅。朱尔斯心里有一部分希望他能出来。她有些惊讶自己的这种想法，有些惊讶自己怒火的热度，以及自己绝望的分量。

“如果你是在找女王储，”她说，“那么，你来迟了。”

其实没有必要看元素系和毒物系的战绩，也知道自然系打回来的猎物是最多的。他们有那么多猎人冲进森林，而且有那么多胜利的欢呼响起。米拉贝拉见到的大部分人，腰间都拴着自己打回来的猎物，比如兔子或是肥美的野鸡。参加自然系盛宴的人没有一个会想吃田间放养的山羊；这是肯定的。

她和伊丽莎白还有布里，跟着这些猎人一起跑出来很远。或许比她们预想中要跑出的距离还远。那群人跑得太快了。要想不被他们的人潮裹挟着往前冲，几乎是不可能的事。

“自然系的天赋变强了。”米拉贝拉想起朱莉·米兰和她的山猫，说道。

“我听过一些传闻，”伊丽莎白说，“是关于一个灵宠是山猫的女孩的。”

“那些可不止是传闻，”米拉贝拉说，“我见过她。就是那天在森林里，她跟我妹妹一起。”

“跟你妹妹一起？”布里问，她听起来很警觉。但是月光昏暗，只看得到她模糊的黑影。

“怎么了，”米拉贝拉问，“有什么问题？”

“你难道不觉得自然系的人除了变强也变聪明了吗？或许他们一直以来都隐藏了阿尔西诺伊的力量，其实那只山猫是她的？”

“我不这么认为。”米拉贝拉说。

“再说，”伊丽莎白补充道，“不管山猫不山猫的，阿尔西诺伊已经走了。”

米拉贝拉点点头。她们应该掉头往营地走了，那两名被下了药的女祭司很快就会醒过来。但是在她开口吩咐之前，另外一群狩猎的人朝她们拥过来，一边奔跑一边挥舞手臂。

“朱尔斯！”

那只是一声沙哑的呢喃，在一片猎人的呼喊以及布里和伊丽莎白的笑声中，几乎不可能听见。

“朱尔斯！”

米拉贝拉放慢脚步，站住了。布里和伊丽莎白没有发现，继续往前跑。

“约瑟夫？”

他自己一个人，举着一支快要烧完的火把。他的脸上和肩上有着黑色的条纹，但那就是他。

约瑟夫看见她，愣住了。

“米拉贝拉小殿下，”他说，“你怎么会在这里？”

“我不知道。”她说，“或许我不应该在。”

他犹豫了一会儿，还是牵起她的手，将她拉到一棵很粗的树后面，这样两个人就不会被人发现。

他们两个谁都不知道该说什么。两个人的手紧紧握在一起。约瑟夫的下巴上沾着血，在这奄奄一息的火把光照下，很明显。

“你受伤了。”米拉贝拉说。

“只是擦伤。”约瑟夫说，“狩猎开始的时候，我被一根圆木绊倒了。然后就和同伴走散了。”

这句话的是意思是，和朱尔斯走散了。米拉贝拉微微笑了笑：“似乎你经常受伤啊，或许你就不应该自己一个人出来。”

约瑟夫呵呵笑起来：“我也这么想。自从回来以后，我就变得有点……很爱出意外。”

她摸了摸他下巴上的血痕。伤得并不严重，而且还让他又平添了一丝野性，尤其再加上他脸上和赤裸肩膀上的那些黑色条纹。米拉贝拉想着那个给他涂上这些的人，想象着朱尔斯的手指在约瑟夫身上划过。

“我知道你一定会在这里。”她说，“就算阿尔西诺伊逃跑了也会。我知道。我这么希望。”

“我没想过会见到你。”约瑟夫说，“你不是应该被保护起来了。”

被保护起来。像个囚犯那样，被重重看守。但是她和布里从小时候起，就一直在试图打消神殿想要把她关起来的念头。真奇怪女祭司居然到现在都没有放弃，甚至还做得更好了。

米拉贝拉抚上约瑟夫的胸口，一路往上滑到他肩膀时才停住，搂紧。他的身体因为跑动而变得温热，他的脉搏在她的掌心底下跳动。她往前又贴近些许，两个人的唇即将碰到一起时才停下来。

“你对我的了解，没有你对朱尔斯的了解那么深。”米拉贝拉说，“但是你对我也是一样的感觉吗？那天晚上，暴风雨的那个夜里，发生的事情对你来说，重要吗？”

约瑟夫的呼吸变得粗重。他皱起眉头，低头看着她。他的抵抗力所剩不多了。从一开始，他就没有多少抵抗力。

她的另一只手也搂住他的脖子，他用力吻她，将她紧紧地压在树干上。

“很重要。”他贴着她说，“但是天哪，我真希望它不重要。”

爱伦营地

毒物系捕获的猎物大部分都是禽类，偶有几只兔子。这些猎物和自然系的自然是没法儿比，但仍足以令人兴奋。狩猎大会其实是五朔节留给自然系展示的环节。

凯瑟琳来到狭长而雪白的厨房帐篷找娜塔莉亚，进去以后她发现娜塔莉亚正埋在一堆羽毛里，给一只野鸡拔毛。

“我是不是应该，”凯瑟琳开口，“叫几个下人过来？”

“不必。”娜塔莉亚说，“我们带来的那几个有其他事做。不管还有几只野鸡的毛没有拔，伯特兰都可以替我们处理完。”

凯瑟琳挽起自己长裙的袖子，动手去拿最近的一只野鸡。

娜塔莉亚赞许地点点头，说道：“皮埃尔对你的影响很大。”

“他可没有教我给鸡拔毛，”凯瑟琳说，“我可能会帮倒忙呢。”

“但是你现在很自信，而且富有魅力。自从他来了以后，你成熟了许多。”

凯瑟琳笑了笑，将羽毛从眼前吹走。大部分的野鸡是宴会上要用的，但是有少数几只最好的，是要留待复苏大会和她要表演的暗黑饕餮上用的。

“你把他留在格瑞福斯德雷克不就是为了这个吗？”

“没错。”娜塔莉亚说，“他的任务就是将你变成一位迷人的女人，而他做到了。”她的手指上冒出一点血，刚刚拔毛太过用力，划破了皮。“而我的任务就是加强你的天赋，保证你的安全，辅助你当上女王。”

“娜塔莉亚，怎么了？”凯瑟琳问，“你这话说得好像你认为我已经输了一样。”

“或许吧。” 娜塔莉亚说。她压低嗓子，声音变得几不可闻，虽然帐篷里没有人，而帐篷的帆布也没有显示出附近有人的影子。

“我本来希望阿尔西诺伊逃跑以后，她们会改变计划。”娜塔莉亚继续说，“希望她们能忙着去找那个难看的臭孩子，或者会觉得原来的计划再无必要。不过我见到了她们搬来的箱子，我知道那里面放着什么。应该全都是锯齿弯刀。”

桌子对面，凯瑟琳依旧忙着手里的活儿。娜塔莉亚冰蓝的眼中那种遥远、茫然的眼神，以及她语气中的惧怕，都让凯瑟琳觉得冷到了骨头里。

“阿尔西诺伊是个很聪明的家伙，”娜塔莉亚说，“虽然很怂，但是够聪明。她利用那个大陆男孩悄悄溜走了……有谁能想到会出这种事呢？”

“我不觉得他们两个人成功逃跑了。”凯瑟琳说，“我觉得他们葬身海底，被鱼啃光了脸上的肉。”

娜塔莉亚哈哈大笑：“或许吧。假设她葬身海底，不会出现在这里。那么，她们就只剩下一个目标了。”

"'她们'？娜塔莉亚，你在说什么？是不是出了什么事？你觉得我表演暗黑饕餮会失败吗？"

"不，你不会。那肯定是一次震惊四座的表演。"

凯瑟琳红了脸，羞愧不已。暗黑饕餮是她最担心的事。自从她生日受辱那天起，就是这样。在娜塔莉亚和吉纳维芙面前失败已经很糟糕了。而在全岛人面前失败的话，一定会更加糟糕。

"'震惊四座'？不太可能吧。"凯瑟琳说。

娜塔莉亚将那些死野鸡推到一旁。她的目光在凯瑟琳身上逡巡，就像自己是第一次见到她。

"你相信我吗，凯特？"

"当然。"

"那么等到暗黑饕餮开始，你就开始吃，一直吃到肚子鼓起来。"她抓住年轻女王储的手，速度快得像一条出击的蛇。"尽管吃，不要怕。*相信那些食物里没有毒药。*"

"什么？怎么可能？"

"女祭司或许会觉得她们自己很聪明。"娜塔莉亚说，"但是没有一个人能比我更知道怎么耍花招儿。我会不择手段让你显得天赋很强大，这样就不会有人说，今年是什么'献祭年'。"

米兰营地

“过去，我们都是一起分享这些猎物的。”埃利斯外公说，“而不是像现在这样，每个系的人各自举办宴会。毒物系、自然系、战斗系、元素系，甚至那些没有天赋的人。我年轻时，我们庆祝节日就是大家都在一个宴会上。”

“那是什么时候的事，外公？”朱尔斯问，“一百年前，还是两百年前？”

埃利斯外公笑着，派杰克从桌子上跑过去，轻咬她的手指。

狩猎大会后的清晨静悄悄。草原上的每个人，要么是有活儿干，要么就是还在睡觉。又或者在处理自己的伤口。正如预料中的那样，大部队里有许多人都受了伤。但是没有收到有人死亡的报告。所以，有流言开始说，今年的五朔节是受了女神庇佑的。

但是这不可能，因为阿尔西诺伊跑了。

卡姆登懒洋洋地爬上朱尔斯的膝头，嗅着她肩膀上缠住伤口的绷带。这伤不是那头熊造成的。那头棕熊她原样留在了自己发现他的地方，让他藏身在自己的洞穴里。然后，她转身继续追原来那头牡鹿，用匕首在他喉咙上轻轻一划，快速将他击毙。但是那头牡鹿乱蹬的蹄子还是在朱尔斯将他按倒时，踢中了她。

朱尔斯伸手从牡鹿的那颗心脏上割下厚厚一片，丢给卡姆。

“这头牡鹿是狩猎大会捕获的最佳猎物。”凯特外婆说，“照规矩，这颗心应该是放进锅里炖汤，献给女王储的。”

“把剩下那些送过去就好了。”朱尔斯说，“所有的女王储都不在这里，而且阿尔西诺伊肯定愿意让卡姆吃掉自己那份。”

桌子后面，马德里加尔的帐篷簌簌响起。朱尔斯皱眉，抱紧了自己的山猫。自从她醒来，那个帐篷里就一直有动静。窸窸窣窣，叽叽咯咯。马德里加尔不是一个人。

“起床，出来了。”说着，凯特外婆踢了一下门帘，“有活儿干。”

帐篷帘掀开。马修用手扶着，好让马德里加尔弯腰从自己胳膊底下钻出来。

凯特外婆和埃利斯外公全都愣住了。马修和马德里加尔在一起，但是这根本说不通啊。他爱的是卡拉小姨。或者说，曾经爱的。马德里加尔的手指顺着他敞开的衣领滑下来，马修笑起来。微笑、温顺，像是一条被挥舞的棍棒驯服的衷心猎犬。

朱尔斯从桌旁跳起来，速度快到甚至没来得及放下卡姆登。

“你做了什么？”她喊道，“离开他！”她的手往下砸，桌子上所有的东西都晃动了一下。

“朱尔斯，不！”埃利斯外公就在卡姆登要扑出去之前，搂住了她的脖子。马修往前迈步挡在马德里加尔身前护住她，朱尔斯低声怒吼。

“我，”马德里加尔说，“我……”

“我不管你是不是我妈妈！你闭嘴！”

“朱莉·米兰。”

朱尔斯闭上嘴。她攥紧拳头，咬紧牙，泪水模糊了她的眼睛，她看不清马修和马德里加尔看着自己外婆的一幕。

“你现在先离开这里。”凯特外婆冷静地说，“快去。”

朱尔斯深吸了好几口气。她冷静下来，埃利斯外公也松开了卡姆登。她转过身。

“朱尔斯，等一下。”马德里加尔说。

“马德里加尔，”凯特外婆开口，“你先别说话。”

朱尔斯转身走进五朔节的人群，眨眼间就被淹没了。

她漫无目的地走了一会儿，一个愤怒的女孩带着一只山猫，人们自动给她让开一条宽阔的道。马修和马德里加尔似乎特别心安理得，根本不像是刚好上的恋人。鉴于马德里加尔经常性地不见人影，没法儿判断他们是什么时候开始的。

“我恨她。”朱尔斯小声对卡姆登说。自私的马德里加尔，做事总是不动脑子。她给朱尔斯的生活制造了一场混乱，除了嘛嘴，从来没有做过任何弥补。现在她还把马修搞到了手。她一直都很喜欢抢卡拉的东西。就连这最后一样，卡拉唯一留下的一样，也不放过。

“朱尔斯！”

她转身，是卢克，他正奋力从人群中挤过来。

她之前并不确定他会来。忠诚的卢克。他从最开始就相信阿尔西诺伊，他是唯一一个从来没有怀疑过她的人。

他挤到朱尔斯跟前，给了她一个温暖的拥抱。公鸡汉克从卢克肩头飞下来，啄着卡姆登打招呼。

“我真高兴你在这里。”朱尔斯说，“你是我参加这个节日庆典，唯一一个开心见到的人。”

他掏出一个用牛皮纸裹着的包裹。

“这是什么？”她问。

“我答应阿尔西诺伊做的裙子。”他说。

朱尔斯捏了捏包裹里面的布料。

“你为什么还带这个来？”她问，“她已经不在这里，没法儿穿上了。”

“本来也不是她穿。是她要我替你做的。她跟我说要好好做，而且要做得漂亮。为了你，也为了看你的那个年轻人。”

朱尔斯将包裹搂在胸前。可爱又傻乎乎的阿尔西诺伊，总是替她着想，而不肯为自己着想。又或许并不是。或许她这样做是因为她那时候就知道自己要逃跑了。

“她真的丢下我们了吗，朱尔斯？”卢克问，“还是那个大陆人，把她绑走了？”

朱尔斯想不出阿尔西诺伊会同意做她不想做的事，但是也有这种可能性。而这种想法会让卢克觉得安慰。

“我不知道，”她说，“或许吧。”

卢克叹了口气。他们周围，人人脸上都洋溢着欢愉。无忧无虑、欢庆节日的面孔。更多的人或许很高兴阿尔西诺伊不见了。这样挡在米拉贝拉加冕路上的绊脚石就少了一个。现在只剩下凯瑟琳。一个毒师，传闻中能力很弱、病恹恹的毒师。

“我想，我们现在应该去支持米拉贝拉了吧。”卢克说，“我想我们必须要学会爱戴她。既然她不必亲手干掉我们的阿尔西诺伊，这应该会更容易一点。”

朱尔斯冷峻地点点头。她永远都不会爱戴米拉贝拉，不过是出于她自己很私人的原因。这并不意味着米拉贝拉不会成为一个合格的女王。

“我路过桑德港时，看见那些求婚者的船了。”卢克说，“一共有五条，不过比利那条船其实不能算在内。”

听着卢克跟她讲每条船上的旗帜是什么样时，朱尔斯只是冷冷地点头。有两条船来自伯娜丁女王王夫的家族，还有一条是来自卡米拉女王王夫家的。剩下的一条的来历，卢克也不知道。不过朱尔斯已经没再听了。比利父亲的船就在因尼斯夫。比利在船上吗？不知怎么，她并不这么认为。她怀疑，查特斯沃思家族对比利和阿尔西诺伊的下落，知道的并不比其他人多。

“真奇怪，不是吗？”卢克沉思道，“我们想办法让大陆人进入我们的中心地带，结果就是为了将他们摒除在外？”

在东南方的港口，联姻团的船只有等到日落时分，才能开始排队朝朗莫湾进发。抵达朗莫湾之后，他们要抛锚停船，等待登岛大典。如果阿尔西诺伊和自己一起来的话，朱尔斯或许会带着卡姆登在对面的峭壁上偷看。现在，这些基本无所谓了。米拉贝拉爱选谁选谁好了。反正中选的人在岛上也不会有丁点儿权力。王夫就是一个摆设，是代表大陆和平的象征。

“那是怎么回事？”卢克指着上边问。

女祭司排成黑白相间的队，从峭壁上匆匆忙忙往下跑。朱尔斯和卢克挤过去想要看得更清楚。还有许多其他人也一样。朱尔斯太过娇小，不得不跳起来才能越过那些头顶和肩膀看清楚。

韦斯特伍德营地附近出现一阵骚动，又或许是大祭司住的帐篷。这两处挨得那样近，根本分不清。卢克拍了拍前面一个高个子家伙的后背。

“嘿，你知道那边出了啥事不？”

“不清楚。”那人回答说，“不过听说好像是他们抓住了那个叛逃的女王储。”

“这不可能。”卢克说。

“我觉得是这样。女祭司现在全都过来了。”

“让我们过去！”朱尔斯喊。但是人群太挤了。她低吼着，卡姆登也咆哮着扑上那个人的后背，撕扯他的衣服。撕破的衣服口子边缘浸染了鲜血，他喊了出来。

人群分开。他们冲着朱尔斯尖叫——咒骂这个可怕的自然使者和她的灵宠是疯子。但是朱尔斯不在乎。在她身后，卢克已经跑去找凯特外婆和埃利斯外公。如果像朱尔斯祈祷和害怕的那样，真的是阿尔西诺伊，那她一定会需要他们所有人。

大祭司营地

没用多久，黑暗议会就集合来到卢卡指定的帐篷。这个帐篷很小，里面除了铺着几条毯子、放了一摞箱子以外，几乎什么都没有。这帐篷又薄又不牢固，但是站在其中的人个个位高权重，使得它好似一块牢靠的岩石一般结实。

毒物系的长老葆拉·文德和卢西恩·马洛，战斗系的长老玛格丽特·贝奥林都站在勒娜特·哈格罗夫旁边。娜塔莉亚·爱伦站在最前面。有时候，卢卡会叫她蛇头。在娜塔莉亚身后，是议会里其他爱伦家族的长老：爱兰歌娜、安东尼、卢西恩和吉纳维芙。吉纳维芙紧挨在娜塔莉亚旁边站着。人们都说，吉纳维芙是娜塔莉亚在议会里的耳报神，她是黑暗中的一把尖刀。米拉贝拉很不喜欢看见她。

而米拉贝拉会出现在这里，纯属意外。她本来正跟卢卡在一起，这时女祭司跑进来报告说她们抓住了阿尔西诺伊，而卢卡根本没有时间跟米拉贝拉争辩要她离开的事。

帐篷两端，米拉贝拉和朱尔斯的目光简短相交。在这电光火石之时，两人又经历了电光火石的一刻，这种情况并没有持续很久。

但是那之后，米拉贝拉将会记住朱尔斯的神情是多么愤怒，也会记住朱尔斯和她自己身边的那只山猫有多么相像。

“米拉贝拉小殿下不应该在这里。”娜塔莉亚用自己那冷静、坚定的声音说，她是帐篷里唯一一个心脏没有扑通扑通狂跳的人，“她在议会里没有发言权。”

“似乎这里没有发言权的人很多呢。”凯特外婆指出。

“凯特，”娜塔莉亚说，“你当然可以留下来。作为抚养人，米兰家的所有人都可以留下。”

“啊，那我们要谢谢你喽。”凯特嘲讽地回答道，“不过这是真的吗？你们真找到她了？”

“我们很快就会知道。”卢卡说，“我已经派女祭司去海岸线上寻找那些可疑的旅人了，很可能就是他们伪装的。”

黑暗议会的人听见“旅人”这个词，全都冷笑起来，娜塔莉亚朝他们嘘了一下，像他们都是小孩子：“如果那些旅人里果真有一个是阿尔西诺伊，那么米拉贝拉小殿下就必须要离开。你比任何人都明白，在登岛大典之前，她们姐妹不应该碰面。”

“她们已经碰过一次面了。”卢卡说，“再见一次也没什么损害。女王储可以留下来，不过她留下的条件是不能出声。你也是，米兰家的小姐。”

山猫竖起耳朵。米兰家的两位老人，一人伸出一只手，搭在朱尔斯的肩膀上。

从海边回来的女祭司的脚步声咚咚响起，还有摩肩接踵的声音。米拉贝拉紧张地听着外面的人低低细语，抽气惊呼。随后，帐篷帘掀开，女祭司将阿尔西诺伊扔了进来。

米拉贝拉咬着自己嘴巴里的腮肉，不让自己喊出声。一开始，你很难认出那是阿尔西诺伊。她浑身湿得透透的，瑟瑟发抖，趴在薄薄的神殿地毯上，缩成一团。而她脸上那些用线密密缝合起来的伤口，将她的容颜彻底毁了。

负责看守的女祭司，全都手扶刀柄站在两侧。这些人真是可笑。眼前这个小女孩站都站不起来，更遑论是逃跑呢。

“她的脸是怎么回事？”勒娜特 · 哈格罗夫嫌恶地问。

“看来遭到熊袭是真的了。”吉纳维芙附在娜塔莉亚耳边低声说。

那些缝合起来的伤口还是鲜红鲜红的，被咸咸的海水泡发了。

门帘外传来一阵响动，又有两名女祭司走进来。她们架着一个不停挣扎的男孩。虽然他衣服全都湿透，还沾满了沙子，米拉贝拉还是认出来，这是跟阿尔西诺伊和朱尔斯一起去森林里找约瑟夫的那个男孩。他当时牵着三匹马，她本来以为他只是个随从。不过，很显然，这个人一定是那位求婚者——小威廉 · 查特斯沃思。

女祭司松手，将这个男孩扔在阿尔西诺伊旁边。他也跪在地上，瑟瑟发抖。

“阿尔西诺伊，”他说，“会没事的。”

“阿尔西诺伊，我在这儿！”朱尔斯喊道，但是凯特外婆和埃利斯外公将她拉了回去。

卢西恩 · 马洛伸手揪住查特斯沃思的衣领，把他拽起来。“这个人应该被处死。”他说。

“或许吧。”娜塔莉亚说，“不过他是联姻团的求婚者。”她朝比利迈了一步，一只手托起他的下巴，“你是不是故意带走阿尔西诺伊小殿下的，大陆人？你是不是有意帮她逃跑的？还是说，是她控制了你的船，自己提出的这个要求？”

她的语气刻意地保持中立。任何听了这话的人都会相信，娜塔莉亚根本不在乎他会怎样回答。

“我们遇上了风暴。”比利说，“当时我们就快要上岸了。我们根本没打算逃走。”

玛格丽特 · 贝奥林放声大笑。吉纳维芙 · 爱伦摇了摇头。

“他不知道。”阿尔西诺伊趴在地毯上，小声说，“是我逼他的。都是我。”

“很好。”娜塔莉亚说。她手腕一转，两名女祭司走过来扭住比利的胳膊。

“不是，”比利说，“她在撒谎！”

“我们是应该信一个大陆人的话，还是信我们自己的女王储呢？”娜塔莉亚问。

“带他去港口。”她说，“派人送信给他父亲，跟他说我们非常欣慰，这位小少爷几乎是毫发无损地回来了。速度要快。马上就是登岛大典，他可以用来休息的时间不多。”

“这个地方从上到下真是太疯狂了。”比利低吼道，“你敢碰她！你们敢碰她一下试试！”

他挣扎着，但是很难挣脱，他已经没有力气了。

他被带下去以后，所有人的目光都落在阿尔西诺伊身上。

“这真是太不幸了。”勒娜特说。

“也很不令人愉快。”葆拉说，“还不如她一直失踪。要是她真的淹死倒好了，现在麻烦大了。”

吉纳维芙从娜塔莉亚身后走出来，弯腰凑到阿尔西诺伊耳边。

“她一直都这么蠢。”吉纳维芙说，“另一条船，另一个男孩。她就不能想个别的办法吗？”

“你离她远点。”朱尔斯·米兰的声音近乎怒吼。吉纳维芙盯着那只山猫看了许久，好像不知道刚才那句话到底是谁说的。

“安静。”大祭司说，“还有你，吉纳维芙。退下。”

吉纳维芙绷紧下巴。她看向娜塔莉亚，不过娜塔莉亚没有反对。在五朔节期间，神殿说了算，女神说了算，无论黑暗议会高兴与否。

卢卡跪在阿尔西诺伊身前。她拉起女王储的双手，握在自己掌心轻轻揉搓。

“您冷得像冰，”卢卡说，“样子看起来也像一条死鱼。”她朝一名女祭司示意：“去拿点热水来。”

“我不想喝水。”

卢卡叹了口气。但她依然和善地朝阿尔西诺伊微笑，试图让自己显得有耐心：“那么，您想要什么？您知不知道自己在哪里？”

“我想要离开你们这些人。”阿尔西诺伊说，“我想要逃跑，但是那片雾就是不肯散。我们反抗过，我们用桨划。但是那雾像一张网，牢牢困着我们。”

“阿尔西诺伊，”凯特外婆说，“别再说下去了。”

“没关系的，凯特外婆。因为我逃不出去。她将我们困在那片雾里，最后又将我们吐出来，直接吐进那个该死的海港。”

阿尔西诺伊胳膊颤抖，但是她的目光毫无波动。那双眼睛通红、疲惫，充满了恨意和绝望，但是依然牢牢盯着大祭司的脸。

“她知道吗？”阿尔西诺伊问，“你那位宝贝女王储知道你们的计划吗？”

卢卡猛地倒抽一口气。她想要转身，但是阿尔西诺伊不肯松开手。女祭司们冲上来帮忙，抓住阿尔西诺伊的肩头。

“她知道你们计划要杀了我吗？”

女祭司按着阿尔西诺伊的头，强迫她面朝下贴着地毯。朱尔斯叫起来，埃利斯外公紧紧搂住卡姆登的脖子，不让她扑出去。

“她知道吗？”阿尔西诺伊尖叫道。

“杀了她。”卢卡冷静地说，“第二次逃跑绝对不能宽恕。”她示意女祭司，女祭司们抽出弯刀。“砍下她的头和胳膊，挖出她的心脏，然后把这些全都丢进布雷切亚圣域。”

女祭司朝阿尔西诺伊走过来，无论她如何挣扎。她们把她按倒在地，举起弯刀。黑暗议会的人震惊地看着，甚至连毒物系的人都没有想到会有这一幕。唯一一个脸色没有微微泛绿的人，是战斗系的玛格丽特·贝奥林。

“不！”朱尔斯再次喊出来。

“把她带出去。”娜塔莉亚说，“凯特，这是为了这个姑娘好。她无须亲眼见证这一切。”

凯特外婆和埃利斯外公强行将挣扎着的朱尔斯拖出帐篷。米拉贝拉往前走了一步，拉住卢卡的胳膊。

“你不能这么做。”米拉贝拉说，“不能在这里，不能是现在。她可是女王储！”

“而她会享有女王储应有的葬礼，虽然她死时的样子很不堪。”

“卢卡，住手。我让你住手！”

大祭司轻轻推开米拉贝拉。

“你也无须留在这里。”卢卡说，“或许我们护送你出去会比较好。”

阿尔西诺伊趴在薄薄的地毯上尖叫，女祭司走上前来撕扯她、将她按在地上，强行拉开她的四肢。她流出来的眼泪像是血泪，但那只是因为她脸上的伤口又被撕裂了。

“阿尔西诺伊。”米拉贝拉低声说。阿尔西诺伊曾经像个怪物一样追着凯瑟琳，在泥泞的河岸上到处跑。她身上总是脏兮兮的，永远爱生气，永远爱大笑。

有一名女祭司一脚踩上阿尔西诺伊的后背，用力拽她的胳膊，拽到脱臼。阿尔西诺伊大叫。她已经没有多少力气反抗了。她们不用力气多大，就能把她的胳膊和头锯下来。

“不！”米拉贝拉大叫，“你们不能这么做！”

几乎是在自己无意识的情况下，米拉贝拉召唤出暴风。风从帐篷四面吹进来，撕开了门帘。按住阿尔西诺伊的女祭司太过专注，根本没有注意到，直到第一道闪电劈下来，撼动了她们脚下的大地。

黑暗议会的人像老鼠一样四散奔逃，趁着米拉贝拉还没有将蜡烛上的火焰取下来追他们，趁着她还没有召唤闪电直接朝他们头上劈下来。卢卡和女祭司们试图让她恢复理智，但是米拉贝拉只是更用力地召唤风暴。在飓风的力量下，半个帐篷已经坍塌。

到最后，所有人都逃光了。

米拉贝拉扶着阿尔西诺伊跪起来，轻轻地将自己妹妹又咸又腥的头发从脸颊上拨开。

“现在好了。”米拉贝拉柔声说，“你会没事的。”

阿尔西诺伊眨眨自己疲惫的黑眸。“你会为此付出代价的。”她说。“我不在乎，”米拉贝拉说，“让她们把我们两个都处死好了。”

“哼！”阿尔西诺伊轻哼一声，“我倒是想看看她们敢不敢。”

米拉贝拉轻吻妹妹的额头。她如此虚弱，还发着烧。她脸上缝合的伤口此时又肿起来，轻微撕裂。她身上每一处地方一定都喊叫着疼痛，可是阿尔西诺伊连抖都没抖一下。

“你就是石头做的。”说着，米拉贝拉轻抚阿尔西诺伊缝合起来的脸颊，“我还真好奇，有没有什么东西能把你剖开。”

阿尔西诺伊挣扎着从米拉贝拉怀里出来。这个举动也很像米拉贝拉记忆中的妹妹。总是那么野蛮，根本不要人哄。

“有水吗？”阿尔西诺伊问，“还是你把它变成了箭，直接射穿了娜塔莉亚·爱伦的心脏？”

米拉贝拉捡起被暴风吹到地上的水罐。罐子里的水基本上都洒了，不过还剩下一杯的量在里面晃来晃去。“不多了。”米拉贝拉说，“我刚才并不是有意的，只是想把他们都赶走。就像那天在黑暗乡舍一样。”

“我不记得那天的事了。”阿尔西诺伊说。她举起水罐，咕咚咕咚贪婪地往下咽。或许等她一站起来，立刻就会把它扔出去。

“那就试一下，试着想起来。”

“我不想试。”阿尔西诺伊放下水罐。她花了一会儿功夫，最终还是站了起来。

“你的肩膀，”米拉贝拉说，“小心一点。”

“我会去找朱尔斯帮我安回去。我要走了。”

“可是，”米拉贝拉说，“议会和卢卡……他们可能还在等。”

“哦。”阿尔西诺伊迈了一步，屏住呼吸，又迈出一步，“我不认为他们还会等。我认为你已经达到目的了。”

“可如果你让我……”

“让你什么？你听好了，我知道你肯定认为自己刚才做了一件大发慈悲的事。但我还在这里，我还被困着。我们全都是。”

“这么说，你恨我喽？”米拉贝拉问，“你想要杀了我？”

“是的，我恨你。”阿尔西诺伊说，“我一直都恨你。我逃跑不是为了想要饶过你。这与你无关。”

米拉贝拉看着自己的妹妹一瘸一拐地朝帐篷口走去。

“我一直觉得自己很傻，”米拉贝拉说，“我以为……”

“别再说得好像自己很难过似的，也别再用那种眼神看我。我们注定如此，这和我们自己是不是愿意无关。”

阿尔西诺伊掀起帐篷的门帘。她犹豫了一下，好像还有话要说，好像她或许有些后悔。

“我现在对你的恨少一点了。”她小声说。说完，阿尔西诺伊走了出去。

米兰营地

朱尔斯在塌了一半的帐篷外面等着阿尔西诺伊。阿尔西诺伊不需要有肩膀依靠，但她接受了朱尔斯的拥抱，同时揪住朱尔斯的衣领遮住自己的脸。至少，这可以作为一个小小的保护，挡住她们挤过人群时那些吐过来的口水和砸过来的果子。

“所有人退后！”朱尔斯喊，“谁都不许出声！”

人群真的往后退，这要多亏了卡姆登。但他们不肯住嘴，而且扔过来的果子也没有少。

“真是到家了呢，嗯？”阿尔西诺伊冷冷地说。

她走进自己在米兰营地的帐篷，终于摆脱了那些窥探的目光，凯特外婆和埃利斯外公朝她走过来。卢克和约瑟夫也在这里，就连马德里加尔也在。当埃利斯外公给阿尔西诺伊接胳膊的时候，卢克抽泣起来。

“米拉贝拉小殿下才是注定要加冕的人。”埃利斯外公说，“就算是女祭司，她也不同意她们在自己的统治时代来临之前，伤害一位女王储。”

“所以，这才是她阻止她们的原因吗？”朱尔斯问，“还是说，她真的只是想要这么做？”

“无论是什么原因，我认为神殿都会发现，她比她们想象中的还要难控制。”

“比利还好吗？”阿尔西诺伊问，“有人知道吗？”

“他很安全，神殿护送他去了桑德港。”约瑟夫说，“我相信他应该到了，为登岛大典做准备。”

“登岛大典。”马德里加尔说，“很快就到日落，我们时间也不多了。”

“你闭嘴，马德里加尔。”朱尔斯说，“她自己都不担心这件事。”

“不，”阿尔西诺伊说，“我担心。我回来了，就不会再让你们因为我，惹上更多的麻烦。”

“可是——”朱尔斯开口。

“我宁愿自己走上那悬崖，也不愿被女祭司拖过去。”

凯特外婆和埃利斯外公苦着脸，彼此对视了一眼。

“我们最好先暂停准备宴会，”凯特外婆说，“然后把我们的黑礼服从樟脑球堆里挖出来。”

“我可以帮忙。”卢克穿着自己的节日礼服，看起来非常英俊、伶俐。不过他一直都比贪狼泉的其他人更会穿衣打扮。“如果我留下来大吃大喝，肯定会长肉。”他拉住阿尔西诺伊的一只手，用力握了握，“我很高兴你回来。”说完，他跟着凯特外婆和埃利斯外公走出了帐篷。

阿尔西诺伊坐在临时搭建的床上，上面有枕头有被子。她可以睡上好几天，就算这帐篷闻起来一股霉味，什么家具都没有，只摆了一个木箱，还有一张桌子，桌子上放了一个奶油色的水罐，里面盛着清水。

“我应该拧断你的脖子。”朱尔斯说。

“拜托对我好一点。我的脖子差点儿断了，就在不到一小时之前。”

朱尔斯给阿尔西诺伊倒了一杯水，然后坐在箱子上。

“我有件事要告诉你。”阿尔西诺伊说，“我必须告诉你们所有人。”

他们凑过来。朱尔斯和约瑟夫，还有马德里加尔。他们静静听阿尔西诺伊把比利跟她说的事情告诉了他们。关于献祭年，以及女祭司阴谋刺杀她和凯瑟琳的事。

“这不是真的。”阿尔西诺伊说完之后，朱尔斯说。

“然而就是。我从卢卡眼睛里看到了。”阿尔西诺伊叹了口气，“卢克应该回去，应该有人把他从这件事里择出去。他可能会挡在我和女祭司那一千把弯刀中间，而我不希望他受伤。”

“等一下。”约瑟夫说，“我们已经走到现在，不能就这么放弃。肯定会有办法……会有办法阻止她们。”

“在五朔节的时候对大祭司用计谋？”阿尔西诺伊道，“不太可能。你应该……”她开口，又停了一下，“应该也带着朱尔斯一起走，约瑟夫。理由和卢克一样。”

“我哪儿都不去。”朱尔斯说。她瞥了一眼约瑟夫，就好像他打算现在就抓住她离开一样。

“我不希望你看见这一切，朱尔斯。我不希望你们任何人看见这一切。”

“那我们就一起去阻止它。”马德里加尔说。

所有人都转头看向她。她听起来似乎很有把握。

“你说神殿要伪装出今年是献祭年的样子。”马德里加尔说，“一位天赋很强的女王储，和两位天赋很弱的女王储。”

“是的。”阿尔西诺伊说。

“那我们就让你变强。如果复苏大会之后，岛上的人没有看到能力弱的女王储，她们就不能动手，她们的谎言也就无从说起。”

阿尔西诺伊看着朱尔斯和约瑟夫。

“这或许能行。”阿尔西诺伊疲惫地说，“可是根本没办法能让我显得很强。”

“等一下。”朱尔斯说。她的眼睛失去焦距，飘向远方。无论她心里在想什么，都肯定十分专注，甚至连卡姆登用锋利的爪子扯她的裤腿都没有反应。

“如果有办法能让你看起来很强大呢？”她的眼睛盯着阿尔西诺伊的眼睛，“如果明天晚上，你在舞台上召唤灵宠，结果召唤出一头大棕熊呢？”

阿尔西诺伊下意识地摸着自己脸上的伤口：“你说什么呢？”

“我在西边的森林里见过一头大棕熊。”朱尔斯说，“如果我让他来找你呢？我可以控制他，让他上台。”

“那太勉强了，哪怕是你。一头大棕熊，走在喧嚣的人群里……你不可能控制住他。他会当着所有人的面，把我撕成两半。”阿尔西诺伊歪着头，“不过，我想我宁愿被熊撕碎，也不要被女祭司撕碎。”

“朱尔斯能做到。”马德里加尔说，“不过只控制那头熊上台还不够，它还必须要表现出服从你，不然没有人会相信。我们需要把它和你连接到一起，用你的血。”

朱尔斯抓住她妈妈的手腕：“不行，不能再用了。”

马德里加尔猛地一挥手，准确无误地将朱尔斯的手甩开。“朱莉，我们别无选择。而且那头熊依然会很危险，因为那并不是灵宠的心电感应。你不能跟它沟通。它更像是一只宠物。”

阿尔西诺伊看着卡姆登。卡姆登就不是宠物。她是朱尔斯的延续。不过，一只宠物总好过被撕开喉咙，或是被砍掉自己的头和胳膊。

“我们都需要什么？”阿尔西诺伊问。

“它的血和你的血。”

朱尔斯颤巍巍地倒吸一口气。约瑟夫扶住她的手肘。

“这个要求太过分了。”约瑟夫说，“控制住一头熊是一回事，但是取他的血？肯定还有别的办法。”

“没有。”

“朱尔斯，这太危险了。”

“你离开的时间太长了。”马德里加尔说，“根本不知道她有什么本事。”

朱尔斯握住约瑟夫的手。

“相信我，”她说，“从前你一直都很相信我。”

约瑟夫绷紧下巴。他身上每一块肌肉似乎都紧张地要爆炸，但他还是勉强点了点头。

“有什么我能帮忙的？”他问。

“你不要管。”朱尔斯说。

“什么？”

“这么说很抱歉，但我是认真的。这是有史以来我要求自己的天赋去做的最困难的一件事。我不能分心，而且时间有限。把他从森林里召唤出来就需要费一会儿功夫。我必须要把他引到山谷里，藏在一个没人发现的地方。就算我今天晚上等所有人都睡着以后偷偷溜出去，也可能来不及。如果狩猎大会把他赶得更远的话……”

“这是我们唯一的机会。”阿尔西诺伊说，“朱尔斯，如果你愿意，我也愿意试一试。”

朱尔斯瞥了一眼马德里加尔，随后点点头。

“那我今晚就动身。”

登岛大典

阿尔西诺伊是最后一个登上悬崖，准备迎接登岛大典的女王储。当她沿路走过草地，顺着山路上来时，山谷已空无一人。所有人都跑去了海滩上，站在熊熊燃烧、高高耸立的火把旁，等着迎接船只。

阿尔西诺伊调整了一下脸上的面具，就连最轻的碰触都令她的伤口火辣辣地痛。但是她必须戴着这副面具，她也愿意这样做，毕竟这是埃利斯外公克服了许多困难才做成的。再者说，面具上涂的那些红色条纹，在火光的照耀下会让人显得很凶猛。不过，或许比不上她真正的伤口显露出来的凶猛程度。

她抬脚走进悬崖顶上临时搭建的亭子里，低头看着下面的人们。他们会见到他们想要见的。黑色的衬衣，黑色的马甲，黑色的裤子，阿尔西诺伊从不逃避。

凯瑟琳站在离阿尔西诺伊最远的那个亭子里，一动不动，好似一座雕像，她的四周围满了爱伦家族的人。一条黑色抹胸长裙紧紧裹住这位年轻女王储的身体，她的脖颈上戴了一条黑色的宝石项链，手腕上盘着一条活生生的小蛇。

在中间的亭子里，米拉贝拉的裙摆在双腿间翻腾。她的头发披散下来，在身后飞舞。她没有看阿尔西诺伊，只是目视前方。米拉贝拉站得好似自己就是女王本人，根本没有理由再瞧向别处。

爱伦家族和韦斯特伍德家族的人从各自的亭子退出来。阿尔西诺伊心里一慌，连忙伸手去抓朱尔斯。“等一下。”她说，“我应该怎么做？”

“和你平时一样就好。”说着，朱尔斯朝她眨了眨眼。

阿尔西诺伊紧紧绞住自己的双手。本来应该是朱尔斯站在这些火把之间，穿着卢克做的衣服，美美的。之前在帐篷里，马德里加尔用铜币将朱尔斯的嘴唇擦得红艳艳，还用古铜和墨绿两色的缎带替她编好了头发，正好呼应她身上礼服的花边颜色。如果站在这个亭子里的人是朱尔斯，全岛的人都会见到一位美丽的自然使者，她的身边还跟着一只山猫，他们一定会信服她。

阿尔西诺伊低头看着海滩，头有些晕。

“我害怕。”她低声说。

“你什么都不用怕。”说完，朱尔斯也向后退到悬崖的小路旁，等着自己的家人。

鼓声响起，阿尔西诺伊的胃隐隐抽痛。她从船上掉下来后依然虚弱，现在还满满一肚子海水。

她微微站直双腿，舒展肩膀。她不能摔倒，也不能显得软弱，更不能从悬崖上滚下去，让自己的姐妹取笑。

她又看了看米拉贝拉，米拉贝拉无须努力就能彰显出自己的美丽和尊贵；她又看了看凯瑟琳，凯瑟琳可爱又俏皮，看起来像是黑色的玻璃。和她们两个比起来，自己一无是处。她只是一个叛徒和懦夫。没有天赋，不近人情，伤痕累累。和她们比起来，她根本就不像女王储。

海湾里，五条大陆驶来的船只抛锚，等待着。就在阿尔西诺伊望过去的时候，每条船都放下登岸船，而每一条登岸船上都站着一个有希望成为一岛王夫的男孩。所有的船都经过精心装饰，被火把照亮。她很想知道哪一条是比利的。她希望比利回去时，他父亲能够善待他。

鼓点变得急促，原本看着女王储的人们开始转头去看越来越近的登岸船。围观的人也全都穿着一身黑色，他们在海岸上一定形成了一道壮观风景，但是似乎只有一名求婚者被震慑到了：那是一个古铜色皮肤、黑头发的男孩，他的礼服上插了一朵红花。其他人都略微前倾着身子，面带微笑，透出渴望。

比利的登岸船跟在其他船后面，最后一个靠岸。求婚者在下面太远了，没法儿打招呼或是自我介绍。那些事情稍后才会做。登岛大典就是走一个流程。留下第一次印象，露出第一次脸红。

第一个男孩向凯瑟琳深鞠一躬时，阿尔西诺伊仰起下巴。凯瑟琳微笑，回一个半屈膝礼。当他朝米拉贝拉行鞠躬礼时，米拉贝拉只是微微颔首。而当这个男孩终于该向阿尔西诺伊鞠躬时，令人惊讶的是他仿佛压根儿没有看见她也站在那里。他盯着她的面具看了许久，只是象征性地微鞠一躬。

阿尔西诺伊没有动。她一个一个盯着前面四个人，任由面具遮盖住自己的表情。直到比利上了岸。

她心中一暖。他好像很精神，也没有受伤。

比利站在悬崖底，抬头看她。他行鞠躬礼，这是深深的一躬，腰压得低低的，人群窃窃私语起来。阿尔西诺伊屏住呼吸。

他行这礼，只对她一人。

爱伦营地

在五朔节的宴会上，毒物系的人也获准吃一些没有毒的食物。这些是规矩，由神殿颁布，所以任何参加狂欢盛宴的人都能随便将宴席上的食物吃光。这对娜塔莉亚来说似乎很不公平，尤其元素系的人可以自由地在山谷里起风，自然系的人可以让自己臭烘烘的灵宠肆意乱跑。

娜塔莉亚的餐盘里，放着一只油光锃亮的去头烤野鸡，完全无毒无害。她才不肯屈尊吃这样的东西。昨天，它还欢快地在低矮的灌木丛里唱歌。真是浪费。

娜塔莉亚怒气冲冲、厌恶地站起来，转身进了自己的帐篷。门帘在她身后晃动，她回头，看见了皮埃尔。

“她们应该让我们按照自己的喜好来准备自己的宴席。”皮埃尔仿佛看透了娜塔莉亚的心思，说道，“反正，看起来好像也没人有勇气敢吃我们的东西。”

她看着夜空，看着篝火和会聚在一起的人群。当然，他说得对。甚至就连那些喝多的醉鬼，也不敢碰毒师准备的食物。外面有太多的恐惧，太少的信任。

“联姻团的人或许敢冒险凑过来吃一点。”娜塔莉亚说，“我们不会希望毒死他们。如果他们躺在地毯上浑身抽搐，那肯定会是一个奇景。”

可他们也担不起失去哪怕一位求婚者的后果。每一代的联姻者都比前一代更少一些。在大陆，那些知道这座岛的秘密的家族数量急剧减少。总有一天，芬伯恩岛会变成一个传闻，一个为了哄大陆孩子高兴的传说。

娜塔莉亚叹了口气。她已经见了几位站在凯瑟琳宴席前的求婚者。第一个模样不错，金发，宽肩膀。他似乎很痴迷于凯瑟琳的外表，不过两个人现在还不准讲话。

“我希望你已经教过她怎样在这么远的情况下，和人调情。”娜塔莉亚说。

“她知道该怎样运用自己的眼神，”皮埃尔说，“还有自己的举手投足。不必担心。”

但是皮埃尔自己很担心。娜塔莉亚能从他拖动肩膀的动作看出来。

“真不幸，查特斯沃思家的孩子居然对阿尔西诺伊表了忠心。”皮埃尔说。

“是吗？我不确定。有人跟我保证过，他一定会听话。”

“从海滩上的那一幕来看，似乎并不是这样。现在他可能正流连在阿尔西诺伊的宴席外面，像狗一样希望能捡点残羹冷炙。”

娜塔莉亚闭上眼睛。

“您还好吗，姑母？您似乎很累。”

“我没事。”

但她的确很累了。凯瑟琳的竞选年是她这一生经历的第二个竞选年。或许也是她经手的最后一个。卡米拉那一年可容易多了，那时娜塔莉亚还是一个小姑娘，她作为家族族长的妈妈也还活着。

皮埃尔透过帐篷的门帘，盯着外面。

“那些乡下的傻瓜没有一个敢靠近我们的宴席，”他说，“这就是我们的影响。很难相信这一切明天就要结束。同样，也很难相信女祭司会赢。”

“谁说她们会赢的？”娜塔莉亚问，皮埃尔惊讶地看着她，“你说我累了，但是你为什么会这么想呢？你要我想办法救救我们的凯特。今天整整一天，我都在替她准备暗黑饕餮的食物，那些都是无毒的。”

“怎么可能？”皮埃尔问，“女祭司不是监督着一切吗？”

娜塔莉亚斜着头。没有一个毒师比她更懂怎么耍花招儿。

“娜塔莉亚，她们会试出来的。”

娜塔莉亚没有回答。他表现得好像娜塔莉亚这辈子从来没有在人毫无察觉的情况下，给东西里下过毒一样。

大祭司营地

“真不敢相信那个小混蛋居然又回来了。”罗说。她和卢卡一起站在大祭司帐篷的外面，看着最后一个神殿的箱子被搬走。

“这件事很令人好奇哪。”卢卡说，“阿尔西诺伊小殿下被冲上我们的海滩，当然不是我希望发生的事。不过这也由不得她选。”

“看起来，她在这个故事里的戏份还没有结束。”罗说，“或许女神和我们的米拉贝拉一样注重传统，没有女王储可以离开，除非是被自己的姐妹亲自驱逐。”

“你听到什么风声了吗，罗？”卢卡看着那些箱子问，“关于今天失控的事？有什么流言吗？”

“我唯一听到的流言，是跟阿尔西诺伊回来有关系的。他们说起米拉贝拉的风暴时，只说她当时发怒了。没有人怀疑那些风暴被召唤出来的真正原因。”

罗转身离开，冲着一名女祭司怒斥，因为她没有发现自己搬的那个箱子坏了。罗将箱子猛地抢过来，揪住她后脑勺的头发。那个新来的只有十三岁的孩子，哭着跑走了。

“你无须这么做。”卢卡说，“箱子裂了也没什么危险。”

“这是为了她好。她让箱子就那么露着，有可能会失去自己的手。”

罗拿起箱子掰了一下，箱子四分五裂。里面放着三四十把神殿的锯齿弯刀。

卢卡从其中拿出一把。那长长的、微弯的刀刃在狂欢篝火的映照下，泛着邪恶的光。她不知道这把刀造出来有多少年了，但是刀把已经磨旧，握着非常舒服。它在来到因尼斯夫之前，或许曾在任意一个神殿里待过。或许是来自自然系的神殿，曾经最大的用处就是割麦秆。但是无论它最初在哪里，毫无疑问它是尝过血的滋味的。

卢卡将弯刀拿在手里，反复掂量。身为大祭司，她已经有好多年没有拿过刀了。

“明天，你要领着她们。”卢卡说，“在米拉贝拉跳完火舞之后，悄悄地。在我开口宣布之前，先去控制住爱伦家族的头头脑脑，抓住凯瑟琳。不要恋战。我希望我们抓住阿尔西诺伊的时候，你能冲在最前面。”

“当然，我一定赶到。米兰家那个带山猫的姑娘，是唯一一个能给我添麻烦的人。我会先干掉她的山猫，如果它想阻止我们的话。”

卢卡的大拇指摸着弯刀的刀刃，没有意识到刀锋割破了她的指肚，直到血顺着她的皮肤流下来。

“必须保证所有的刀都像这把一样锋利。”她说，“这样才能保证速度，甚至可能都不会有人察觉得到。”

米兰营地

米兰家族的宴会是整个节庆日中最受欢迎的，这不仅仅是因为朱尔斯那只美味的烤鹿，更重要的是阿尔西诺伊在登岛大典上给人留下了深刻印象，尽管她自己并不这样认为。米兰营地的人挤到桌旁，挤到帐篷前，就为了能够近距离看一看她，看一看她漆成黑色的面具。她站在悬崖顶上，和其他两位女王储都不一样。此时此刻，人们很想看一看除了那双眼睛之外，还能不能窥到更多，想看一看是不是有什么是他们错过了的。

“还有最后一个。”约瑟夫含着一大口汤，含混不清地说。他朝那些黑压压的人群甩甩头，阿尔西诺伊正在接见一个求婚者，金色头发的那个，他站在宴会桌对面盯着她看。阿尔西诺伊强迫自己微笑，随后瞥了一眼比利，比利正在旁边警惕地看着。

“这些大陆人也就这样了。”卢克说。

阿尔西诺伊没有想到会有这么多求婚者。引起这么多注意，感觉很奇怪。

“如果我知道这些大陆人喜欢看冷脸，之前才不会那么担心。”说着，她又看了比利一眼，“真希望小少爷不必离那么远。

有人能过去接他一下吗？神殿的人爱怎么说怎么说吧。”

朱尔斯哈哈大笑。“看看是谁沉醉于胜利之中？不，阿尔西诺伊，你已经破坏了许多规矩了。”她碰了碰约瑟夫，“我和约瑟夫过去跟他做个伴儿。”

“趁他还没有以你的名义，从那些求婚者里挑一个打一架之前。”约瑟夫笑着说。

他们去之前，朱尔斯捅捅阿尔西诺伊的肩膀。夜已渐深。再过不久，篝火就会渐渐弱下去，而朱尔斯也要出发去森林，找那头大棕熊。

阿尔西诺伊盯着朱尔斯的眼睛看了许久。勇敢的女孩。她的天赋那样强，但或许一头大棕熊的能力更强。

“真希望我不需要你也行。”阿尔西诺伊说，“又或者我能和你一起去就好了。”

“我会小心的。”朱尔斯说，“别担心。”

朱尔斯和约瑟夫在宴会边上找到比利的时候，他正在生闷气。他抱着双臂站着，盯着那些求婚者，毫不掩饰自己的敌意。

“我们给你拿了些埃利斯外公炖的汤。”约瑟夫将一只碗塞进比利手里，“看起来你离得还不够近，没法儿给自己盛一碗。”

“我不知道规矩规定我能离多近。”比利说，“再说从我们被找回来的那样子看，我觉得最好还是保持一下距离。”

“但是你不觉得只对她一个人行鞠躬礼，是个很糟糕的主意吗？你爸爸肯定会拧下你的头。”

“我知道，相信我。我也搞不懂自己当时在想什么。”比利喝了一口汤。

“那是在帮她。”朱尔斯说，“看看所有这些人，你做的事也算是一个推手。还有你之前做的，想要把她带走。”

比利低下头：“很抱歉，我没有告诉你们。我得知了那些女祭司的计划，必须要这么做。可不管怎样，她还是又回到了这里，还在这儿。真见鬼！”

“会没事的。我们想出了一个办法。”

“是什么？”比利问。朱尔斯趴在他耳边悄悄说了几句。他的脸一下子就亮起来：“约瑟夫总说你是一个了不起的家伙。还有这身裙子，你穿上以后令人陶醉。”

“令人陶醉，这个形容真不错。”

“或许吧，不过这是最合适的说法。”

朱尔斯羞红了脸，脚步朝约瑟夫滑过去，藏在他手臂后面。

“好吧。”说完，比利叹了口气，“你们不用在这儿陪我了。我打算整夜都留在这里，直到那些女祭司将我护送回我的登岸船。”

“你确定吗？”约瑟夫问，然而朱尔斯拉了拉他的袖子。他们挥手道再见，然后挤进人群走了回去。

“我们这是要做什么？”当朱尔斯将手滑进他的手里时，约瑟夫问。

“我觉得如果有人注意到我们是个好主意。”朱尔斯说，“这样等到明天早上别人发现我不在这里，也会认为我可能是跟你躲去某个帐篷里了。”

夜充斥着篝火和欢笑。苗条的姑娘拉着男孩们跳舞，脸颊红扑扑、热乎乎，而朱尔斯穿着卢克做的礼服，觉得自己和这些姑娘一样漂亮。

“我从来没有见过你这个样子。”约瑟夫说。他的眼神在她身上打量的样子，令朱尔斯很开心。“卢克可能不得不关了书店，转行去做裁缝了。”

朱尔斯哈哈笑起来。五朔节开始时的她心中的压抑之情轻了许多。阿尔西诺伊回来了。他们不会就站在那里，任由别人把她杀死。他们要反击，这个想法令朱尔斯彻底放松下来，卡姆登甚至愉快地跳起来绕着圈，好像她是一只小猫咪。

朱尔斯偷偷用眼角瞄到一个女孩的手顺着一个男孩赤裸的胸膛往下滑。今晚，会有许多恋人消失进帐篷里，或是躺在大树下柔软的草地上。

“我们怎么到这儿来了？”约瑟夫问。

朱尔斯慢慢绕着圈子离开篝火堆，这样他们此时正好站在她帐篷旁边。

她拉着约瑟夫走了进去：“我觉得我应该为自己之前浪费了那么多时间道歉。”

“不，”约瑟夫说，“你永远都不需要道歉。”

她点燃一盏灯，放下帐篷的门帘。她的帐篷并不很大，而她的床也不过就是一卷薄薄的毯子。但是这些已经足够。

她走到约瑟夫跟前，手指滑进他衣衫的领口里。她还没有启开唇瓣亲吻他的喉咙，约瑟夫就已经心跳加速。他闻起来像是用来料理宴席的香料。他的双臂圈住她。

“我很想你。”她说。

“可是狩猎大会那天，你不想要我。”约瑟夫开口，朱尔斯摇摇头。之前的那些过往太过忧伤。现在，一切都变得不同。

朱尔斯的唇捕捉到他的，身子也热情地贴住他。今夜，她很大胆。或许是因为这身礼服，又或许是因为篝火的热量。

他们饥渴地亲吻，约瑟夫的手紧紧抱住朱尔斯的后背。

“对不起。”他说。

她解开他的衣衫。她抓住他的手，要求他解开自己的裙子。

“朱尔斯，等一等。”

“我们已经等了很久了。”

她向后退到自己临时的床上，他们两个一起坐了下去。

“我必须要告诉你。”约瑟夫说，但是朱尔斯用唇与舌阻止了他。她不想听那些事——跟米拉贝拉有关的那些。已经结束了，过去了。米拉贝拉并不重要。

他们一起躺下来，朱尔斯的手在约瑟夫衣服下面游动。今晚，她要抚遍他的全身，抚遍他身上每一寸裸露的皮肤。

约瑟夫小心翼翼地在朱尔斯上面撑起身子。他吻着她的肩膀，吻着她的脖颈。“我爱你。”他说，“我爱你，我爱你。”

随后他紧紧闭上眼睛，脸皱成一团。

他从她身上溜下来，翻身平躺在床上。

“约瑟夫，怎么了？”

“对不起。”说着，他用手捂住自己的眼睛。

“是我做错了什么吗？”朱尔斯问。约瑟夫只是紧紧抱住她。

“就让我抱抱你。”他说，“我只想抱着你。”

爱伦营地

宴会结束，篝火渐歇，凯瑟琳和皮埃尔躺在自己的帐篷里，肩并肩。皮埃尔平躺在床上，而凯瑟琳则是趴着，听着夜晚最后一点喧嚣。空气中满是火花和烟的味道，以及各种木头燃烧的味道、烹熟的各种肉的味道。在这些暖融融的味道之下，还有常青松的松针味，以及从悬崖顶飘下来的咸咸的味道。

“你相信娜塔莉亚吗？”皮埃尔问，“相信她说她可以替换暗黑饕餮食物的话？”

凯瑟琳的手指在他胸口轮番敲着：“她从来不会给我理由让我怀疑她。”

皮埃尔没有回答。整个宴会期间，他都很安静。凯瑟琳爬到他身上，想要用吻逗他开心。

“怎么了？”她问，“你好像不是你自己了，这么温柔。”她拿起他的手，放在自己腰间。“平日里那些索取的爱抚去哪儿了？”

“我之前有那么粗鲁吗？”皮埃尔笑着问。随后他闭上眼睛。“凯瑟琳，”他说，“甜美的、傻乎乎的凯瑟琳。我不知道自己该做什么了。”

他翻过身侧躺着，捏住凯瑟琳的下巴，问道：“你还记得去布雷切亚圣域的路吗？”

“是的，我应该记得。”

“就在那边。”说着，他用手指着帐篷外面南部森林的方向，“在那顶白绳拴住的五边形帐篷后面的森林里，一直往里走，走到那些岩石和深渊前。必须要跨过一条小溪，你记得吗？”

“我记得，皮埃尔。你抱着我蹚过去的。”

“可是到了明晚，我不会抱你过去。我不能抱你过去。”

“你什么意思？”凯瑟琳问。

“凯特，你听我说，”皮埃尔说，“娜塔莉亚认为一切尽在她的掌握之中。可如果不是这样……”

“什么？”

“明天晚上我不会去参加复苏大会。”他说，“如果情况有变，我受不了在旁看着。”

“你不相信我。”凯瑟琳觉得很受伤。

“不是那样的，凯瑟琳。你必须要答应我。如果明天晚上情况不对，我希望你逃跑。直接跑来找我，跑去布雷切亚圣域。你听明白了吗？”

“是的。”她柔声说，“可是皮埃尔，为什么——”

“任何事，凯特。如果任何事出了差错，任何人的话都不要听，直接跑过去。你能答应吗？”

“可以，皮埃尔。我向你保证。”

复苏大会

韦斯特伍德营地

伊丽莎白替米拉贝拉将黑色的披风披上，布里替她系好胸前的披风带子。这披风仔仔细细地垂下来，遮住她缠在腰和胸部的湿漉漉、浸满草药水的黑布条。这是她参加复苏大会要穿的所有衣物，除了火。

“你的小伙子一定无法将目光从你身上移开。”布里说。

“布里，”米拉贝拉朝她嘘了一声，“没有什么小伙子。”

布里和伊丽莎白彼此交换了一个坏坏的笑。她们根本不相信。那天狩猎大会之后，她们在草坪边上找到米拉贝拉时，发现她双颊通红、气喘吁吁。但是米拉贝拉没办法跟她们提起约瑟夫的事。他是自然系的人，忠于自己的妹妹。这一切太过复杂，或许连布里都无法理解。

帐篷外，日光转成橘色，随后又一路转成粉色和蓝色。庆典会在日落时，在沙滩上开始。

“你看见卢卡了吗？”米拉贝拉问。

“我看见她将近傍晚的时候，朝海滩去了。她应该有很多事要做。我不知道她能不能在开始之前，赶得及回来见你。”伊丽莎白安慰地笑了笑。是的，大祭司一定非常忙。并不是因为她还在生气米拉贝拉打断了处死阿尔西诺伊的举动。

“总之，你是应该生她气的。”布里说。

“我是呀。”米拉贝拉说。她是很生气，但也不生气。这些年卢卡一直待她很好。她们两个之间这几个月来的争执状态，并不让人好过。

“那些女祭司是怎么回事，伊丽莎白？”布里从帐篷门帘缝里往外觑，“她们全都表现得怪怪的，凑在一起，嘀嘀咕咕。”

“我不知道。我现在是你们这边的，她们全都清楚，什么也不告诉我。”

米拉贝拉伸长了脖子看过去。布里说得对。那些女祭司一整天的表现都不正常。她们甚至变得比平时更严厉、更冷漠，而且似乎还有些惧意。

“这种氛围里有某种东西我不太喜欢。”布里说。

米兰营地

阿尔西诺伊换了另外一件黑衬衣，穿上另外一件马甲系好，然后整了整面具上的缎带。在她身后，马德里加尔穿着一条柔软的黑裙子，看上去烦躁极了。

“朱尔斯没有告诉你吗？”马德里加尔说，“她看见我跟马修在一起的事。”

阿尔西诺伊停下来，转头看着马德里加尔，既惊讶又失望。

“马修？”她问，“你是说卡拉的马修？”

“不要那么叫他。”

“对你和我们所有人来说，他就是。我能想象得出，朱尔斯肯定很不高兴。”

马德里加尔踢了一下枕头，揉着自己美丽的栗色长发。

“没人高兴。我知道你也是。我也知道你会说什么。”

阿尔西诺伊转回身子，重新背对她：“如果你知道我们会说什么，那么我们的话其实并不重要。反正你还是会那么做。”

“你今天不要惹我！你还需要我！”

“所以你才选现在告诉我吗？”阿尔西诺伊问，“这样我就不能跟你说那些你应得的难听话了？”

不过，她的确需要马德里加尔。一张小圆桌上放着要做符咒的东西——一个盛了水的小石碗，里面的水煮开又晾凉，闻起来有青草香和红玫瑰花瓣的香气。马德里加尔噘着嘴，点亮一根蜡烛，将自己匕首的刀刃放在火苗上烤热。

“我还没有看见朱尔斯。”阿尔西诺伊转移了话题，“如果她不能及时赶到……”

马德里加尔拿起碗，另一只手拿着匕首朝她走过来。阿尔西诺伊挽起衣袖。

“不要那么想。”她深深一刀，划破阿尔西诺伊的胳膊，“她会赶到的。”

阿尔西诺伊的血一滴一滴坠落在碗里，就像蜂巢里滴下来的蜂蜜。血在水里绽放成鲜红色，搅动起青草和碗底的花瓣碎。在她的血和熊的血之间，一半是水一半是血。阿尔西诺伊无法想象自己能把它喝下去。

“如果我把这东西洒在台上，魔法会生效吗？”

“嘘——”马德里加尔说，“现在，你不能再在手上刻图案了。那里已经有很多旧伤，而这一个模糊的话后果堪忧。你必须要先画出来，然后把它用这水浸泡之后，贴在熊头上。其余的你自己喝光，但是手心里也要留一点。”

“你确定我必须把这一碗都喝下去吗？我和那头熊不能一人一半吗？”

马德里加尔拿过一块布按在伤口上，用力挤阿尔西诺伊的胳膊：“别再开玩笑了！这可不是一个小咒术。它也没法儿把那头熊变成你的灵宠，甚至它连你的朋友都不是。如果朱尔斯的能力只能领着它走出山谷，后面却控制不住，那头熊可能会在众人面前把你撕碎。”

阿尔西诺伊闭上了嘴。他们就不应该要求朱尔斯去做这种事。约瑟夫说得对——这太勉强了。控制一头住在静悄悄森林里的熊，就已经很难了。而稳稳地控制它走过吵闹的人群和燃烧的火把，几乎是不可能的。

“如果我们能把朱尔斯的头发染黑，把她变成女王储就好了……”阿尔西诺伊嘲讽地说。

“是啊，”马德里加尔说，“要是那样就好了。”

帐篷外，杰克汪汪叫起来。

“阿尔西诺伊，”埃利斯外公说，“时间到了。”

马德里加尔揽着年轻女王储的肩膀，用力摇了她一下：“朱尔斯回来以后，她会把血交给我，然后我带着她和药水一起去舞台。会没事的，我们还有时间。”

阿尔西诺伊走出帐篷，她的喉咙里像堵了什么东西。她的帐篷外面，不止站着桑德兰兄弟、卢克和米兰一家，还有山谷里一半的自然使者。

“他们在这里做什么？”阿尔西诺伊小声问约瑟夫。

“这个嘛，”约瑟夫笑着反问，“似乎是有人听到了关于你表演的传闻，说阿尔西诺伊小殿下要召唤一头大棕熊。”

“怎么会这样？”

“卢克放出风声以后，不到一小时整个山谷的人就都知道了。”

阿尔西诺伊看着这些人。有些人站在火把的光照下，朝她微笑。她活了这么大，这些人都认为她是一个失败者，可是哪怕出现一丝希望，他们就走过来跟随她，好像这是他们一直以来都渴望的事。

或许，的确是。

凯瑟琳小殿下的擂台

神殿宣布了复苏大会表演的顺序。凯瑟琳是第一个。女祭司已经摆好一张长长的红桃心木桌，上面放着毒物系的盛宴。火把已经点亮。她只需要登台开始表演就好。

凯瑟琳伸长了脖子看着人群。身着黑色衣服的人海在三个舞台前挤得满满当当，就连海岸上都站满了。凯瑟琳的舞台在最中间。正对着她舞台前面的是一个升起的主席台，上面坐着联姻团的求婚者，还有大祭司卢卡。

“这么多女祭司。”娜塔莉亚站在她身后说。

“是啊。”凯瑟琳说。她的胃紧张起来。娜塔莉亚是能安慰她的巨大源泉，但是她更希望皮埃尔改变了不来参加的心意。

“好了，凯特。”娜塔莉亚说，“我们走吧。”

她们两个一起走过去。凯瑟琳按照自己设计好的那样微笑，她记得不要让自己看起来像她那位元素系的姐姐一样古板、正式。但是人群看着她的目光还是很黯淡。米拉贝拉上台时，他们毫无疑问会笑得像个傻子。

吉纳维芙和大表哥卢西恩站在最前排。她朝他们颔首示意，这是第一次，吉纳维芙没有怒视自己。

凯瑟琳和娜塔莉亚走到长桌前，各自站好。

“相信我，”娜塔莉亚说，“大声说出来。”

凯瑟琳的裙摆贴着她的腿，窸窸窣窣。这是一条非常精致的礼服，但注定要被暗黑饕餮的污浊汤汁毁掉。她只希望那些污渍中不包括自己的呕吐物。

女祭司揭开她们面前每一道毒食菜肴的盖子，宣布里面盛放的食物是什么。有塞了山羊奶酪和附子草的鬼伞菌，有紫杉果炖鳕鱼、颠茄馅的小馅饼、黄油蜜糖噬魂金蝎，外加一盘夹竹桃冻奶油。还有一杯坎特雷拉毒酒。宴会桌上的中心饰品是一个巨大的、金澄澄的馅饼，烤成了天鹅的形状。

空气里飘着好闻的气味。前三排的毒师都抽着鼻子用力闻，像后街里站在厨房窗台上的猫。

“你饿了吗，凯瑟琳小殿下？”娜塔莉亚问。凯瑟琳深吸一口气。

“我的确胃口大开。”

娜塔莉亚站在一旁，看着凯瑟琳进食。她一开始只是尝试性地咬很小一口，好像不敢相信。但是随着宴会进行，下面的毒师鼓掌，凯瑟琳变得越来越自信。粉色的汁水顺着她的下巴流下来。

主席台上坐着的那几个大陆男孩，都舔着唇。他们看着这个不会被毒死的女孩，感觉一定很奇妙，甚至不在乎这一幕是不是真实的。

凯瑟琳推开盛了蜜糖金蝎的盘子。她已经吃了三个，非常聪明地将那些裹在金黄色蜜糖里的尾巴尖留了下来。现在，只剩下那只天鹅派了。

娜塔莉亚领着凯瑟琳转到桌子的一侧，女王储撕开脆脆的饼皮挖出里面的肉馅。这就够了。凯瑟琳喝了一大口酒，将嘴里的食物冲下去，一点都没有剩。

她双手重重锤在桌子上，人群欢呼。欢呼声越来越大，似乎是一种全然的出乎意料。

娜塔莉亚抬眼朝主席台望去，看见了卢卡那冰冷、无情的目光。

娜塔莉亚微微一笑。

阿尔西诺伊小殿下的擂台

阿尔西诺伊从凯瑟琳右后方的舞台看过去，暗黑饕餮看起来和她想象中毒物系的盛宴仪式一样可笑。她对菜单中出现的各式毒药不是很熟悉，但是就连她也不得不承认，苍白而娇小的凯瑟琳能把它们全都吃光，的确很令人震撼。等到暗黑饕餮结束，凯瑟琳上半身沾满了果汁，肉汤顺着流到了胳膊肘，人群中发出一阵尖叫。

阿尔西诺伊攥紧双拳，随后记起来她手掌上还画了图案，于是又飞快地松开手。那个图案不能被弄脏，也不能被弄模糊。今天可不是要自己手掌流汗的好日子。

“阿尔西诺伊。”

“朱尔斯。女神保佑！”

朱尔斯将盛了药剂的小黑碗塞到阿尔西诺伊手里。阿尔西诺伊做了个鬼脸。

“假装这里面是酒。”朱尔斯说。

阿尔西诺伊低头看着，喝下去似乎不可能。不过里面盛着的也不过是四口的量，四口咸咸、腥腥、微温的液体。是她自己的血和那头熊的血。

“我好像看见了一根毛。”阿尔西诺伊说。

“阿尔西诺伊！快喝！”

她端起碗一饮而尽，碗边碰到了木雕面具。

那药水的味道和她担心的一样难喝。惊人的黏稠，草和玫瑰的清香一点帮助都没有，只是更增添了一种令人讨厌的口感，还需要嚼咽。阿尔西诺伊的喉咙想要合拢，但是她还是勉强吞了下去，同时记得在画了图案的掌心留那么一点。

“我就在舞台旁边。”说完，朱尔斯退了下去。

女祭司宣布下一个是阿尔西诺伊，她迈步走上台。人群投来的目光和他们投向悬崖顶的目光一样沉重，但是她现在管不了这些。在某个不远的地方，有一头熊正等着。

她走到舞台中央，匆忙搭建的地板在她脚下嘎吱嘎吱响。血腥味还包裹着她的舌头，在她胃里翻滚。阿尔西诺伊小心地捧着画了图案的手，放在胸前。这样是可行的。这就像是她在祈祷，像是她在召唤自己的灵宠。

“来这里，熊，熊，熊。”阿尔西诺伊嗫嚅着，闭上眼睛。

有那么一阵，四周一片死寂。随后响起了熊的咆哮。

人们尖叫着分开，让出一条宽宽的路，那头熊从悬崖下的海湾慢慢朝舞台跑过来。他毫不犹豫地爬上台，站在她身边。阿尔西诺伊看见他长长的弯爪，脸上的伤口微微有些刺痛。在她右边的某处，阿尔西诺伊听见卡姆登低吼、嗞嗞地叫着。

阿尔西诺伊不能耽搁很久。朱尔斯或许控制不了那么长时间。她必须要将血和图案贴在熊的额头。

熊走到跟前，身上的皮毛贴着她的腰，阿尔西诺伊一动不动。那熊的爪子大得足以一掌将她的肋骨一分为二。

“过来。”她说，阿尔西诺伊很惊讶自己的声音居然一点都没有变调。熊转过头看着她。他的下嘴唇耷拉下来，正如所有的熊一样。他的牙龈是斑驳的粉色，舌尖上还有一个黑点。

阿尔西诺伊伸出手，将染血的图案印在熊两眼之间的皮毛上。

她屏住呼吸，盯着那头熊棕色泛着金光的眼睛。

那头熊嗅了嗅她的脸，口水滴到她的面具上。阿尔西诺伊哈哈笑起来。

人群欢呼。甚至那些曾经质疑过她的自然使者也将手臂高高举向天空。她揉揉熊的棕皮毛，决定再将自己的运气往前延续一点点。

“准备好，朱尔斯。”说着，她高高举起双臂，“站起来！”

那头熊向后退。随后他用两条后腿站了起来，发出一声咆哮。

海滩上充斥着欢呼和叫喊，还有灵宠开心的汪汪声和嘎嘎声。随后熊落下来，重新四肢着地，阿尔西诺伊张开双臂搂住他的脖子，紧紧抱着他。

主席台

大祭司看着那个抱着熊的女孩，和其他人一起鼓掌。她别无选择。在欢呼和庆祝声中，她用目光寻找罗，罗看着自己，两眼血红。卢卡摇摇头。结束了。她们输了。

罗摇摇头。她龇着牙，一只手握住身侧的刀柄。

米拉贝拉小殿下的擂台

“没人想到凯瑟琳和阿尔西诺伊居然能有这么精彩的表演。”莎拉·韦斯特伍德给米拉贝拉调整身后的披风时说，“不过没有关系，他们最想看的人还是你。”

米拉贝拉伸长脖子，望向坐在舞台毒师桌子最中间的凯瑟琳，然后又往右后方看过去，阿尔西诺伊站在上面，冷静地抚摩着一头巨大的棕熊。她不确定莎拉刚才说的话对不对，但是她现在只能做自己能够做到的。

女祭司还没有宣布她登台，鼓点便已经响起。她们熄灭了所有的火把，米拉贝拉的舞台上一片漆黑，只有一个散发着温暖红光的火盆。

米拉贝拉快走三步登上舞台。她脱掉披风往旁边一甩，人群安静下来。

鼓点加快，与此同时米拉贝拉的脉搏也加速跳动。她朝那火伸出手，火苗跳上她的双手。看着火苗顺着米拉贝拉的手臂一路攀升，在她腰间翻滚，人们发出一阵喃喃低语。

她控制着火苗缓慢而优雅地移动。比起呼风唤雨的时候，此刻她的控制力更加精准。火苗亮起来。虽然这火焰没有烧到她，但是米拉贝拉依然能感觉到自己的血液沸腾起来。

她旋转。人群倒抽一口气，火在她耳朵里噼啪响。

人群中向她直直走过来的人，是约瑟夫。她看见他，差点儿踏错了舞步。他的神情正是他们相遇那晚他现出的深情，被黑暗海滩上的篝火映衬。她多想把他拉上舞台。她可以用火焰将两个人全部包围，他们将一起燃烧殆尽，再不分开。

当他呼喊她的名字时，她猛地回过头。

“米拉贝拉。”

凯瑟琳小殿下的擂台

娜塔莉亚看着那个女孩旋转，全身是火。人群的海洋里，每个人都露出茫然、痴迷的神情。米拉贝拉将他们全都握在自己掌心。

舞台周围站了好几层的女祭司开始轻轻动作。她们的手伸进斗篷里面，放在弯刀的刀柄上。一名头发像血一样红的女祭司，牢牢地盯着娜塔莉亚，娜塔莉亚不得不转过头去。

米拉贝拉表演的力量叫人难以相信。就连娜塔莉亚都觉得被吸引了过去，目光随着她在舞台上的每一个动作转动。

她眨眨眼，转头看向卢卡，看着那个老妪燃烧的黑眸。娜塔莉亚和自然系要得那些小花招儿算不了什么。神殿不会动摇。她们还是会将献祭年的传说变成现实。

阿尔西诺伊小殿下的擂台

朱尔斯很难一边看着米拉贝拉跳舞，一边控制那头熊。人群的呼唤和躁动都让熊紧张，他站在阿尔西诺伊身边，开始甩头，挠着地板。

朱尔斯重新集中精力。

“会没事的。”她低声说。此时她的眉毛上已经沾满了大滴的汗珠，而在她的意念里，那头熊开始往外挣。挣得还很用力。

人群开始朝米拉贝拉拥去，朱尔斯咬紧牙关。那个女的什么时候才能跳完？那支舞好像永远都不会结束一样，虽然观舞的人似乎并不介意这一点。朱尔斯深吸一口气，去寻约瑟夫。他一定在某个地方看着，为她控制这头熊做出的努力而骄傲。

只不过，约瑟夫根本就没有看朱尔斯。他站在米拉贝拉舞台前的最前排，被人群簇拥着朝她而去。

朱尔斯几乎不敢相信自己的眼睛。就算她拼尽全力大喊约瑟夫的名字，他也听不见；就算自己站在他旁边对着他的耳朵喊，他也听不见。约瑟夫脸上露出的欲望令朱尔斯觉得恶心。他从来没有像看米拉贝拉那样看过自己。

米拉贝拉跳着跳着舞，隔着火焰朝约瑟夫伸出手。所有人都能看见。这些人一定都猜到这两人在一起了，也知道了朱尔斯是个傻子。

朱尔斯的胸膛里，心脏像玻璃碴儿一样碎成一片片，有什么东西“砰”的一声断掉。这个东西断掉的同时，她也失去了对熊的控制。

当熊开始甩头时，阿尔西诺伊就知道情况不对劲了。他的眼睛从温顺变成恐惧，继而变成愤怒。

她往后退了一步。

“朱尔斯。”阿尔西诺伊想要吸引朱尔斯的注意，却没能成功。朱尔斯像其他人一样，紧紧地盯着米拉贝拉的舞台。

那头熊开始用爪子刨木地板。

“放松。”阿尔西诺伊说，但是她什么都做不了。低等魔法连接他们的方式和灵宠的那种心电感应是不一样的。这头熊很害怕，朱尔斯已经失去了对他的控制。

他大吼一声、蹿下舞台冲进人群的时候，根本来不及事先发出警告。熊挥动着尖利的爪子，头前后摆动。没有人能躲开。他们全都紧紧地挤在一起，像被米拉贝拉的舞台黏住了。甚至就连熊掌从人身上划过，也无法辟出一条路，这头熊又掉头朝三个舞台冲过去。

“朱尔斯！”阿尔西诺伊大叫。但是她的叫声被淹没在其余众人的尖叫声里，已经有人意识到出了什么事。

熊爬上最中间的舞台，凯瑟琳尖叫起来。熊拱过暗黑饕餮的桌子，将桌子踩成一块块，然后顺势从舞台滚落到沙滩上。但是他没能冲撞到凯瑟琳。凯瑟琳飞快地从舞台旁翻下去，保护了自己的安全。

女祭司抽出弯刀，一脸惊恐地冲过去。那头熊猛击离自己最近的一个，女祭司雪白的长袍根本藏不住冒出来的鲜血，也藏不住被熊的利爪掏出来的内脏。看到这么多血，受到其他人失败的鼓励，女祭司们也混进人群里纷纷逃散。

大祭司卢卡站起来，大喊着指挥。求婚者惊恐地看着这一切。

在最远的舞台上，米拉贝拉停止了跳舞，但是火焰还在她的胸部和腰间翻滚。那头熊没花多长时间，就注意到了她。他冲过来，撞翻了火把，撞翻了所有碰巧挡住他路的人。米拉贝拉动不了，她甚至连叫都叫不出来。

约瑟夫冲上舞台，正站在那头熊奔过来的路上。他用自己的身子挡住了米拉贝拉。

“不。”阿尔西诺伊说，“不！”

朱尔斯一定知道那个人是约瑟夫。她一定看见了。可是现在要把那头熊喊回来，已经来不及了。

米拉贝拉小殿下的擂台

女祭司大叫着保护女王储。但是，米拉贝拉听见的只有熊的怒吼。她能感觉到的，只有约瑟夫搂住的她的手臂。

那头熊没有攻击他们。它后腿直立起来，咆哮。但是到最后，它挠着自己的脸好像非常痛苦，随后冲下舞台，跑过了海滩。

米拉贝拉抬起头，看着下面四散奔逃、恐慌的人群。大多数人都找路安全地穿过峭壁，回到了山谷。但还是有很多尸体一动不动地躺在舞台前。那个冲上凯瑟琳舞台的年轻女祭司，此时躺在舞台脚下，胳膊弯曲，身上的袍子和腹腔都被扯开一个大洞，里面看得清清楚。还有很多很多受伤的人。

“你没事吧？”约瑟夫在她耳边轻声问。

“没事。”说着，米拉贝拉紧紧依偎在他怀里。

他吻着她的头发，吻着她的肩膀。他们四周的白袍女祭司全都举着刀。

“大家冷静！”卢卡站在主席台上喊，她身边站着两个瑟瑟发抖的求婚者，“熊已经跑了！”

米拉贝拉从约瑟夫的臂弯里偷觑着被毁的舞台。阿尔西诺伊孤零零地站在上面，双手垂在身侧，微微发抖。或许她没有意识到自己会制造出这样一场大屠杀。

“是她让那头熊来对付我的，”米拉贝拉说，“在我做了那么多把她救下来之后。如果不是你，她一定会让那头熊撕了我。”

“没事了。”约瑟夫说，“你已经安全了。你没事了。”他双手捧着米拉贝拉的脸，亲吻她。

“凯瑟琳小殿下在哪儿？”娜塔莉亚·爱伦叫着，“卢卡！她人呢？”

“不要慌。”大祭司说，“我们会找到她。她不在那些死去的人里。”

娜塔莉亚慌乱地四处看，或许是为了组织起她自己的搜救队。但是所有的毒师都跑了。凯瑟琳舞台的脚下响起哀吟声，她沉下了脸。

那头熊将暗黑饕餮的食物撞翻了，落在人们脚下。有毒的食物横七竖八地散落在沙滩上，几条灵宠犬迫不及待地围了上去。

“它们肯定吃了一些，”一个女人哽咽着，“拦住它们！把它们喊回来！”

娜塔莉亚飞快地走到前面。“把这些食物隔离起来。”她下令，重新恢复了冷峻，声音平稳而低沉，“那些狗必须带去我的帐篷处死，要快。把它们抓起来，别让其他狗再过来。”

舞台区对面，阿尔西诺伊已经下来和米兰家的人待在一起，她戴着面具，人们无法看清楚她的表情。

“她怎么可以这样？”米拉贝拉问着，心都碎了。然而就算是在她自己听来，都觉得这个问题很蠢，根本不像是一个女王储应该问的。

约瑟夫轻声哄着她，吻着她的头发。

“自然系小子，现在放开她。”罗伸出手，毫不费力地拽开约瑟夫。看见罗手里的锯齿弯刀，他没有做任何反抗。

“你放开他，罗。”米拉贝拉说，“他救了我。”

“从他自己的女王储的阴谋底下。”罗说。她一甩头，又有三名女祭司走上来，将约瑟夫押了下去。罗抓住米拉贝拉的胳膊，她的手指深深地嵌进去，一直到米拉贝拉痛地叫出声来。

“现在，我的殿下，请回到您的帐篷里去。复苏大会结束，竞选年已经开始。”

布雷切亚圣域

凯瑟琳跑进南方的森林，在林间穿行时，树枝划破了她的脸。她的心怦怦跳，膝盖因为从台上摔下来而一抽一抽地痛。裙摆被一根荆棘挂住，她又摔了一个跟头。没有火把，她只能凭着月光照路，而在深深的密林间，并没有多少月光。

“皮埃尔！”她叫道，声音虚弱，喘不过气。她按他叮嘱过的，一直从复苏大会跑向那个五边形的帐篷，然后跑进帐篷后的森林里。

“皮埃尔！”

“凯瑟琳！”

他从一棵树后面跑出来，手里提着一盏小油灯。凯瑟琳踉踉跄跄跑到他跟前，皮埃尔一把将她搂在怀里。

“我不知道出了什么事，”凯瑟琳说，“真是太可怕了。”

那头熊可能会杀了她。将她撕成碎片，就像它撕碎那可怜的女祭司一样。她可能得等很久以后，才能忘记那双熊眼中的狂躁，还有它锋利、狂野的弯爪。

“我希望那些不会成真。”皮埃尔说，“我希望娜塔莉亚是对的，希望一切都在她的掌控之中。我很抱歉，凯特。”

凯瑟琳将头靠在皮埃尔肩上。他真好，在这里等着接自己，避开所有人，只为给她片刻安慰。他的怀抱赶走了她身上的寒意，而布雷切亚圣域那奇怪的、深深的泥土味，在吸进她身体的一刻，也令她冷静下来。

皮埃尔抱着她轻轻摇。他和她一起缓缓移动脚步，就像是在跳舞，他们的脚划过岩石光滑的表面，朝深渊的边缘移动。

“或许我应该留下和娜塔莉亚在一起。”凯瑟琳说，“她可能受伤了。”

“娜塔莉亚会照顾好自己，”皮埃尔说，“她不是会让自己有危险的那种人。你做的是对的。”

“他们很快就会来找我，来追我。我们时间不多。”

皮埃尔吻着她的头顶。“我知道，”他抱歉地说，“嗜血的神殿。”

“什么？”

“我本不应该爱上你，凯特。”他双手捧起她的脸。

“但是你爱上我了，对不对？”

“是的，”他又吻住她，“我爱你。”

“我也爱你，皮埃尔。”凯瑟琳说。

皮埃尔向后退。他轻轻地扶着她的肩膀。

“皮埃尔？”她问。

“对不起。”说着，他将凯瑟琳推了下去。她一直一直坠落到布雷切亚圣域无底的深渊里。

竞选年开始

爱伦营地

复苏大会那场浩劫过去一天半之后，因尼斯夫山谷基本上空无一人。自然系和元素系的人都已经离开。那些没有天赋的人，还有少数几个有战斗天赋的人也一样。就连毒物系的人多数也回到了家中，只有爱伦家族和最衷心于他们的几个家族留在这里。

还有许多女祭司也留了下来，包括大祭司卢卡。她们组织了一个搜救团去悬崖上寻找凯瑟琳，搜遍了整个山谷、整个海滩和四周所有的森林。可怜的皮埃尔自从凯瑟琳失踪之后，就一直马不停蹄地四处搜寻。

可是，他们没有找到尸体，也没有找到人。

娜塔莉亚一个人坐在帐篷里。从昨天开始，她就没有出去寻人了，搜寻的时间越久，能找到的希望就越渺茫。今天，或许凯瑟琳还会有全尸。但是很快，她的尸体就会肿起来，然后腐烂。娜塔莉亚不知道自己能不能经受住找到凯瑟琳的小残骸的后果，看到那些被筋连接在一起的骸骨，外面裹着一条腐烂的黑裙。

她双手抱住头，累得根本站不起来。当然也累得没力气拔营返回因德里得山。她没有力气面对议会，假装自己已经无能为力。

帐篷的门帘被掀开，大祭司卢卡身穿黑领白袍走了进来。娜塔莉亚直起身子，但她不可能是来送凯瑟琳的消息的。如果真有消息，卢卡一定会派一个人过来，而不会是一个人都不带，亲自前来。

“大祭司，”娜塔莉亚说，“快请进。”

卢卡半转过身，确保帐篷的门帘严严实实。然后她皱起鼻子闻了闻。

“这个帐篷，娜塔莉亚，闻起来很像死狗。”

娜塔莉亚嘴角翘起。复苏大会之后，那些灵宠猎犬被送来她这里胡乱处死。没有时间去找那么大量的毒药。她只能利用自己手头的这些，那些狗躺在地毯和枕头上，浑身抽搐，口吐白沫。

卢卡摘下自己长袍的兜帽，松开领子，露出皱巴巴的脖子和一头浓密、刺眼的白发。

“我必须马上起程。”卢卡说，“为了罗兰斯城和米拉贝拉。”

“‘必须’。”娜塔莉亚苦涩地说。

“我还会留一小队女祭司继续搜寻，直到找到小殿下为止。”

有那么一阵，两个女人面面相觑。随后娜塔莉亚指了指自己对面小桌旁的那把椅子。

卢卡打了个响指，很快有人送上一壶茶来。等到茶具摆好，重新只剩下她们两人，她叹了口气，疲惫地向后靠在椅子上。

“有一个联姻团的人已经逃了。”卢卡说，“黑头发，外衣插着一朵红花的那个。他的家族很迷信，他们说这一代女王储是受了诅咒的。”

“这绝对称不上是一次非常成功的五朔节。”娜塔莉亚说。卢卡第一次哈哈笑起来：“要是我们能在有机会的时候，把那个小混蛋的头拧下来就好了。”

“如果你的米拉贝拉让我们这么干的话。”

卢卡给自己的茶杯里加了点奶油和两块方糖，然后在杯碟上放了一块薄薄的烤饼干。

“这里面没放毒。”卢卡挖苦这壶茶，“或许你可以捏住那条蛇，往自己的杯子里挤两滴蛇毒。”

娜塔莉亚斜了斜嘴角，喝了一口，问道：“我们要拿阿尔西诺伊怎么办呢？”

“什么怎么办？”

“她在复苏大会结束之前，攻击了另外两位女王储。在竞选年开始之前。这是一条重罪，不是吗？”

“提前了一天而已。不过无论你我愿意与否，这都是一种力量的展示。如果我们公开惩处她，岛上的人可能会起义。”

“如果神殿连自己制订的规矩都无法执行，要神殿有什么用呢？”娜塔莉亚嘀咕着说。

“确实。”卢卡说。她啜了一口茶，透过茶杯边瞟着娜塔莉亚。“你布置的那场可爱的暗黑饕餮，”她说，“所有的毒食都掉在了沙滩上。我拿了一点掺进一名女祭司的饭里，结果，哦！”卢卡脸上一亮，“她居然没死！甚至连不舒服都没有。完全不像你处死的那些可怜的狗。你给它们喂了什么，娜塔莉亚？砒霜吗？”

娜塔莉亚的手指敲着桌子。大祭司挑起一条眉毛。

“也不要发牢骚说我们怎么变得这么弱。”卢卡说，“尤其现在这种情况是你们一手造成的，当你背离人们的时候。”

“如果说人们背离了你们的劝诫，那可不是我们的错。我们从来没有试图欺骗人们，说议会的权力会凌驾于神殿之上。”

“是的。”卢卡说，“只是不让我们发声而已。”她静静地打量娜塔莉亚。她们两个敌对了这么多年，却很少有单独一起坐下来的机会，而且从来没有过两个人不为什么争论的时候。

“真奇怪。”卢卡说，“你背离了女神，而她才是创造出女王储的人。她在这座岛上的力量，让我们过着现在的生活。”看见娜塔莉亚翻了个白眼，她接着说，“我知道，你觉得那个人是你。你觉得是你天赋的力量保证了我们的安全。可是你有没有想过是谁给了你天赋？她才是你敬畏的那力量的源泉，你却并不敬畏她。你的骄傲中，忘记了她是给予者，也忘记了她是能够将它收回去的那一个。”

罗兰斯城

从颠簸的马车窗往外望去，罗兰斯城的街道太过安静。这座城以为米拉贝拉会凯旋，可是她没有，空气中充满了失落。中心区的店铺把五朔节的装饰全都扯了下来，只剩几条羞答答的彩带和花环。其实说起来，她也不算真的被打败。她的复苏大会表演几乎是成功的。

几乎。但是多亏了阿尔西诺伊，她的舞甚至都没能跳完。

再过不久，她们就能安全地回到韦斯特伍德公馆。虽然那里不会再和从前一样，现在，凯瑟琳下落不明，很可能死了，神殿在调查出具体结果之前，一定会摆出防卫姿态。马车旁围满了全副武装的女祭司，她们前面莎拉和迈尔斯大叔乘坐的马车也是一样。

米拉贝拉怀疑阿尔西诺伊能否在这么短的时间内再发起另一次攻击。但神殿还是要做全面准备。

“熊冲过来的时候，我吓得愣住了。”米拉贝拉小声说。靠着车窗的布里和伊丽莎白抬起头。“一开始，我以为那不过是一个误会，可是熊直接朝我冲了过来。”

她的朋友们难过地低下头。她们也不能对她说，阿尔西诺伊不是故意的。她不想听见她们这样说。她用了好几天才从那场惊吓中恢复过来，可是她心里的伤转成了愤怒。或许凯瑟琳也是阿尔西诺伊杀死的。或许凯瑟琳跑进森林以后，阿尔西诺伊还准备了别的灵宠在等着她。

甜美可爱的小凯瑟琳。她和阿尔西诺伊曾经发誓要保护这个小妹妹。

“伊丽莎白，”米拉贝拉说，“你是自然系的。你能做到阿尔西诺伊对那头熊做的事吗？”

伊丽莎白摇摇头：“不可能。就算有五十个我，也做不到。她……比我见过的任何一个自然系的人都要强。”

“或是听说过的。”布里瞪大眼睛说，“米拉，我们该怎么办？如果不是那个男孩，那个叫约瑟夫的，你可能已经死了。”

后来，米拉贝拉把约瑟夫是谁，她和约瑟夫之间发生了什么事，都告诉了她们。那些话一股脑儿就吐了出来，在她的帐篷里，当时她因为许多事情，心碎不已。阿尔西诺伊的背叛，还有被带走的约瑟夫，可能永远回不来了。

“亲爱的约瑟夫，”伊丽莎白说，“他对你的爱或许可以再救你一次。如果他真的是阿尔西诺伊的好朋友，或许他能阻止她。或许他能帮助我们。”

“我不会要他选边站的。”米拉贝拉说。

“但是有人会呀。阿尔西诺伊，或者是卢卡。我不认为像阿尔西诺伊那样强的人，会在利用自己的优点时有丁点儿犹豫。”

“那很好。”米拉贝拉说，“我也不希望她犹豫。我希望她能不停逼我，不停逼我，直到把我逼得恨她为止。”

她重新看向窗外，为了逃避布里和伊丽莎白眼中那种了然的悲伤。她们知道一定会走到这一步。所有人都知道，只有米拉贝拉除外。可是她已经不再多愁善感。看见那头熊，看见阿尔西诺伊面具后那冷漠的面孔，让她看清了真相。

在黑暗乡舍时，她爱的那两个妹妹都不见了。阿尔西诺伊找到了自己的机会，抓住了它。所以，下一次，米拉贝拉也会抓住自己的机会。

格瑞福斯德雷克庄园

经过一星期的搜寻，皮埃尔和娜塔莉亚一起返回了格瑞福斯德雷克。但是等他们抵达庄园之后，他也不会留下。没有了凯瑟琳，那里对他来说什么都不是。

娜塔莉亚也没想要劝他留下来。这个男孩太痛苦。就连他那沉闷的乡间农舍都要比被凯瑟琳的幽灵缠绕的格瑞福斯德雷克来得要好。

皮埃尔离开前，他们两个一起坐在娜塔莉亚的书房喝了最后一杯。

“你当时跟我说的献祭年和神殿的事，我深信不疑。”他说，“我以为她们会砍掉她的头，我根本没想到会是阿尔西诺伊。”

现在他走了，带着行李钻进马车，娜塔莉亚又只剩自己一人，吉纳维芙和安东尼直接回了各自在城里的住处，害怕她情绪不好。他们可不敢在没有邀请的情况下回到这里。

下人们也抗拒和她对视。如果这些人里能有一个维持足够的体面，假装一切都好的话，那就太好了。

娜塔莉亚下楼来到主厅，听着春风吹拂着树枝打在窗户上。庄园今年四处透风。她需要从沃洛伊堡调几个工人来检查一下门窗。或许这里过不了多久就不再属于她了，但是她也不想让这座古老的庄园陷入绝望。

一条红色的长长走廊，连接着通往她卧室的楼梯。她发现壁灯上落了土，一小摞叠好的衣服就放在通往大厅的门口里。她悄悄走过去，捡起衣服，站住脚。

她不是一个人。这里还有一个女孩，站在大厅里。

她身上的衣服全都毁了，头发打结蓬乱，臭烘烘的。她没有动。她可能已经像这样站了很久很久。

“凯特？”娜塔莉亚问。

那人没有回应。娜塔莉亚朝她走过去时，心里开始害怕，害怕这只是自己的幻觉。害怕这是自己已经失去了心智，害怕这个女孩可能随时会消失不见，或是消融变成一堆跳蚤。

娜塔莉亚伸出手，凯瑟琳抬起头盯着她的眼睛。

“凯瑟琳。”说着，娜塔莉亚将女孩搂进怀里。

这是凯瑟琳，脏兮兮、浑身冰凉，却是活生生的。她身上每一英尺皮肤上都有伤疤。她被划得乱七八糟的手软踏踏地垂在身体两侧，指甲大部分被扯掉了，指尖全是深红色的血痂。

“我没有掉下去。”凯瑟琳声音沙哑。她的声音很粗糙，就像喉咙里灌满了墓地的土。

“我们必须让你暖和起来。”娜塔莉亚说，“埃德蒙！拿几床毯子过来，还有去放洗澡水！”

“我不想要这些。”凯瑟琳说。

“你什么意思，小甜心？你想要什么？”

“我要复仇。”凯瑟琳悄声说，她指尖的血滴到娜塔莉亚的胳膊上。

“然后，我还要自己的王冠。”

贪狼泉

虽然镇上的居民很愿意见到阿尔西诺伊，但她大部分时候还是待在米兰家，或是在果园里。确切地说，她并不是要躲起来。然而在这些没有人用新发现的尊敬盯着她的地方，在她不必解释自己的熊去哪儿的地方，待着会更轻松。

很难开口告诉人们那头熊其实不是她的灵宠。他们或许会因为她的计谋震惊，但依然会失望她不能骑着那头熊进城。

“你准备好接见客人了吗？”比利走进果园里，问道。

“小少爷。”阿尔西诺伊说。比利笑着。他已经恢复过来，不再是他们两个在雾中、在海上时的样子，而且他穿了一件浅褐色的外套，看上去非常精神。他肩上插了几片新长出的叶子，看起来根本不像大陆人。

“你看见我这么高兴，这还是头一次。”比利说。

“我不确定你是不是还在这里。我以为你父亲可能已经把你打包，送上船回家了。”

“没有，没有。”比利说，“很快我就要开始正式求婚，和其他几个求婚者一样。我父亲他是个固执的人，从来不会放弃。你会了解他是什么样的人的。”

他伸出手，手里托着一个用蓝色包装纸包起来的小盒子，外面还系了一条黑绿相间的丝带。

“你瞧，他派人送来了这个。作为友好的礼物，”比利耸耸肩，“并不是很贵重。是我们最爱的一条船回家带来的糖果。巧克力，里面包着坚果，还有几块太妃糖。我觉得你会喜欢，因为你那么贪吃。”

“礼物！真的吗？”阿尔西诺伊接过盒子，“我猜那头熊改变了他对我的看法。”

“它改变了所有人对你的看法。”比利叹了口气，朝旁边的房子点点下巴，“那边的情况怎么样了？”

阿尔西诺伊皱眉。自从复苏大会之后，朱尔斯一直很痛苦。她和谁都不说话。

约瑟夫跟在比利身后走过来，双手插兜。他脸上的神情冷酷而决绝。

“你来这里干什么？”阿尔西诺伊问。

“我来看看朱尔斯。我必须跟她谈谈之前发生的事。”

“你应该趴在地上乞求原谅，乞求我们两个的原谅。”

“你们两个？”他不明白。

“她可真是个人物，”阿尔西诺伊说，“我那位元素系的姐姐，能让你忘记自己曾经许下的承诺。对朱尔斯的，还有对我的。”

“阿尔西诺伊。”

“现在你希望我死了吗，而不是她？这样你就高兴了吗？”

阿尔西诺伊踏上回家的路，用力撞了约瑟夫一下。其实她有更多的话想跟约瑟夫说，但是那应该等朱尔斯说完之后。

“我先把这些放回去。”说着，她晃了晃糖果盒，“然后去把她给你叫来。”

没走多远，阿尔西诺伊就看见朱尔斯和埃利斯外公一起从南边的田间走了过来，他们商量着春播的事。看见阿尔西诺伊，朱尔斯脸色沉下来，好像她已经知道是怎么回事。

“你还是要跟他谈一下的。”阿尔西诺伊说。

“是吗？”朱尔斯问。

埃利斯外公的手轻轻搭在自己外孙女的肩头，他往回走到田垄间，手里抱着杰克。这只小小的白色西班牙猎犬自从五朔节之后，基本上一步路都没有走过。埃利斯外公特别感激他没有像其他那些吃过掉下来的暗黑饕餮的不幸灵宠一样，被抓走毒死。

朱尔斯任由阿尔西诺伊陪着自己走到家门口，约瑟夫和比利正在门口等着她们。

阿尔西诺伊拽着比利的胳膊肘把他拉走，这样可以给朱尔斯和约瑟夫留一点私人空间。

“好吧，”朱尔斯说，“我们谈谈。”

朱尔斯领着约瑟夫走进她和阿尔西诺伊合住的卧室，轻轻关上门，将卡姆登拦在屋外。她不知道一会儿会谈什么，也不知道自己会有多愤怒。但是如果卡姆登伤了他，自己稍后或许会后悔。

在门口的时候，约瑟夫似乎很紧张但是很镇定，好像无论要告诉她的长篇大论是什么，他都已经练习过无数次。可是在屋里，他退缩了。他看着朱尔斯的床，他们两个人在这里共度过许多时光。

“你怎么能那么做？”他问，“你怎么能放出那头熊？”

“但是我让它停了下来，不是吗？”朱尔斯厉声喊道，“你来就是为了说这个？为了指责我，而不是来跟我说对不起，因为你爱上了别人？”

“朱尔斯，死了很多人。”

朱尔斯背转过身。她知道。难道他觉得自己有那么蠢吗？一切发生得太快了。前一刻她还能控制那头熊，可是下一刻……将它重新控制住，是她有史以来做过的最难的一件事。但是她不能让那头熊伤害约瑟夫。

她靠在写字台前，推过来一个包起来的蓝盒子。

“这是什么？”朱尔斯问。

“比利拿来送给阿尔西诺伊的，”他说，“一盒糖果。”

朱尔斯扯下盒盖。她对糖果没什么特别的喜爱。但阿尔西诺伊可不是。

“他选得不错。”她说。

“朱尔斯，回答我的问题。你为什么那么做？”

“我没有！”她喊道，“我不是有意要放他，我一直控制着他。直到我看见她跳舞，直到我看见你、看见你看她的样子。你看着她的样子，就像眼中从来没有我一样。”

约瑟夫整个人垮下来。“这不是真的。”他说，“我眼中是有你的。我看得到你，朱尔斯。我一直都在看着你。”

“但并不是那样。”朱尔斯说。她在自己脑海里，看见了那头熊冲过去。她不知道自己是否应该阻止它杀了米拉贝拉。她只记得自己的怒火、自己的伤痛，以及她的世界怎样变成了红色。

朱尔斯伸手从糖果盒里拿了一块送进嘴里。吃起来根本没有味道，不过至少在她嚼东西的时候，他不会再问更多问题。

“登岛大典那一夜，”朱尔斯小声说，“在我的帐篷里，你不肯碰我。也是因为她，对不对？”

“对。”

他说得那样简单，就一个字，好像这样就不必再继续解释下去。没有辩解，好像这样就不会令朱尔斯觉得天旋地转。

“这么说，你不再爱我了？你爱过我吗？”她从写字台上撑起身子，跌跌撞撞地，虚弱的胃痛起来，“一直以来，我就是个大白痴，是不是？”

“不是。”约瑟夫说。

朱尔斯眨眨眼。她的眼前一片漆黑，接着亮起来，然后又黑下去。她的双腿膝盖以下已经失去了知觉。

“朱尔斯……我……”

“约瑟夫，”她说。她的语气让他抬起头来。朱尔斯跌倒时，约瑟夫伸手将她揽在怀里。“约瑟夫，”她说，“有毒。”

他睁大眼睛。那双眼看向糖果盒的同时，朱尔斯的脸色逐渐变白。约瑟夫尖叫着喊凯特外婆和埃利斯外公的名字。

“是我的错。”约瑟夫说。

“你闭嘴，”阿尔西诺伊说，“这怎么能是你的错呢？”

他们坐在朱尔斯床边，自从治愈者离开之后一直是这个姿势。那些治愈者说，他们无能为力，只能等着毒药慢慢麻痹她的肺或是心脏。凯特外婆听完，直接将他们扔了出去。她将人丢出去之后，自己趴在厨房的餐桌上，哭了好几小时。

“该死的，马德里加尔去哪儿了。”约瑟夫揪着卡姆登的毛，她正躺在朱尔斯的腿上。

“她也没有办法。”阿尔西诺伊说。不过她知道马德里加尔在哪儿。她去那棵弯腰树下，祈祷，然后和鲜血的魔法做交易。她去替自己的女儿求一条命。

埃利斯外公轻敲了两下门，探头进来。

“阿尔西诺伊，那个大陆人在外面，想要见你。”

阿尔西诺伊站起来，擦了擦眼睛：“别离开她，约瑟夫。”

“我不会。”他说，“永远不会。不会再离开。”

院子里，比利背对房门等着。他听见阿尔西诺伊出来，转过身，有那么一瞬，她以为比利想要抱自己，但是他没有。

“我不知道，阿尔西诺伊。你一定要相信我，不是我。”

“我知道。”阿尔西诺伊说。

比利的脸上闪过如释重负的表情。“对不起，”他说，“朱尔斯会好起来吗？”

“我不知道。治愈者说不会。”

比利将双臂伸过去搂住阿尔西诺伊，缓慢而紧张，就像她可能会咬自己。如果他不是让人感觉这么可靠，很好依偎，她或许真的会咬一口。

“他们会为此付出代价。”她靠着他的肩头说，“他们会流血、尖叫，得到应得的报应。”

中毒两天之后，朱尔斯睁开了眼睛。阿尔西诺伊已经累得精疲力竭，她不确定那是不是自己的幻觉，直到卡姆登爬上朱尔斯的胸口，舔着她的脸。

马德里加尔喜极而泣。埃利斯外公跪在床边开始祈祷。凯特外婆派自己的乌鸦伊娃，再替她去请治愈者。

约瑟夫只是默默流泪，拿起朱尔斯的手贴在自己脸上。

阿尔西诺伊又从约瑟夫那里拿来一盆花，走进卧室，把它们摆在窗台上。窗台上几乎快没有地方了。这里摆了那么多花，看起来都快变成温室了。她将这些花摆放好之后，有几个花苞大着胆子滴滴答答地绽开。她转头看着朱尔斯，朱尔斯已经靠着枕头坐了起来。

“觉得好一点了，是不是？”阿尔西诺伊问。

“我只是想看看自己是不是还能做到。”朱尔斯说。

“你当然可以，而且会一直可以下去。”

阿尔西诺伊走到床边坐下来，挠着卡姆登的腰。朱尔斯今天看起来好了许多。或许，终于强壮到能够听阿尔西诺伊把一直憋在心里的话告诉她了。

“怎么了？”朱尔斯问，“怎么回事？你看起来很像是卡姆登扑进鸡蛋堆里之后的模样。”

阿尔西诺伊瞥了一眼走廊。家里没有人。凯特外婆和埃利斯外公去了果园，马德里加尔在镇上，和马修在一起。

“我必须要告诉你一件事，”阿尔西诺伊说，“和那盒糖有关的。”

“怎么了？是不是比利？是不是他干的？”

“不。我不知道。我觉得不是。”她吞咽了一下，亮晶晶的眼睛看着朱尔斯。

“我也吃了。”

朱尔斯盯着她，不明白。

“我把那盒糖放在写字台上，”阿尔西诺伊说，“然后就去田里找你。我吃了三块——两块巧克力，一块太妃糖。”

“阿尔西诺伊。”

“你什么时候见我拒绝过糖果？”

“我不明白。”朱尔斯说。

“我也不明白，”阿尔西诺伊说，“一开始是这样。你当时病得那么厉害，可约瑟夫说你只吃了一块。而我当时很担心你，一时之间根本没有想到这件事。但是后来你醒了，我就反应过来了。”

阿尔西诺伊用手肘撑着自己，把身子凑了上去。

“一直以来，我并不是一个没有天赋的女王储，朱尔斯。我不能让豆茎发芽，也不能让西红柿变红，或是让某些愚蠢的鸟儿落在我肩膀上。”阿尔西诺伊声音渐大，语速加快，直到她控制住自己，又压低声音，“一直以来我都以为自己一文不名。但我并非如此，朱尔斯。”

阿尔西诺伊抬头看着她，笑了一下。

“我是个毒师。”

致谢

嗨，你们好。这本书真是一个漫长的过程，花了好几年时间写成，有很多人要感谢。但是从哪儿说起呢?

我猜，先从灵感说起吧，作者常常被人问到是从哪里获得的灵感，而我永远没有一个很好的答案。所以，这一次我有了这个完美答案时，真是十分激动。这要多亏了我的朋友安吉拉·汉森，还有她的养蜂人同伴杰米·米勒，因为他们一番关于分蜂的谈话，才有了这一切的开始。蓝莓酒同样十分不错。蜜蜂和啤酒，你们这两个家伙还真是知道怎么享乐。

接下来，就是压榨灵感，转化为写作。对此（以及其他许许多多原因），我必须要感谢我的经纪人艾德丽安·兰塔。当我跟艾德丽安讲起这个灵感时，她的眼睛一亮。然后她很有礼貌地听我跟她讲了我想要先动笔的另外一本书。甚至我写完那本之后，她还看完了。不过我知道她想看的还是这本。所以，谢谢你，艾德丽安，在前景一片模糊的时候就给予我三倍支持，而且一直指导我写完。

也要谢谢我出色的编辑亚历山大·库珀。你为这几位女王储带来太多的东西。我爱你的个人邪恶性。没有这个词？真的吗？总之，你知道我的意思。你也是这本书能够拥有的最动人的伙伴。这些女王储真走运。

谢谢哈珀青少年出版商打造这本书的整个团队。有出色的设计师奥罗拉·帕拉格里克，还有传说中的总监爱尔兰·费兹西蒙斯，出版奇才奥利维亚·卢梭，以及市场部精力旺盛的金姆·范德沃特和劳伦·科斯敦博格。乔恩·霍华德的二审更加出色。还有最棒的文字编辑珍妮·尼各。我敬畏你们投入这个项目中的那么多热情，以及你们完成的有多出色！

弗吉尼亚·艾琳，设计地图。约翰·迪斯姆克，给它加冕。这些都是非常有天赋的艺术家。

谢谢伍夫图书馆的艾莉森·德弗罗和克里斯丁·伍夫。

也要谢谢艾米·斯图尔特，虽然我们从未谋面，但是你的书《邪恶的植物——杀死林肯母亲的野草&其他有毒植物》非常棒，在毒药这一部分帮了我很多。当然，我自由发挥了许多，所以和事实有出入的地方，请不要怪她。

谢谢小说作家艾普瑞尔·吉纳维芙·塔霍克看完我的初稿之后，说很喜欢。

谢谢读者，谢谢图书管理员，谢谢各个博主，谢谢书商，谢谢图书搬运工，谢谢舔书工（我见过几个——别害羞；骄傲地舔吧）。

谢谢我的父母（准备了另外一场新书发布烤肉派对？），谢谢我哥哥瑞安，还有我的好朋友苏珊·默里。谢谢戈德史密斯小姐。

谢谢迪兰·佐尔，祝好运。